贞观绮丽谭

燕垒生 著

浙江古籍出版社

图书在版编目(CIP)数据

贞观绮丽谭 / 燕垒生著 . -- 杭州 : 浙江古籍出版社, 2023.7

ISBN 978-7-5540-2648-9

Ⅰ . ①贞… Ⅱ . ①燕… Ⅲ . ①幻想小说－中国－当代 Ⅳ . ① I247.5

中国国家版本馆 CIP 数据核字（2023）第 112054 号

贞观绮丽谭

燕垒生　著

出版发行	浙江古籍出版社 (杭州市体育场路 347 号)
网　　址	https://zjgj.zjcbcm.com
责任编辑	刘　蔚
责任校对	张顺洁
封面设计	吴思璐
责任印务	楼浩凯
照　　排	杭州时代出版服务有限公司
印　　刷	浙江海虹彩色印务有限公司
开　　本	880mm×1230mm　1/32
印　　张	10.375
字　　数	233 千字
版　　次	2023 年 7 月第 1 版
印　　次	2023 年 7 月第 1 次印刷
书　　号	ISBN 978-7-5540-2648-9
定　　价	42.00 元

目 录

楔　子

活国，即是今日的阿富汗。唐初东西突厥并立，初时西突厥位于东突厥之下，但在西突厥射匮可汗时，随着国力强盛，射匮可汗不愿再臣服东突厥。待射匮可汗之子统叶护可汗继位，西突厥更是盛极一时，开始开疆拓土。统叶护可汗之子呾度设取吐火罗国故地建立活国。玄奘法师前几年西行时，曾经过此地，后来在《大唐西域记》中记载："活国，睹货逻国故地也……人性躁烈，衣服毡褐，多信三宝，少事诸神……其王突厥也。"

玄奘法师所说的"其王突厥也"，即是当今的活国小可汗呾度设。活国国都名大都城，周有二十余里，亦属一时名城。统叶护可汗竭力结好大唐，呾度设作为其子，自然也向大唐称藩，便是大都城里的王宫亦有取法唐风者。

此时的宫中，一个身着华服的中年妇人正带着两个侍女走过。与宫中那些高鼻深目的突厥、吐火罗相貌不同，这妇人却是生了一副中原人的容貌。她走在廊下时，眉头却微微蹙起，似在想着心事。

刚走到长廊拐角处，对面急匆匆有个人走来。这妇人在想着心事，一时还不曾注意到，她身后一个侍女小声道："可贺敦，小雷先生求见。"

咀度设是突厥人，并没有太多的繁文缛节，因此这些属下都能直接进宫来。妇人站住了，而那个小雷先生走到妇人面前，马上跪下道："禀公主，家兄有事禀报。"

妇人的长眉微微一扬，说道："是什么？"

"家兄已在沙州物色到一位明先生。此人颇有能为，应该能办成此事。"

沉默了片刻，妇人才轻声道："那就好，让令兄不要误了大事。"

"遵命。"

当这小雷先生告辞离去后，妇人还在想着什么。半晌，她才对身后的侍女道："明艳，让人安排车马。"

那侍女答应一声，也不多说，转身下去。妇人站在廊下看着外面几株雪松，眉宇间却浮起了一丝忧色。

在她眼前，仿佛又出现了久违的故国模样。只是，这一次那片土地面临着覆亡的命运……

还能改变么？她想着。

即使只有一线希望，也决不放弃！

这个念头就如钢钉，深深地扎在了她的心底。

第一章

蒲昌海之卷

一

前方的黄沙中出现了一片绿色，长安顺祥号商铺的当主屠伯达勒住马，取下酒囊，将一口酒倒进嘴里，漱了漱后才吞了下去。然后将酒囊塞子塞好挂在腰间，转身高声道："过了白龙堆，今天就在这里打尖吧。"

夕阳已沉了一半，映得西边的天宇一片红。朝霞不出门，晚霞行千里，明天定然又是个好天。不过在一年下不了几回雨的西域，明天若不是个好天那才是怪事。

那片绿洲很小，大概只有两亩方圆。沙漠里这种小绿洲有不少，过了沙州，人烟就少了，再往西走绿洲也越发稀少，那时想休整便大为麻烦。屠伯达走惯远途，知道接下来路途艰险，定要趁机会先在这里好生休息，然后一鼓作气，直到蒲昌海再往西北而去。

他们走的，便是后世称为"丝绸之路"的中道。丝绸之路从沙州（今之敦煌）向西共有三条，北路是经伊吾、轮台向西，因为过于偏僻，走得较少，而南路因为有吐蕃崛起，现在也很不太平，唯有这中路，因为还算平静，一直商旅不绝。从大唐运去的丝绸、瓷器，西抵波斯后再辗转到大秦诸邦，获利良多，而从波斯又可运回诸多珍药异宝，到了长安也可得善价而沽，因此虽然旅途艰辛，但行商仍是前仆后继，不绝如缕。虽然如此，要走这等长途的，仍不是寻常小商小贩所能及，也只有屠伯达这等在长安排得上号的大商号才行。

这一天走得也累了，听得屠伯达说要打尖，那些伴当全都欢呼一声，赶马的赶马，拉车的拉车，向那绿洲拥去。屠伯达的“顺祥号”在长安也是有点名声，单是长安就有三个分号，上上下下足有两百余个帮手。这一趟出来的三十来个大多跟随屠伯达跑过几次远途，尽是些精壮汉子，不少人还练过些把式，手脚更是灵便，虽然车马众多，但一丝不乱，很快便在绿洲里扎下营来，队中的厨子开始埋锅造饭，准备饱餐一顿。

屠伯达翻身从马上下来，顺手在这匹“墨龙”臀上一拍，道：“去吧。”墨龙十分驯顺，不会自行跑远，因此屠伯达向来不拴它。他走到绿洲的井边，叫道：“叔通，把盆子拿过来。”

这一趟出来，屠伯达带了自己的亲弟弟屠叔通。屠叔通今年才二十五岁，尚是第一次随大哥远行。听得大哥召唤，他忙从车上取出屠伯达惯用的铜盆过来道：“大哥，洗把脸么？”

屠伯达笑了笑道：“是啊。一路风沙大，你也洗把脸吧。”

这绿洲有口井，井水清冽。在沙漠上走，水是最宝贵的东西，赶路时根本不能随意洗脸洗澡，因此脸上身上尽是汗垢。看样子这口井水量充足，饮水补充有余，可以趁机洗洗。屠叔通也笑道：“好的，大哥你先洗。”

洗完了脸，屠伯达又将身上衣服也解了，身上只披了条护裆布，将身上油垢擦净，此时饭菜正好做熟。屠伯达是东家，厨子照例给他做了几道小锅菜，屠伯达往碗里先倒了两碗酒，道：“叔通，洗完了陪我喝一碗。”

屠伯达洗完了，便轮到那些伴当洗刷了，便是驼马也可以饱饱饮一回水。天虽然不算太热，但屠伯达浑身上下几乎都是光着，一身腱子肉油黑发亮，晚风吹来，倒是说不出的舒坦。他将一碗酒一饮而尽，夹了块牛肉吃了，长长吐了口气。

这时屠叔通也洗完了，坐到屠伯达跟前，端起碗来喝了口，道："大哥，还有多久能到波斯啊？"

屠伯达笑道："你急了么？早着呢。眼下刚出沙州，再走三天可到蒲昌海。等过了蒲昌海，一路顺风也起码要三个月才能到波斯。"

屠叔通不由咋舌道："这么远啊。波斯有长安繁华么？"

"波斯王都名谓泰西封，也是名都。不过，听说新近为大食所破，不知变成什么样了。"

波斯王都泰西封为大食所破，乃是贞观十一年的事。这一年是贞观十三年，消息是去年才传到长安。波斯与大唐乃是友邦，据说波斯王为大食所逐，有逃往大唐避难之意。那时屠伯达不胜扼腕，因为这条商道虽然辛苦，却是他赖以发家的根本。他只道从此断绝了这条财路，没想到破城时也有大唐商人留在泰西封，一时未能回返，去年年尾却平安回来了，说是大食虽破波斯，但对大唐却颇存交好之心，因此对于这些大唐商人亦不留难，一仍其旧，反倒减免了不少税赋。对于屠伯达这等商人来说，谁上台都是一样，税赋既减，反是好事，听得这个消息，他的心眼登时活动了，心知此时实是千载难逢的良机，饿死胆小的，撑死胆大的，别个商旅不敢前往，自己跑这一趟，定能获百倍之利，因此点齐了得力手下，备齐货物，准备大干一番。屠伯达又倒了杯酒喝了口，道："管他什么样，反正不管谁当家，吃饭穿衣是少不了的。波斯人好我们大唐丝绸瓷器，大食人一样喜欢，我们做生意的，但为求利，没什么大不了。”

正有一搭没一搭地说着，边上忽然传来了一阵喧哗。屠伯达吃了一惊，站起来喝道：“做甚么鸟乱，出什么事了？”

有个伴当大声道：“屠爷，不好了，万事晓让蛇咬了！”

这万事晓正名万德柱，跟了屠伯达好些年了。因为这人能说西域各族通行之语，波斯话也懂，所以得了这诨名，屠伯达每次来西域都少不了他。沙漠上的毒蛇也有不少，只是咬了别人也没在屠伯达心上，偏偏咬了这个万事晓。他连忙跑过去道：“万事晓眼下如何？怎么这等不当心？”待过去一看，却见万德柱躺在地上，边上是一条头被砸烂了的蛇，他的一张脸却已灰黑一片。屠伯达更是一慌，凑下身子叫道：“快，快给我拿火来！”

被蛇咬了，如果能及时挤出毒液的话尚能救得一命，但看样子这条蛇毒性甚剧，只怕已无救了。可不管怎么说，现在总要死马当活马医。屠叔通从边上拿了一根带火的柴禾过来，屠伯达摸出腰刀在火上烧了烧，割开万德柱的伤口，可是放了好一阵血，流出来的仍是黑黑的血。屠伯达肚里连珠价叫苦，心道：“万事晓事事都晓，偏生不晓得当心，这回怎生是好？”万德柱是通事，屠伯达以前去波斯，恃着他波斯话流利之极，所以也根本没上心去学波斯话，这回当真有悔不当初之憾。

屠叔通见大哥给万事晓放了半天血，万事晓一张脸却更是死灰，心知这条命救不回来了。他低声道：“大哥，不成了么？”

屠伯达将刀子往万德柱身上擦了擦，叹道：“这蛇的毒性厉害得紧，不成了。”

“那到了泰西封怎么办？”

屠伯达叹了口气：“人算不如天算。都到了这里，也没有回头的道理。路上经过集镇时多留点心，物色个会说波斯话的，我就不信重赏之下无勇夫。”他站起身，又道：“万事晓也是流年不利，叫大家伙当心点，别再撞上这等倒霉事。”

现在看来也只能这样了。屠叔通不禁黯然，这一趟事没想到刚出沙州就如此不利。正想着，心头忽然一动，道：“唉，大哥，若是那裴小郎还在就好了。”

屠伯达一怔，道：“哪个裴小郎？”

“就是跟我们搭伴出关的那个。”

屠伯达想了想，道：“是那裴守约吧？”

那裴守约是他们刚出长安时碰上的少年人。当时偶遇，屠叔通与那裴守约闲聊，见他年纪虽轻，却英姿飒爽，气度不凡，还能说一口流利的波斯话，甚是心折。待得知这裴守约竟是孤身一人想去西域，便邀他同行，只是到了沙州后那裴守约说要暂住几日，便分手了。听弟弟一提，屠伯达也记得那少年了，苦笑道：“这时还说这些有什么用。现在出玉门关都好几天了，哪里还有再回沙州的道理。往前走吧，等到了蒲昌海，应该能找到通事。”

屠叔通没再说话了。屠伯达说得正是，他们几十人的大队，还赶着这许多车马，每一天消耗都不少。现在若是走回头路，真不知要多花多少，何况就算回到沙州也未必能找到那裴小郎。

本来这一晚可以吃饱喝足，安安稳稳休息，结果出了这种事，弄得人人不能自安，只能轮班睡觉。没睡的固然小心翼翼，睡觉的也是提心吊胆，哪里睡得熟。好在折腾了一夜，却没有别的毒蛇出现，第二天天一亮，他们将万事晓埋了，便继续上路。

他们走的是出西域的中道。这条路本是汉代北道，出沙州后到蒲昌海，再西经焉耆、龟兹、疏勒，越过葱岭，直至波斯。因为隋代新开了一条新道，此处便成为中道。屠伯达本想到蒲昌海边找一些会说各处言语的通事，可是真到了才发现这时的蒲昌海哪里还如昔日一般。蒲昌海本是古楼兰之地，魏晋时是西域长史治所，但这数百年来蒲昌海水面渐小，气候恶劣，治所久废，居人也越来越少。蒲昌海是中南两道的分界之处，去西域的商人到了这里，一路向北一路向南，因此这里向来聚集了不少通晓各族语言之人。屠伯达上回来时此间还有不少住户，仅仅过了没几年，这里便只剩了零星一些没见过世面的牧人，也不知是哪一族的，言语都听不懂，哪里还能找通晓各族言语之人。屠叔通大失所望，便是屠伯达那些伴当也觉得这趟差事当真出师不利，只怕屠爷要打退堂鼓了。

当发现蒲昌海已经如此萧条，屠伯达亦是一阵怔忡。他不是文人，但想起数年前经过这里，蒲昌海边仍有不少舟船竞渡，而现在竟成了这般模样，不觉兴叹。他带了屠叔通和一个伶俐伴当去看了看，总算找到一个能稍稍说几句汉语的牧人。连蒙带猜，还加上比比划划，总算明白过来，去年有不知哪里来的一支兵队经过，将蒲昌海边一带洗劫一空，旧日居民逃的逃死的死，这些牧人也是实在没地方可去了，这才在这里讨生活。不要说找不到通晓波斯语和唐人言语之人，就算有，他们也不愿冒险西行了。

当晚在蒲昌海边打尖住下，屠叔通已是大失所望。他看着站在水边抹身的大哥，小声道："大哥，还要往西去么？"

屠伯达将一勺水从头顶浇下。他虽然腰缠万贯，仍是日日练养习武，就算今番出来都不间断，浑身肌肉累累，仿佛铁铸一般。听得兄弟的话，他头也不回，只是道："当然要去。"

"可是……"

“高昌一定会有。”

屠伯达说得斩钉截铁，屠叔通也说不出什么话来了。的确，花了这么大代价，又已到此处，如果回去的话，这一趟血本无归。对于屠伯达这种豪客来说，死个把人根本不在眼里，找不到通事也不在话下，总之，一路西行再不会改。

尽管接连遭受的打击让商队诸人情绪有点低落，但看到屠伯达的干云豪气，屠叔通以下诸人全都打起精神，继续西行。

屠伯达骑着马在头里开道，心中却时不时地有一阵惶惑。高昌亦是西域古国，当年凉王沮渠无讳率余众逐高昌太守占据此地。后来沮渠氏为柔然所灭，柔然立阚伯周为高昌王，遂以高昌为国号。阚氏高昌立国三十一年，又被高车所灭，转立张孟明为王。张孟明为王五年，国中乱起，张孟明被杀，马儒继立，三年后马儒因为坚执内附之议，派世子马义舒迎接北魏明威将军韩安保。但高昌国人多不愿内附，发生暴动，马儒、马义舒父子被杀，右长史麹嘉被立为高昌王，麹氏高昌遂代代相传，至今已传九世，当今之王乃是麹文泰。麹文泰继位以来，因为依附西突厥，国势日强，此时的高昌南接蒲昌海，东连沙州，西次龟兹，北邻敕勒，已是西域第一强国。麹氏本是汉人，境内又多汉魏以来西域戍卒后裔，因此语言风俗与中原相似，麹文泰亦有“延昌”年号，此时正是延昌十六年。

本来去高昌补给也是行商惯走的路，高昌在蒲昌海的正北，有数百里之遥，路途并不太难走，只是麹文泰随着高昌国力日强，也日益有不臣之心，屡屡放纵属下劫杀过往大唐客商，因此现在商人若不是在高昌有门路，便很少走那里了。屠伯达在高昌没什么相识，本不想从那里过，但在蒲昌海没找到通事，现在他们就只剩这一个机会，不去也得去。好在虽然这条道不太安全，但伸手不打笑面人，自己一行亦不是全无还手之力，高昌官军也不敢公然劫掠，只要小心谨慎，应该不会出大事的。

他正想着，身后忽然传来一阵马蹄声。他扭头一看，却是屠叔通催马上前，脸上带了点惊恐之色。等他近了，屠伯达沉声道：“叔通，怎么了？”

屠叔通已靠得近了，也小声道：“大哥，前面……前面有血腥气！”

屠伯达道：“真的？没错么？”

屠叔通别个不算出色，但天赋异禀，鼻子特别灵敏，家中造酒，他隔着酒缸一嗅便知酒香已未。此时的屠叔通眼中尽是惊恐，小声道：“是，大哥，而且很多，起码……起码有五六个。”

西域道上不太平，死个把人是常事，但一下子死五六个，那真不是件小事了。屠伯达暗自心惊，小声道：“你先别说。”说完带住马，高声道：“大伙儿先在此地歇息一会，不要卸马，我先去看看。”

那些伴当也不知屠爷为什么今天这么早就又要打尖，但能歇一歇终是好事，都纷纷下马喝口酒水，吃点东西歇息。屠伯达小声道：“叔通，跟我前去看看。”

屠叔通的坐骑名叫“碎雪”，是匹白马，与屠伯达的墨龙不相上下，亦是良驹。屠叔通见大哥已催马上前，连忙跟上，心中不由惴惴不安。

这一带一马平川，除了沙子还是沙子，两匹马脚力都很快，一眨眼便已跑了里许地。屠伯达见周围仍无异样，心中不由有些诧异，扭头道：“叔通，你真嗅到了血腥气？”

屠叔通鼻子虽灵，此时也不由有些犹豫。他在马上向四边嗅了嗅，道：“方才是有阵风吹过来，不过现在怎么闻不到了……”正说着，他忽然叫道：“啊，是这边！”

屠叔通指的是东北方。屠伯达手搭凉篷看了看，忽然道：“不错，果然有人。”

在东北方大约半里之遥的地方有几个沙丘，隐隐看得到有几点人影闪烁。屠伯达一催马便疾驰过去，墨龙脚力极健，半里路当真不过一眨眼的工夫。离得百十步时，已能看到在一个山丘下果然围了五六个人，也不知在做什么，当中一个却身着锦衣，衣上绣满了金线花纹，在阳光下极是耀眼。只是这些人聚在一处，竟然一匹马都没有。

那些人也已听得近前的马蹄声，那锦衣人忽地跳起，身形倒也矫健，高声喝道：“什么人？”说的竟是西域通行的吐火罗语。屠伯达心中一喜，忖道：“当真踏破铁鞋无觅处，不知他懂不懂大唐言语。”当即高声道：“在下长安顺祥号屠伯达，阁下是哪一位？”

那锦衣人“啊”了一声，叫道：“原来是屠爷。在下赵天奇，也是做买卖的，还望屠爷搭救。”

屠伯达此时已到他们近前。他勒住马看了看，却见那赵天奇身着锦衣，只是这锦衣已被撕了几个口子，边上几个劲装汉子更是破衣烂衫，满面血污，极是狼狈。他道：“赵兄，你们出什么事了？”

赵天奇叹了口气道：“流年不利，我本来带了二十多个伴当赶了支马队往焉耆去，谁知到了此处却遇上了盗匪，十多个伴当死于非命，货也被洗劫一空。我与这几个伴当好容易逃出来，水都喝光了，正不知还能不能挨得到蒲昌海。屠爷，您可要大发慈悲，相救则个。”

屠伯达看那赵天奇神情委顿，身上这套锦衣虽已破得不像样，却仍看得出是名贵料子做的。他暗暗叹了口气，心道：“财不露白。你穿了这般惹眼的名贵衣服出来，那不是请剪径的上门么？”只是出门在外，能行方便，自然就行个方便，做件善事总不会有错。他跳下马，从腰下解下水囊递过去道：“赵兄请不必担忧。小号虽然也不大，但亦有三十几号人，食水粮草足够，请随我来吧。”

赵天奇千恩万谢地接过来，嘴里不住道：“多谢屠爷。”

这赵天奇想必也渴坏了，接过水囊来便灌。屠伯达道：“赵兄，慢点喝吧。你们遇到的是什么人？”

赵天奇抹抹嘴，将水囊递给边上一人，叹了口气道：“不敢相瞒，小号原本也有几把好手，本来要去高昌，谁知遇到了一个妖人。”

“妖人？”

屠伯达不由怔了怔。赵天奇道：“是啊。对了，屠爷，你们是从蒲昌海那边过来么？”

屠伯达道：“是啊。”

这时屠叔通也已到了，他见大哥已在与那些人交谈，便凑过来道：“大哥，怎么了？”屠伯达听得兄弟的声音，扭过头道：“这位赵爷被剪径的劫了道，好容易逃出来的。叔通，你身边还有食水干粮么？”

屠叔通跳下马道：“我鞍下还有……”

他话刚说了半句，那赵天奇忽然厉喝道：“动手！”

就在刚才，这赵天奇还是一副可怜巴巴的模样，屠伯达做梦都想不到他突然就变了脸。还没回过神来，赵天奇一把抓住他的手腕，忽地一扼，屠伯达只觉腕上一阵钻心的疼痛，人顿时屈膝跪倒在地。在他心中，极快地闪过了一个念头：“上当了！”

西域他不是第一次来，强盗也不是第一次遇到。但像那赵天奇一般穿得如此排场的强盗，他倒确实是第一次遇到。正因为见赵天奇衣着华贵，这精细之极的长安豪客根本没起半点疑心。赵天奇突然动手，出手亦快得异乎寻常，屠伯达哪里还躲得开？当手腕被赵天奇扼住，他已知自己肯定逃不脱了，索性不再反抗，只是对着屠叔通断喝道：“叔通，快走！”如果屠叔通再被擒住，那么顺祥号的末日也就来了。这一点屠伯达在转瞬间便已想清楚，他也知道自己定然已逃不脱，现在后悔的只是自己向来自诩精细，却上了这般一个大当。

屠叔通刚下马，他也正要从鞍下拿出干粮来，耳边忽听得大哥的叫声，有一只手却已搭到了他肩头。惊慌中，他肩头一塌，人忽地从马腹下钻了过去，将身一纵，已翻身跃上了碎雪的背，两腿一夹，立时带转了马头转身便走。他的武艺是屠伯达所传，虽然不见得太高明，却也不是太弱，而马术则更是可圈可点。赵天奇让两个手下去擒住他，本以为这小伙子定然手到擒来，却没料到他会如此滑溜，只一怔的功夫，屠叔通已然冲出了五六步。

屠叔通逃过了一劫，心道：“糟了，快将号里的好手都叫来，定要救出大哥。”他一边催马，一边扭头看了看，本想看看大哥如何了，哪知一回头，只见一匹黑马已直向自己冲来，马上却坐着一个锦衣人。

那是赵天奇。赵天奇见屠叔通居然躲过了两个手下的伏击，心头也不由一动。屠伯达说过他带了三十几号人，如果这些人大举而来，自己这几人定然不是对手。屠伯达的墨龙就在边上，他手脚快捷之极，一把点倒了屠伯达后，人已飞身跳上了墨龙，立时催马赶来。墨龙比碎雪脚力更健，屠叔通又只道已然脱险，正缓了缓回头看来，只一瞬间赵天奇便追到了他马后。

屠叔通见那锦衣人竟然直追上来，心头一寒，猛地往碎雪后胯上拍了一掌。他骑术甚强，坐骑亦颇为骏健，只是刚要快跑，却觉身后一沉，背心忽地一疼，人登时重重摔下马来。幸好下面是一片沙地，若是硬实的地面，这一跤非摔他个半死不可。饶是如此，屠叔通仍是摔得七荤八素，人事不知。

赵天奇从墨龙上飞身跃上了碎雪后胯，击倒屠叔通，他在马上一屈身，抓起屠叔通横担在马鞍前，重又回到原地。此时他那些手下已将屠伯达也绑了起来，他将屠叔通扔下马来，喝道："快点，那妖人马上就会追到了，死了的弟兄就埋了吧。"

这些人先前围在一个沙丘下，在他们当中却是几具尸首。这几具尸首衣衫不整，手足上更是连肉都已削尽，血腥气甚重。说到"妖人"，这些手下个个都面有惧色。有一个仰起头道："大哥，我们接下来怎么办？"

赵天奇看了看北边，嘴角浮起一丝笑意："兵来将挡，水来土掩，我锦毛虎也不是吃素的。"

"自然，自然，大哥英勇无敌。"

那手下是赵天奇的副手。他们这伙人号称十三虎，赵天奇诨号锦毛虎，这人名叫司公方，绰号叫插翅虎。只是嘴上在拍马，司公方肚里却在寻思："被那妖人杀了七个兄弟，却连他一根毛都碰不到，这时候还要吹大气。"

他们这一伙是在西域一带新近冒出头来的沙盗，本是戍兵，因为犯了军法，索性便在这里落草。西域一带天高皇帝远，赵天奇本领既好，又通兵法，还找了个靠山，纵横一时，竟是难逢对手。因为赵天奇好穿锦衣，出手又狠辣无比，黑吃黑都吃过了好几次，短短时间里“锦毛虎”的名声已不算小。昨日他们刚劫得一伙商队，赵天奇向来不留活口，自然毫不留情，尽数斩杀，正在得意，却被一个人拦住。本来赵天奇觉得对手只是孤身一人，自己一伙又是在刀尖上打过滚的人，根本没把那人放在眼里。可当真动起手来，才知道那人竟是个术士，神出鬼没，动手之下，眨眼间便有两人被杀，坐骑也尽被杀死。好在那人也知道正面交手的话自己仍不是这许多沙盗的对手，因此只是暗中出手，赵天奇接连追击数次，仍然找不到那术士行踪。他知道那术士用的是各个击破之计，准备将自己这伙人困死在沙漠中，当机立断，下令手下先认了这个栽，赶到能补给的地方再想办法东山再起。只是他的主意打定了，那术士仍是阴魂不散地追击，这短短一途，他们又有五人被杀。一行十三人，到了现在只剩下六个了。

赵天奇看了看被绑得严严实实的屠氏兄弟，又抚了一下墨龙，笑道：“这羊牯的坐骑倒是俊得很。这是天不绝我，走吧，到了蒲昌海，就该给那妖人一点苦头尝尝了。”

二

在那些粟特人聚居之处不远的蒲昌海上，有一个小岛，岛上建了一间小小的木屋。蒲昌海水原本就不深，最深处不过丈许，那小岛涉水即可过去。一个老牧人到了蒲昌海边，吸了口气，大声道：“火师！有位赵天奇先生，说是火师故交，要来见你。”

当那些牧人见到刚离去的商队竟然又从原路返回，不由都大感惊奇。等看到这回商队中领头的是个身着锦衣之人，并不是先前那汉子，更感诧异。好在这锦衣人会说吐火罗语，但听得那人自称是“锦毛虎赵天奇”，要见火师米拔鲁，他们还是惊呆了。

赵天奇这个名字他们知道得不多，但“锦毛虎”却是早有耳闻。锦毛虎劫掠客商，向来不留活口，他们就算僻处蒲昌海边，也听得这个新近令人闻风丧胆的名号。这些粟特牧人在蒲昌海周围游牧并不太久，原本西域一带沙盗横行，有些小部族干脆就靠劫掠为生，他们人数既少，本来一直辗转各地都不能安生。幸好依靠米拔鲁之力，他们在蒲昌海边落下脚来，那些打家劫舍的沙盗和部族都不敢来此骚扰。听得这个声名狼藉的匪徒居然要找火师，只道是吃了亏的沙盗想来报仇。只是赵天奇人高马大，身边还挂着腰刀，他们也不敢有什么二话，反正他们对米拔鲁极有信心，想得罪火师那是嫌命长了。半晌，才有个老牧人壮着胆子迎上前来道："赵公，不知您找火师有何贵干？"

赵天奇见这老牧人虽然上前答话，一张脸却明明白白写满了惧意。他在墨龙背上行了一礼，温言道："老丈，赵某与米拔鲁公乃是故交，此来只为访友，请老丈不必担忧。"

在这些粟特人心目中，火师米拔鲁即是阿胡拉·马兹达尊神的使者，赵天奇居然自称是他故交，他们岂会相信？但赵天奇现在虽然礼数周到，身后却立了几个满面横肉，身怀利刃的汉子，看样子就不是好惹的，那老牧人不敢多嘴，也行了一礼道："是，小人即刻便去禀报火师。"

米拔鲁好静，平时都住在那小岛上，每日牧人将牛奶食物送上去，若不是有事的话从不出来，这老牧人也不敢直接到岛上。只是他刚喊了一声，却听身后那赵天奇道："老丈，米拔鲁公便在那小岛上么？"他没想到赵天奇居然一直跟着自己，不由一怔，慌乱中道："是啊。只是……"还没等他说完，只听一阵水响，赵天奇已催动墨龙直向那小岛冲去。他大吃一惊，叫道："火师！火师！"

岛上那小屋的门忽然一下推开，一个人走了出来，正是米拔鲁。赵天奇的墨龙已经到了小岛上，他见了从屋中走出来的这人，翻身下马，迎上前去叫道："老米！"

米拔鲁一见赵天奇，亦是又惊又喜，叫道："赵兄，我只道是师兄，没想到原来是你。"他见对岸那老牧人看得目瞪口呆，扬了扬手道："安伽陀犁老丈，请不必担心，这是我的故人看我来了。"

那老牧人安伽陀犁看得目瞪口呆，心道："火师真与这沙盗是相识，他还会说大唐话！"他们信奉祆教，米拔鲁神通不小，他们当然视之若神仙。见到火师竟然与这杀人不眨眼的沙盗如此熟络，还会说唐人言语，当真有点难以置信。

此时米拔鲁挽着赵天奇的手道："赵兄，进来坐吧。"他在那些牧人眼里向来一副高深莫测的模样，哪里有过如此殷勤，若是安伽陀梨见了，只怕更是不敢相信自己的眼睛。赵天奇倒是毫不谦让，跟了他进去，大马金刀地坐了下来，道："米兄，你还有师兄么？我还一直不知道。"

这屋子甚小，里面有张土炕占去了大半。炕上是一方席子，炕头一张小桌，桌上则是一把陶壶，窗台上倒插了一枝野花，倒是甚为干净。米拔鲁倒了杯水道："赵兄，此间无茶无酒，只有白水一杯，请多包涵。"他虽是胡人，但识文断字，谈吐也颇为清雅不俗。

赵天奇拿起水杯仰头便喝。西域水贵如油，此间虽是蒲昌海边，但蒲昌海乃是咸水，不能饮用。米拔鲁等他喝完了，才微笑道："赵兄，今日来此，可是奉了公主的差遣么？"

赵天奇放下了杯子，忽然站了起来，深深一躬道："米兄，不要说起，今日之来，乃是请米兄救命。"

米拔鲁见他一脸惶恐，不由一怔。他与赵天奇本来同是边兵，两人交情甚好。他知道赵天奇的为人悍勇，向不肯求人，哪里见过他如此情形。赵天奇从怀里摸出了一物道："米兄，我想必是因为此物。"

那是一份书函。米拔鲁取出来才看了一半，便失声道："这是真的么？"

赵天奇苦笑道："此函是我劫杀了一队商贾得来的，也说不出真假，原本并没放在心上。谁知正要回去，却遇上了一个术士，将我这伙人杀了个落花流水。”

米拔鲁的眉头一扬道：“一个？”

赵天奇点了点头，叹道：“真的只是一个。本来我们也不怕他，但这人滑溜之极，来去无踪，竟然先将我们的坐骑伤了，又在食水中下了毒。”

在沙漠上行进，没了食水和坐骑，那就只有等死了。米拔鲁也不禁动容道：“那赵兄你又如何挨到此处？”

赵天奇在西域一带劫掠，他早就知道。赵天奇知道自己在这里，因此从来不在蒲昌海附近行事，所以他们失风定然在数百里以外。无食无水，要在沙漠上步行数百里，纵是神仙只怕也办不到。赵天奇的嘴角抽了抽，突然笑道：“米兄，此事你也不必问了，反正我的人总算到了这里，不过连我在内只剩了六个。只是那术士阴魂不散，只怕这两天也会要到这里，所以只能靠米兄救命。”

米拔鲁又是一怔，低低道：“赵兄，这里跟随我的都是我族人，你也知道……”

没等他说完，赵天奇忽然从腰间拔出腰刀。米拔鲁虽与他交情莫逆，见此情形也不由一怔，心道：“难道赵兄因为我不肯帮忙，竟然会拔刀威胁我？”哪知赵天奇双手捧刀奉到米拔鲁跟前道：“我当然知道跟随米兄的都是你的族人，你不肯伤害他们，所以不会让米兄为难，我弄了二十来个羊牯过来。米兄，我这条命已是系于一发，全仗米兄搭救，若米兄不肯，索性请米兄给我一个痛快，省得我落到那术士手里受他折磨。”他说到这里，嘴角又浮起一丝冷笑道：“再说，米兄也已知道此事。那术士意图杀人灭口，只怕连你们也同样不会放过。”

米拔鲁心头已是乱极。当初他颇有奇遇，跟随异人练成了这一身秘术。却也自知自己的秘术伤天害理，实在不愿多用。只是当初曾靠赵天奇帮忙逃出生天，不说两人交情，单单这救命之恩，亦当回报。他呆了半晌，忽然叹了口气道："好吧。"虽然只是两个字，却说得犹如万钧巨石一般沉重。

赵天奇听得米拔鲁答应了，不由喜上眉梢，收好了腰刀深深一躬，道："多谢米兄救命之恩。事不宜迟，快快去吧。"

他已走出了这小屋。米拔鲁跟着他出来，心头却是无比的迷惘。他在蒲昌海边待了这许多年，一直清心寡欲，倒也自得其乐，只是这种日子从现在开始也已到头了。他跟着赵天奇走出屋子，不禁回头望了望那间小屋。

赵天奇此时已牵过墨龙，见米拔鲁仍有些犹豫不决，便高声道："米兄，快走吧，那妖人马上就要到了。"

米拔鲁转过头，忽然道："赵兄，还有件事。"

"什么？"

"先不要用你带来的那些人。"

赵天奇怔了怔，忽地笑道："米兄，几年不见，你怎地变得婆婆妈妈的？"

米拔鲁道："上天有好生之德。若能直接降伏那妖人，也是一件好事，若是真个不行，再用也来得及。"

赵天奇点了点头道："那也好。不过米兄，那妖人可当真了得，你千万不可大意了。"

米拔鲁眼中又闪过一丝疑虑，但马上道："这个自然，赵兄放心。"

太阳晒在茫茫的沙漠上，仿佛无处不在燃烧，隔了数百步，看过去的景象便如水中倒影一般晃动，平添了几分诡异。

北边，有两骑马一前一后紧接着跑来。前面的是一匹黑色的高头健马，马上骑者身材也很高大，紧跟在他后面的那骑者身材却甚是矮小。两人的脸上都蒙着，只露出一双眼睛。

黑马上的大汉勒住坐骑，手搭凉篷看了看，诧道："奇怪，怎么还不曾追到锦毛虎他们？"

"不会错的。"

后面那人淡淡答道。听声音，这人还是个少年，但声音里却带着一股说不出的高傲。那大汉显然也明白这少年话外之意，赔笑道："明公子，小的不是说您弄错了，只是这锦毛虎怎么能跑那么快？"话语中亦带着一种敬畏。

少年的眼里闪过一丝茫然，低低道："是啊，我也有些想不通。锦毛虎这伙人无食无水，也没有坐骑，怎么能跑那么远？"

他若有所思地看了看四周，双手平放在胸前，十指交错着变化了几下，忽然指着一个地方道："这里有几具尸首。"

"尸首？"

大汉翻身从马上一跃而下，走到那少年指点的地方，从腰间拔出腰刀便挖去。这里都是沙子，要挖其实很容易，才刨了两下，他失声叫道："果然有死尸！明公子，这会是谁埋的？"

"先挖出来看看。"

上面一层沙子已然挖掉，从沙中露出了一条腿。那大汉伸手抓住，用力一拉，只道会拉出一具尸首来，哪知一个踉跄，手中拉着的竟然就只是一条人腿。他又失声道："明公子，这死人……"

少年的眉头也皱了皱。那大汉也只道是被自己拉断的，又挖了两下，却挖出了一条胳膊。这条胳膊上刺了个青花的虎头，那大汉叫道："是青毛虎！明公子，真是锦毛虎这一伙的。"

锦毛虎一伙人在这一带拦路剪径，黑白两道想要他们命的大有人在。只是人死一了百了，有谁对他们还有如此切齿刻骨的深仇大恨，连尸首都不肯放过，还要大卸八块？少年不禁有些疑惑，跳下马来走了过来，道："再挖挖看。"

大汉把到沙子刨了两下，赫然又出现了一条胳膊。说是胳膊，却更不像样，竟然只剩了一只手，手腕以上竟然已是一段白骨。那大汉也是个胆魄过人之辈，但此时却不由又惊又惧，心道："到底是谁做的？难道锦毛虎发疯了么？"正想着，却听那少年冷笑起来："好个锦毛虎，当真小看他了。"他怔道："明公子，您明白了？"

"我只道锦毛虎顶多只能逃出三十里，生怕他困兽犹斗，所以缓了一步。没想到这家伙竟然如此坚忍，果然是个人物。"

大汉更为疑惑，愣愣地道："明公子，这是锦毛虎做的？"

"不错。"少年点了点头，"他们从尸首上砍下手足，一路上就吃着这些才能逃到这里。只怕，他们的水囊里灌的，也是刚死之人的鲜血。"

大汉再也忍不住了，一把拉下蒙脸的纱布，猛地呕吐起来。在沙漠上行走本就不是件易事，锦毛虎这一伙人遭伏击后一败涂地，粮草也已丧尽，再想在沙漠上奔逃实是毫无生机，想来也确实只有这一个办法才能让他们逃到此处。少年在一边却冷冷道:"别吐太多了，不然你身边的食水都要不够，也得和他们吃一样的东西才能回去。"他抬头向南看了看，又道："这儿往南有什么村落么？"

这大汉此时吐得差不多了。伸手抹了把脸道："是蒲昌海。听说那边也有一些牧人。"

少年淡淡一笑道："是了。他们只怕想在那里吃饱了，以逸待劳，与我一决雌雄，哼哼。"他从鼻子里哼了两声。

大汉的脸色却突地一变，道："那怎么办？明公子，要不我们回去禀报公主，再做定夺。"

少年道："机不可失，时不再来。若是锦毛虎拼命逃窜，捉他倒也不易，但现在他自投罗网，却是饶不得了。雷先生，你若怕的话便在此间等我吧，明日我会将锦毛虎绑到此间。"

大汉见这少年毫无畏惧，迟疑了一下，干笑道："岂敢岂敢。"锦毛虎一伙人都是军士出身，本来也非弱者，若不是遭伏击吃了个大亏，坐骑粮草饮水全部丧尽，并不能如此轻易击败他们。现在锦毛虎一伙人又弄到了马匹粮食，而他们只有两个，只怕反要胜负易手了。可是那少年丝毫不惧，他也不好临阵脱逃。

少年轻轻哼了一声，也不多说，抖了抖丝缰，马已向南而去。大汉慌忙跳上马追去，原先他一直都在少年之前，这回却跟在他身后了。

明公子……他真能对付锦毛虎么？

这大汉心中仍然有些忐忑不安。明公子本领的确了得，但锦毛虎这种人能食人肉饮人血地撑到此间，这份坚忍便足以让任何勇士都胆战心惊。而且十三虎个个都有武功，这明公子武功虽然也不错，却双拳难敌四手，十三虎这伙人应该还剩了五六个，全是亡命之徒，加上久在沙漠行劫，个个都不是等闲之辈，正面相敌，真不知胜机何在。

向南走了一程，大汉见少年忽地勒住了马，连忙上前道："明公子，发现什么行踪了么？”

少年指了指前方道：“这里不久前走过一支车队。”

沙漠上，脚印留不了多久，但车辙印却要长得多了。汉子看了看，点头道：“正是，应该不是很久。”

少年抬头望向南边，低低道：“这车队应该是从蒲昌海出发的。想必与锦毛虎认识，到了此处便重新折返蒲昌海。雷先生，快走吧，别落后了。”

他拍了拍坐骑的后胯，这匹马一下跑得快了起来。有车辙印指路，走得更是快了。眼见沙漠上骆驼刺一类的植物越来越多，地面也渐渐硬实，少年扭头高声道：“雷先生，蒲昌海就在前边了吧？”

大汉点了点头道：“是啊。”他正说着，脸色突然有些异样，惊道：“有人拦路！”少年扭过头向南边看去，却见远处立了一匹马。

孤零零一匹黑马，有个人正骑在马上。那大汉怔了怔，小声道：“明公子，此人来者不善。”

蒲昌海这条道原本也不是极少有人走，因此路上遇到行人并不稀奇。但这人立着不动，显然是要拦阻他们。少年皱了皱眉道：“雷先生，你在此稍候，我上前看看。”

他催动坐骑向前走去。那人在前方几百步，虽然不算太近，但他走得不慢，很快便来到近前了。随着走近，那人仍是一动不动，等到了十余步时，前面那人忽然扬声道：“阁下，蒲昌海风高浪急，还请留步。”

蒲昌海虽然面积不小，水却甚浅，向来不会有大浪的。这人的声音温和，谈吐颇为风雅，此话中却实带威胁之意。少年勒住了马，也高声道：“乘长风破万里浪，本男儿之事，先生未免过虑。”

“乘长风破万里浪”乃是六朝名将宗悫少年时言志之语。那人听这少年如此作答，只是淡淡一笑，又道：“千金之子，坐不垂堂。一意孤行，实属不智，敬请阁下三思。”

此时靠得近了，少年才看清那人模样，原来竟是个高鼻凹目的胡人。他心中不由略略一诧，心道：“这胡人倒是个饱学之士。”在长安有不少胡人识文断字，倒不稀奇，但没想到在西域竟也有这等人物。他在马上躬身行了一礼道：“在下洛州明崇俨，不知阁下尊姓大名？”

那人在马上也行了一礼道：“米国米拔鲁，见过明公子。”

明崇俨听得此人姓米，心道：“是了，我听讷言说过，米国乃是昭武九姓之一，怪不得这人颇通文墨。”明崇俨有个朋友高讷言精于史事，当初闲聊时曾说起这粟特昭武九姓，说他们源自祁连山北之康国。康国王本姓温，原是月氏人，后来月氏为匈奴所破，移居此地，繁衍生息，后代分王各地，共有九国，并以昭武为姓，在中原则以国名为姓，故称昭武九姓。米国是其中之一，亦称弭秣贺、弥末。（其国在今之乌兹别克斯坦撒马尔罕东南。）粟特人颇擅行商，与中原来往密切，为首的康国更是早在贞观五年就奉表请求内附，只是天子考虑到边兵力量不够，一旦康国内附，势难守御边疆，因此一直未曾准许。从六朝开始，昭武九姓便有不少人定居中原，后来五代后晋皇帝石敬瑭、宋四家中的米元章都是这昭武九姓后裔。便是当时，离此间不远的鄯善城城主康艳典亦是昭武九姓胡。康艳典本是康国大首领，隋末率众东来。当他受唐封镇使，在鄯善城以招西域商贾之前，正是流寓在蒲昌海附近。如今的鄯善城已是康艳典居城，改名为典合城，一直到蒲昌海一带，都是他势力所及，所以与康艳典同属粟特人的这些牧人才能在此安居乐业，不受骚扰。

明崇俨又略一躬身，扬声道：“米先生，您在此阻我去路，可是不许在下到蒲昌海边么？”

米拔鲁淡淡一笑道：“明公子想必只为补给食水。米拔鲁已备好在此，即刻让人送来，公子不必多劳了。”

明崇俨也微微笑了笑道：“无功不敢受禄。米先生虽是好意，恕在下只能心领了。”

米拔鲁眼里闪过了一丝寒意。他二人交谈一直很是客气，但其中剑拔弩张，针锋相对，说到此时其实就是已然谈崩，唯有一战了。他长长叹了口气道：“明公子当真不听在下良言么？”

明崇俨此时已是心头雪亮，这米拔鲁当然是锦毛虎搬来的救兵，定然不会三言两语便退去的，而自己也不可能半途而废，这一战自是免不了的。只是这米拔鲁谈吐斯文有礼，明崇俨对他并无恶感，也叹了口气道：“好言自口，莠言自口。人之为言，苟亦无信。”

这四句诗前两句出自《诗经》中《正月》，意思是说：好话是从嘴里说的，坏话也是从嘴里说出。而后两句则出自《采苓》，意思是说有些人说的话不是真的，千万不可相信。米拔鲁看上去不像是个坏人，说不定是被那锦毛虎蛊惑了，因此明崇俨引了这几句诗。米拔鲁眼中闪了闪，点了点头道：“慎尔言也，谓尔不信。”

这两句却是出自《巷伯》一章，意思是说人出言要慎重，不然旁人会说你言而无信。米拔鲁虽是胡人，诗书颇精，听明崇俨引用《诗经》，便也用《诗经》作答，以示自己言而有信。他虽然说得谦和，但明崇俨已知话说到了头，再无转圜余地，双手在前心捻了个诀，口中极快又极低地念道：“惟彼中央，总领四方。

提摄万象，超卓纪纲。彰善罚恶，琅環玉章。漂落万鬼，摧折锋芒。度世无量，名昭彼苍。供养尊礼，扫除不祥。至心奉受，升天翱翔。急急如律令！”

这是中斗真君咒。明崇俨已知米拔鲁也马上便要动手，他不知米拔鲁会有什么术法，因此要么不做，要做便要先发制人，不能落于后手。随着咒声，明崇俨面前的沙地已鼓起一块，就如突然有个异兽要破地而出。米拔鲁却也没料到明崇俨竟然突然间便动上了手，脸色一变，手忽地一甩，从袖中已掷出了三支线香，正插在自己身前地上。

两人的动作都是极快，那凸起的沙地亦如活的一般直向米拔鲁冲去，但到了线香跟前却如同撞到了一堵无形的铜墙铁壁，竟是冲突不入。明崇俨皱了皱眉，忖道：“这胡人道行不浅！”他抢了个先手，已占上风，但米拔鲁仍是及时挡住了。也幸亏抢了先手，若是米拔鲁一招抢先，自己只怕会措手不及。他见那三支线香一落地便无火自燃，中斗真君咒一时间攻不破米拔鲁的防线，暗暗一咬牙，左手在右手掌中虚画了几笔，喝道：“总监众灵，十二之天。黄灵玄老，十二天君。都录校籍，主镇脾神。土德镇秀，会道合真。疾！”随着一个“疾”字出口，人已飘身落到地上，右掌一下拍下。地面本是浮沙，就算常人拍下也定会拍得沙粒四溅，但明崇俨这一掌拍下却如拍在磐石上一般，浮沙上连个印痕都没有，只是前面那个坟起的小沙包却突地又高了寸许，那三支线香的火头却如浇上了油一般，竟然冒出了明火，燃得快了数倍。原来明崇俨见米拔鲁术法不凡，若是强攻只怕不是一时半刻能决出胜负的。他已抢得上风，便趁热打铁，将中央真文神咒加在中斗真君神咒之上，不让米拔鲁有喘息之机。

线香本来可以燃得半天，但一有明火，瞬间便已燃去一半。米拔鲁面色变了变，喝道：“明公子，当真要生死相搏么？”他术法精深，却很少与人真个动手，见明崇俨出手竟是不留余地，几乎要将自己斩尽杀绝，登时慌了手脚。明崇俨却答也不答，双手变了变，又是一掌拍下，喝道：“疾！”

他长相清俊秀逸，但这一声厉喝舌绽春雷，竟如当头一个霹雳。后面那姓雷的汉子只觉耳边“嗡”了一声，忖道：“明公子好大嗓门！”眼前一花，一团沙子已冲天而起，竟然足足有丈许高，倒像是地底喷出的泉水一般。这片沙尘起得极快，初时是直直一条沙柱，但刚升起便一下散开，将明崇俨与米拔鲁二人二马都掩在当中。这姓雷的汉子怔了怔，叫道：“明公子！明公子！”话刚喊出，却见这片沙尘忽地向南飞去，散得极快，当中明崇俨立在马前，但他跟前却已没有人了。他又是一怔，不知明崇俨出了什么事，催马上前叫道：“明公子，你没事吧？”才跑了两步，见明崇俨扭过头来，心中这才一宽，暗道：“还好，明公子是胜了。”

明崇俨看了看那汉子，扬声道：“雷先生，不必担心，那胡人逃了。”

“逃了？”姓雷的汉子又是一怔。此时沙子已尽数散落，向南望去，只见一匹黑马跑出了足足数百步外，还在极快地飞驰。他心道：“这胡人的坐骑好俊！”西域虽是出马的地方，但如此神骏的马他也是第一次见到。他有些犹豫地道：“明公子，让他逃了不要紧么？”

明崇俨冷笑道：“此人殊非弱者，只是谅他也不敢再来聒噪了。”

米拔鲁术法不弱，只是方才被自己打了个措手不及，已吃了个暗亏，若不是仗着马快，定已被自己的中斗真君神咒轰得骨肉成泥，饶是如此，他也已受伤不轻，现在只能找个地方静心休养去了。

明崇俨翻身上了马，又笑道：“雷先生，走吧。鱼肉在俎，只等下刀了。”这一回笑得却是甚为舒畅，眼里也是说不出的欢喜。

三

一见米拔鲁狼狈不堪地催马而来，赵天奇心头“咯噔”一下，忙迎上去道：“米兄，你不要紧吧？”

他对米拔鲁极有信心，那术士虽强，但米拔鲁定不会输与他。可是眼下看来，米拔鲁只怕已一败涂地，看他的衣服，半边全是沙子，一条右臂更是血迹斑斑。他牵住了米拔鲁骑的墨龙，扶着米拔鲁下了马，小声道：“斗不过他？”

米拔鲁下了马，撩起右袖看了看，道：“那人名叫明崇俨，很是了得。”

血虽流了不少，其实伤势并不重。那人的法术当真厉害，但米拔鲁在最后一刻闪掉了锋芒，只是右臂被擦了一下。赵天奇过的是刀头舐血的生涯，身边总带着金创药绷带之类，忙帮他包扎。见米拔鲁神情坦然，赵天奇小声道：“米兄，这回可再不能动恻隐之心了。”

米拔鲁叹了口气道：“是啊。此番伤天害理，只怕我也会遭天谴。”

赵天奇见米拔鲁答应了，松了口气笑道：“米兄，成事在人，哪有什么天理。”米拔鲁真正的手段终于要拿出来了，虽然首战不利，还受了点伤，但赵天奇反倒更有信心。

米拔鲁包好了手臂，站了起来道："赵兄，你带来了多少人？"

赵天奇道："二十一个。"

米拔鲁叹了口气道："这大孽造得也着实是深。你没让我族中之人知晓吧？"

赵天奇微笑道："当然，因此我让他们在这里扎营打尖，你那些族人不会来此处的。"

米拔鲁道："那术士颇为不弱，只怕我要用到九个。剩下的人，你放他们一条生路吧。"

赵天奇听他终于要施展秘法了，大喜过望，一躬到地道："遵米兄之命。"心中却暗暗道："剩下那些人你虽用不着，又怎能放他们一条生路？反正到时不在这里动手便是，让你眼不见为净。"

米拔鲁见他答应了，也舒了口气："那你将九人带来此处吧，以防走漏风声。"

赵天奇嘿嘿一笑，翻身上了马。

顺祥号的人在距蒲昌海还有半里之遥的地方扎营。一行二十多人此时都坐立不安，一见赵大爷回来，一个名唤孙复礼的便迎了上去。这地方前不着村后不着店，原本实在不是个扎营的好地方，但此番顺祥号的两位东主都突然沾染邪气，亏得赵大爷那几个人救他们回来，不然当真要手足无措了。孙复礼是顺祥号的账房，在这些伴当中年岁算是最大，平素除了屠伯达，也数他最有威信。那赵大爷说蒲昌海边有位法师能为两位屠爷驱邪，因此走这趟回头路，但他去了一趟却只是一人回来，只怕事情不好办。他迎到赵天奇马前道："赵大爷，那位法师怎的没请来？"

赵天奇叹了口气道："那位法师架子当真不小，说是要带人过去，他是不肯来的。你们来几个人，将两位屠爷抬去吧。"

屠伯达与屠叔通兄弟两人一直昏迷不醒，面色晦暗，像是中了毒，身上又没有伤口，孙复礼已是急得团团转。听赵天奇这般一说，倒是尚未绝望，登时叫了几个伴当过来，准备赶辆车过去，赵天奇道："孙先生，那法师不喜车马，若是有马车前去，他一怒之下便不肯援手了，让人抬过去吧。"

孙复礼一怔，心道："那法师怎么还有一身怪毛病？居然见不得车马。"但现在是求人，也没别的办法。好在为了临时卖货，那些大车侧面原本就可以拆下，拆下两块便行了。只是木板不小，势必要四个人才能抬一块。孙复礼叫了八个身体强壮的伴当，四人一块，把屠伯达和屠叔通抬了起来。正要走，赵天奇道："孙先生，你也一块儿过去吧，让那法师也做足面子。"

孙复礼点了点头道："也好，礼多人不怪。"现在两位屠氏东主都生死未卜，也就是他这账房说得上话了，按情理确实该自己去求那位法师救治。他交代了旁人几句，牵过一匹马来与赵天奇两人并肩跟着八个抬着木板的伴当而行。上了马，他小声道："赵大爷，那位法师这等不好说话，若再不肯该怎生是好？"

赵天奇道："孙先生放心。老话说，伸手不打笑面人，那法师虽然性子古怪，但我们如此周到，他不会不允的。"

孙复礼吁了口气，叹道："屠爷亏得有赵大爷你这朋友。也真个是巧，只是我以前倒未见过你。"

赵天奇笑道："你跟了屠爷几年了？"

"前后足有八年了。"

"那也难怪。十年前我与屠兄共事，后来便各有生意要照料，这十年都没机会碰面。"

孙复礼一怔，心道："赵大爷与屠爷是十年前共事的？好像顺祥号没和人合过伙啊。是了，赵大爷当初定然也是个伴当，后来发了财才单干。其实英雄不怕出身低，屠爷闯下这般大一番事业，最早也不过给人做伴当跑买卖。”

他正在胡乱想着，赵天奇指着前方道：“孙先生，你瞧，那位法师便在那里。”

孙复礼顺着赵天奇所指望去，只见东边远远地有个人。周围也不见屋宇，他不由又是一怔，忖道：“这法师难道就住在沙子里不成？”

沙漠不比旁处，若附近没有水源，根本没办法活下去。这里都是蒲昌海附近，蒲昌海边自是有井水，但这法师就算住在这里，总该有所小屋子。现在极目望去，周围不要说有房屋，连草棚都没一个，难道这法师为了修行，竟是在露天起居不成？

又走了一程，却见那人是坐在一块石头上。那人也见这一行人过来，却马上站起身，迎上前来。见这模样，孙复礼更是诧异，心道：“这法师架子不是很大么？怎么看上去不像？”他眼睛甚尖，却见那人高鼻深目，原来是个胡人，气度却颇为不俗，的确很有高人风范，便跳下马来迎上前去，拱了拱手道：“敢问阁下可是法师么？”

他话还未说完，身后传来了一阵乱响。扭头一看，却见赵天奇已飞身跃下了马背，手中握着一把雪亮的短刀，一刀一个，竟将抬着屠叔通的四个伴当尽皆捅倒。他大吃一惊，叫道：“赵大爷，你要做什么？”

赵天奇恍然不闻，身子一闪，短刀又如毒蛇的红舌一般吞吐，只一瞬间，抬着屠伯达的四个伴当也被他捅倒了。这些伴当固然个个身强力壮，多少也会些拳脚，但赵天奇出手奇诡，身法也快得异乎寻常，便是屠伯达平时，只怕身手都不及他。那八个伴当不要说全无防备，就算全力戒备，只怕也不过多撑个一时半会。

赵天奇捅倒了八人，一把短刀上尽是鲜血，大踏步向孙复礼走来。孙复礼见他眼神凌厉，已全无先前的随和，此时浑是一派残忍，不由打了个寒战，向后退了一步道："赵大爷，你……你到底是什么人？"

赵天奇自称是屠伯达的朋友，直到方才亦一直是一副为屠伯达奔前走后的模样，现在这张脸变得实在太快了，孙复礼一时想不到别个，只想着："赵大爷也是沾了邪气么？这可怎生是好……"

米拔鲁见赵天奇出手如电，一眨眼间便将八人捅死。算上抬来的两人，便已有一具尸首富余，不由叫道："赵兄，够了够了，饶了这人吧？"

这胡人居然一口标准的汉话，孙复礼不由一愣。赵天奇却狞笑道："饶不得，那两人还不能杀，要算上这个才有九具。"他一个箭步冲到孙复礼身前，一把揪住了孙复礼前心的衣服，举刀便刺。孙复礼是账房，当真算得手无缚鸡之力，人又生得甚是矮小，赵天奇这一把竟将他拎得离地而起，短刀"噗"一声扎入了他的前心。直到死前，孙复礼仍是一副茫然不解的模样，他到死也不明白这个自称是屠爷朋友的赵大爷为什么要杀自己。

赵天奇捅死了孙复礼，道："米兄，这里已有九个了，要怎么做？"

米拔鲁摇了摇头，叹道："人生在世，万事由命。赵兄，你将这九具尸首倒着埋下吧。"

在米拔鲁周围已挖好了九个坑。赵天奇拎起尸首，一具具扔了进去。埋到了第五具时，米拔鲁在一边道："赵兄，你得快点了。"

赵天奇将第六具尸首拎了起来，道："怎么了？"

"那位明公子已经到了。"

赵天奇心头一阵寒，抬头望去，只见北面已出现了一匹马的影子。他低低骂了一声，将尸首扛在肩上，小跑起来。他一边埋着尸首，心中一边想着："佛祖保佑，千万不要让那小子来得太快。"西域乃是佛国，赵天奇虽然不信佛，但也听得惯了，情急之下说了出来，也顾不得佛祖会不会保佑自己。

米拔鲁心中其实也甚为着急，但他依然面色如常，盘腿坐着。赵天奇埋下一具尸首，他便在面前插上一炷香。此时已插了八炷，待赵天奇扛着第九具尸首埋下，他将手中第九炷香一插，低声道："赵兄，你先到我身后来。"

赵天奇心知米拔鲁的秘术非同小可，一旦使出，只怕自己都要立刻迷失方向，也不多说，一手挟着屠伯达，一手挟着屠叔通，将两人扛在了马背上，道："米兄，全看你了。"

等赵天奇一走，米拔鲁的手往身前那九炷香一抹。随着他的手掌抹过，九炷香一瞬间齐齐点燃，他的嘴里喃喃念了起来。

这是九曜移星术，此术源出祆教。祆教正名琐罗亚斯德教，乃是波斯国教，在当时的西域也是第二大教。只是祆教尊崇光明神阿胡拉·马兹达，本无如此邪异的做法，米拔鲁当初是从来自焉耆的一个异人处学到的此术，已混杂了种种异端秘术，实非正宗祆教法术了。因为要用九具尸首，颇为伤天害理，因此赵天奇前来求恳时，米拔鲁并不愿施用这路法术。但与明崇俨交过一回手，他才明白明崇俨将赵天奇迫得如此狼狈，良有以也。明崇俨法术既高，出手也狠辣，便是他自己都吃了个小亏，也唯有用此术了。只是用虽用了，他心中仍是有些忐忑。赵天奇将这九个无辜之人杀死，终究让他心中不安。

明崇俨二人已越来越近，想必他们也已发现了米拔鲁。米拔鲁的五指在九个香头上飞速点动，口中咒声也越念越急，忽然轻斥一声，五指疾弹。烟头上本来就有烟气散出，随着他五指一拂，九道烟气笔直射出，竟如箭矢，而天色亦一下暗了下来。

明崇俨已见到了前面有人。那儿并无屋宇，这两人在那边自是意图拦阻自己。又向前走了一程，那姓雷的已低声叫道：“明公子，是锦毛虎！”

其实隔得尚远，看不清面目，但锦毛虎一身锦衣，大是显眼。若是在那些大城里，身着锦衣的当然为数不少，但这儿数里之内不见人烟，穿这种锦衣的只怕除了锦毛虎再无他人。姓雷的皱起了眉头又道：“明公子，锦毛虎到底想做什么？”

明崇俨冷冷一笑：“多半是另外找了个靠山来对付我。”

姓雷的不再答话。锦毛虎已是惊弓之鸟，但他再坚忍，终究不是铁打的。逃了这么长一段路，就算铁人也要垮了，现在敢在近处逗留，自然也是想找人来对付明公子。那米拔鲁与明崇俨的对阵他也看在眼里，知道这明公子年纪虽轻，本领却非同小可，不管锦毛虎能找什么人，多半仍不是明公子的对手。他笑了笑道：“明公子，你也要小心点。”

远远望去，只见锦毛虎将两个人弄上了一匹马，自己也跳上一匹马，姓雷的惊道：“明公子，锦毛虎要逃了！”

锦毛虎方才在来来去去，虽然看不真切，想必也是要做对付明崇俨的准备。但此时锦毛虎居然要落荒而逃，明崇俨却也不曾想到。他并不答话，加了一鞭，已率先冲了出去。锦毛虎的坐骑正是米拔鲁骑来过的那匹黑马，明崇俨知道自己的坐骑远不及此马神骏，若是锦毛虎不顾一切，一味奔逃，想追上他也难了，因此当即冲了过去。只是马刚要起步奔跑，眼前却是一暗，天色竟然突然间变黑了。

沙漠上的气候，不像中原一般善变，一年三百六十日，起码有两百天是晴空万里，下雨是难得一见的事。可话虽如此，突然会下雨也是有可能的。明崇俨抬头看了看天，那姓雷的在一边也惊道："明公子，好像有点不对劲啊。"

是锦毛虎的法术?

明崇俨的眉头略略一蹙。一路将锦毛虎追到此处，锦毛虎有什么压箱底的本事早该使出来了，难道一直藏着么?明崇俨知道更大的可能是这里有锦毛虎叫来的帮手。不过虽然天色变暗，其他却毫无异样，他道："不必管他，追吧。"

他的右手往怀中一掏，摸出了四张符纸。在鞍上弯下腰，手一抖，四张符纸一下飞出，正贴在坐骑的四条腿上。本来他与姓雷的马尾接马头，一同前行，一瞬间他的坐骑的速度快了足足有三四倍，登时与姓雷的拉开了数丈。

这是风火轮咒甲马符。原本是用在人身上的，以法术驱使人身，可以使速度大大增加。明崇俨此时用在了马身上，固然灵活性远不如人身，但速度却一样增强数倍。只是风火轮咒不能使得太久，否则会因为速度过高，人马俱焚。现在与锦毛虎相距并不甚远，短时间能追上锦毛虎那匹黑马，便已足够。

明崇俨的去势太快了，那姓雷的只觉眼前一花，明崇俨一人一马的身影登时缩成了一个小点，惊得一把勒住坐骑，心道："明公子……明公子还是人么？”西域身怀秘术之人也有不少，他见过的亦有许多，但风火轮咒神行术乃是道家法术，道士在西域却是少而又少，他长了这么多年还是头一回见到。

天色晦暗，明崇俨的去势又实在太快，一眨眼他的身影便消失不见。这姓雷的忖道：“锦毛虎现在多半已被明公子生擒了吧？”两将对阵时，偶尔一方勇将会单骑突击，斩将夺旗，仗的就是一个“快”字。但无论怎么快，都不会有明崇俨这等快法，锦毛虎本来就不是明崇俨秘术的对手，再以这等闪电一般的身法冲到他近前，谅锦毛虎不会有还手之力。

他正自想着，身后突然又传来了一阵马蹄声。这阵马蹄急如暴雨，姓雷的不由一惊，心道：“糟了，果然是埋伏！”他们一路过来时本就防着锦毛虎会暗中伏击，因此甚为小心，但一路上并看不出有什么异样。只是现在身后的马蹄却是实实在在的，确实身后有人追来，也不知锦毛虎使的是什么办法竟能瞒过明公子耳目。现在追上前是追不到明公子了，他一把拔出腰刀，索性就停在原地等着。

马蹄声越来越响，但姓雷的老于行伍，已听得只是一匹马的声音。他放下了心，暗道：“看来锦毛虎的人手确已不多，只有一个人，我怕他何来？”正想着，身后忽然一道厉风扑来，一匹马猛地直冲过他身边。

这般快法！姓雷的不由瞠目结舌。明公子突然绝尘而去，那等速度让他叹为观止，而身后追来这人速度竟然不逊于明公子，让他的心不由狂跳起来。这人去得也太快了，若是方才擦身而过时突然向自己一刀挥过，只怕还没反应过来便要人头落地。

他正在心有余悸，那匹冲过他身边的马突然一下止住。那马已冲过他足有五六丈远，天也更暗，一时间看不清那人的形状。姓雷的心头一凛，忖道：“糟糕，他对上我了！”不由自主地将腰刀握得紧了些。也就在这时，只听前面有人道：“雷先生么？”

明公子的声音！姓雷的不由怔住了，半晌才回过神来，叫道：“是我，是我。”

他加了一鞭，马小跑着向前而走。靠得近了，只见前面果然是明崇俨。只是仅仅片刻不见，此时的明崇俨和胯下坐骑简直像是刚从水里捞起来一般，人身上、马身上尽是湿淋淋的，那匹马更是直喘粗气，而一人一马的身上也是热气直冒，想必是汗水被蒸发出来。姓雷的更是诧异，又向前走了几步，道：“明公子，你怎么从后面过来的？”

明崇俨的眼里忽然闪过一丝杀气，马上又微微一笑，抹了下额头的汗道：“雷先生见笑。那妖人道行不浅，我上了个大当！”

他一路追去，只觉身上越来越热。风火轮咒虽然厉害，但此术有个致命缺点，就是太快了，身体与空气摩擦会产生大量的热。若是施术太久，连周身血液只怕都会被烧干。明崇俨原本觉得只不过片刻便能追上锦毛虎，但越走便觉锦毛虎的影子越远，他心中已觉不对。等前面出现了一人，他原本只道那就是锦毛虎，正待出手，但马上发现那人身上不是锦衣，胯下也不是黑马，倒像是那姓雷的，登时明白自己上了个大当，那妖人的法术竟然让自己迷迷糊糊中跑了个大圈，又回到了原地！

明崇俨出道以来并不是没栽过跟头，但这辈子还从未有过一次像如今这般，连敌人的影子都没见就上了大当。幸亏还有个姓雷的，否则自己仍然不明所以，只怕还会一圈圈追下去，直到再受不了高热为止。而到了那时，自己已是筋疲力竭，再想动手也不成了。可就算只跑了一圈便已发现，但这一圈也已让他感到疲惫不堪。人还能撑得住，这坐骑只怕再撑不下去了。

真是一败涂地。小觑了天下豪杰，便是这种下场啊！

明崇俨心头不住地骂着自己愚蠢。来到西域，对付锦毛虎，对付米拔鲁，一直毫无挫折，以至于让自己有了轻敌之念，只道不费吹灰之力便可以将锦毛虎擒住。此时他不由甚是感喟，生怕被这姓雷的看出来，暗自坐在马上调匀呼吸。

这自是一种鬼打墙之类的法术了。这种法术在中原并不算太少见，只是大多是邪派所为。明崇俨在马上调匀了呼吸，那姓雷的也已来到他跟前，见明崇俨一脸凝重，心中不由惴惴，小声道："明公子，现在怎么办？"他虽然不是术士，但此时已然明白中了敌人的术法，连方向都已搞不清了。在这沙漠上迷失方向，是最为危险的事，他又根本不知该如何应对，心中说不出的惶惑。

明崇俨冷冷一笑道："雷先生，那妖人道行已深，不过仍有破绽。"

明崇俨从怀里摸出一把短剑。这短剑剑柄是白玉制成，剑尖处有个小孔，他将短剑平放在指甲上轻轻一转，这短剑登时飞快地转了起来。明崇俨的手指甚是纤细，指甲也留得很长，短剑转起来毫无滞涩。转了一阵，短剑慢慢停了下来，明崇俨看着剑尖的方向，道："雷先生，这里便是南边。"

周围一片晦暗，根本辨不清方向。姓雷的更是诧异，道："明公子，不会错吧？"

明崇俨喃喃道："这妖人的道行已能偷天换日，不过我不信他能换得了地磁。"

"地磁？"

这个词那姓雷的还是第一次听到。明崇俨点了点头道：“不错。地磁横贯南北，因此可以测出方向。”

姓雷的道：“便用这短剑么？”

“正是。”

战国之时便有司南、指南车之制，但罗盘成为通行之物，还要等到四百余年以后。此时就算是中原，知道磁针指南的人并不多，不要说是在西域了。姓雷的虽然不知缘由，但听明崇俨说得如此肯定，叹道：“那妖人遇上了明公子您，当真是运气不好。”

明崇俨却只是冷笑了一下，轻声道：“只怕还未必，现在才是见真章的时候。”

现在辨明了方向，找妖人正面碰面也就只是个时间问题了。此人有如此神通，定非易与之辈，只怕面临的会是一场恶战。明崇俨本来觉得在西域一带无人会是自己的对手，但方才着了一回道儿，他已不敢再有什么轻敌之念。他左手捻诀，右手用短剑在沙地上画了几下，口中喃喃念了几句，忽然一剑往地上插去，喝道：“疾！”沙地甚是松软，短剑直没到柄，白玉剑柄上突然放出一道亮光，笔直向前射去。姓雷的在一边看得瞠目结舌，心道：“明公子当真是个了不得的人物。他眼下年轻，将来定然会青史留名。”

明崇俨已站了起来，扭头道：“雷先生，要麻烦你为我护法了，不能让这柄剑倒下，否则我仍会迷失方向的。”

姓雷的没口子道：“好，好，明公子放心，我不会大意的。”

明崇俨牵过了马来，唇边又浮起了一丝淡淡的冷笑，也不多说，翻身跳上了马背。他长相俊秀，又是士人打扮，但飞身上马，一路疾驰，便是老于行伍的兵士也不过如是。姓雷的看着他的背影，眼中却闪过了一丝迷惘。

“可惜啊。”

他的嘴翕动了两下，用微不可辨的声音喃喃说了一句，也不知可惜的是什么。

四

米拔鲁面前的九炷线香燃得极慢，几乎看不出有火星。九曜术是以祆教秘术为本，辅以密教和种种邪术混杂而成，大多都是要借助线香施法。此道高手，一支线香最多时据说可燃三日三夜之久，米拔鲁虽然远未到这等境界，但也能把线香燃过一日。

只消线香不灭，法术便不散。米拔鲁的嘴角微微露出了些笑意。那个长相清俊的唐人少年虽然法术高强，但在九曜移星术之中胡乱奔忙了一整日，定然筋疲力竭。到时就算他能赶到自己面前，胜负也不言而喻了。

“米兄，如何了？”

赵天奇的声音在背后响了起来。米拔鲁也没回头，只是沉声道：“赵兄，那两人你没要他们性命吧？”

方才被赵天奇骗来的几人抬了两个人过来，而赵天奇宁可多杀两个，仍要将那两个生死未卜之人带走，想必那两人十分重要。这两人到底是谁，米拔鲁也无心过问，他只希望赵天奇不要多做杀孽。杀了九人，已让他心中多有不安，他不想再见到有人死去。

赵天奇道：“米兄，那两人我还有大用，当然不会杀他们。”肚里却有些不耐，心道：“你当初可不是这样的，现在怎的一副假道学？”

当初米拔鲁与赵天奇同在行伍之中，当真算得是杀人不眨眼，从来没有这等犹犹豫豫过。他看了看北面，方才那追赶自己的术士已就在面前，但此时却已不知去哪里了。他道：“米兄，那妖人被你干掉了么？”

米拔鲁看着面前，喃喃道：“明公子年纪虽轻，道行却深，要杀他哪有这般容易。不过他想破我这九曜移星术也不是一时半会的事，就算能破，也将要大伤元气。”

赵天奇道：“那么，他若是能杀到此处，要干掉他便容易些吧？”

米拔鲁点了点头，可他的脸上仍是一副忧心忡忡的样子，低声道：“希望他知难而退。”

赵天奇忖道：“让他知难而退可不成。”这术士将他这点家底杀得几乎片甲不留，还死缠不放。留下这般一个大敌，下半辈子只怕连睡觉都睡不安稳了。他正想着该怎么说服米拔鲁去斩草除根，耳畔突然听得一阵马蹄声。

马蹄声是从北边传来的。他不由一怔，看了看米拔鲁，却见米拔鲁脸上也有惊愕之意。他心头一沉，低声道：“米兄，你的法术被那妖人破了？”

米拔鲁摇了摇头：“不是。”九曜移星术若是被破，这九支线香定然也有感应，立刻燃尽。但现在线香仍在慢悠悠地烧着，根本没有异样，他都感到有点莫名其妙。

“是有人误入么？”

米拔鲁仍是摇了摇头：“不会。进入九曜移星术之界，便不辨东西南北，只能越走越远。就算偶尔靠近这里，他也根本看不到我们。”

只是偶尔离得近了些吧。但米拔鲁的面色越来越凝重，已全然没了方才那副从容之态。现在马蹄声虽然还不是太近，能听得到马蹄声，离此间也就不会太远。照理在九曜移星术中，敌人只会南辕北辙，越来越远，可是马蹄声却是越来越近。他越来越不安，忽地站了起来，小声道："赵兄，只怕免不了要与明公子决一死战了。"

如果明崇俨能破了九曜移星术，他反倒不会如现在一般惶惑，因为那样一来他便能知道这个对手的功底，反倒有应付的办法。但明崇俨突如其来，他也不知道这人到底怎么能神不知鬼不觉地破了九曜移星术。赵天奇他一直担心米拔鲁不愿以死相搏，但现在米拔鲁却也被逼上了绝路。他脸色仍是不变，心头却大为宽慰，低声道："要我帮忙么？"

米拔鲁如标枪一般站得笔直，冷冷道："但愿不要。"他拂了拂衣上的沙子，又低声道："赵兄，你先退到后面去，千万不要到我身前。"

赵天奇心知米拔鲁法术厉害，见他现在面色凝重已极，这还是头一次见到，也不敢再说，转身退了下去。米拔鲁将右手按在九枝线香这上，他掌心仿似有种奇异的吸力，将香头上冒出的烟气全都吸在了掌中。

这是九曜虚空藏。米拔鲁学成此术，还是头一次使用。他这九曜术乃是向一个焉耆秘术士处学来，当初师傅教他此术时便说过，九曜虚空藏轻易不可使用，因为此术一往无前，纯是进攻，一发多半便要决出生死。他原本并不想与那唐人少年生死对决，但此时已势成骑虎，再不能留手。此时他人站得笔直，铁柱一般动也不动，但呼吸已不由自主地急促起来。

马蹄声越来越近。但米拔鲁睁大了眼，眼中所见却仍是空空一片。

是幻术!

米拔鲁的心一下抽紧了。明崇俨神通不小，他已是知道，却不曾想到这少年居然还身怀幻术。他的右手忽地从线香头上移开，左手在烟上一晃，舌尖一卷，猛地一口气吐出。

线香上的烟气并不大，但米拔鲁这口气一吐，烟气却如一张细细密密的纱网般散了开来，一瞬间便已有三四丈见方。这片薄薄的烟气越散越大，肉眼已不可见，但米拔鲁知道，不论明崇俨用的是何种幻术，一入这九曜烟罗之中，便立刻无所遁形。只是九曜烟罗由薄烟形成，并不能持久，因此米拔鲁也不能太早就用。

他刚将九曜烟罗施出，眼前忽然一变，身前十余步外忽地现出一匹马来。听马蹄声还在三四十步以外，米拔鲁根本没料到居然如此近法，那明崇俨的幻术显然不仅仅能影响视觉，竟已能淆乱听觉。他右手的九曜虚空藏早就蓄势待发，等看到那马已来到如此近前，更不容情，右手一扬，一个圆圆的弹丸已脱手飞出。

那只是一团烟气凝成的弹丸。原本一触即散，但在米拔鲁手中飞出，却已不啻铅丸。只一下，烟弹正中马腹，那匹高头大马惨嘶一声，立时倒地，然而米拔鲁此时才发现马背上原来并没有人。

米拔鲁心头猛地一沉。西域一带，人们视驼马如友，轻易不会伤害驼马，而米拔鲁更是久不伤生。此番明崇俨的幻术已搅乱了他的心神，因此出手未免不分轻重，但一出手才发现自己原来又上了一回当，平白将一匹马伤了，心头又是痛苦，又是惶惑。

马刚一倒下，他耳边忽地响起一声厉喝："疾！"一个人影从马后如旗花火箭般直直跃起，竟然直冲上了四五尺高，一掌向他击来，正是明崇俨。

眼见这一掌劈面打来，除了正面抵挡再无别法。但就算只是平平一掌，米拔鲁对明崇俨已极其忌惮，哪里还敢有半分小视，心知这一掌定然不会如此简单。他身子忽地一弓，整个身体猛地扑到了身前那九炷线香之上。也就是碰到的一刻，他身上的袍子忽地像鼓足了气一般胀大起来，一个人仿佛一瞬间化成了一个皮球，明崇俨的一掌正拍在了他的背上。这一掌刚拍下，便是“啪”一声巨响，震得沙飞石走，明崇俨也被震得向后翻了两个空心筋斗，这才落到了地上。

这米拔鲁实在不是个易与之辈。

落到地上时明崇俨不由暗自咋舌。他以幻术欺近米拔鲁身边，拼着这匹坐骑的性命取得了先手之利，这一掌又是他师门秘传五魅法的土魅术，只消米拔鲁一接，立时乾坤倒转，等如整个大地压到他身上，但明崇俨自己也在准备着一击即走，否则他同样抵不住这一掌的反击之力。但他的掌拍到米拔鲁背上时，却觉空空的毫不受力，马上又觉掌下一下炸开，胸口有种说不出的难受。

即使占了点上风，仍然不可小看他啊。明崇俨一边调匀呼吸，一边将双掌在胸前画了个太极之形，以此化解前心的烦恶之情，同时又防备米拔鲁乘虚而上。

沙尘慢慢落下，眼前重新能够看清了。此时明崇俨看到的米拔鲁却是衣衫褴褛，几乎像是刚从土里挖出来的一般。看来土魅术虽然未能一举将他击溃，却也让米拔鲁吃了不小的苦头。明崇俨直了直身子，淡淡笑道：“米兄，别来无恙。”

米拔鲁重重地了叹口气，正待说句什么，却见明崇俨的手在身前一错，双手在前心捻了个太上四圣诀，喃喃道：“天蓬天蓬，九玄煞童。五丁都司，高勾北翁。七政八灵，太上皓凶。长颀巨兽，手把帝钟。素枭三乘，严驾夔龙。威剑神王，斩邪灭踪……”米拔鲁虽然连番吃亏，但明崇俨也知对手根柢不凡，自己能连占上风，实是倚仗机变，如果真个对战，自己未必能胜，因此立时使出这天蓬真君神咒。

明崇俨念咒极快，米拔鲁却没料到他居然毫不留情，竟是要赶尽杀绝，心头不由暗暗叫苦，心道：“看来是躲不过了。”右手猛地挥出。

此时明崇俨已念到了最后一段：“……三十万兵，卫我九重。辟尸千里，祛却不祥。敢有小鬼，却来现形。镢天大斧，斩馘无停。炎帝烈血，北斗燃骨。四溟破骸，天猷灭类。神剑一下，万鬼自溃。急急如律令！”“令”字甫一出口，明崇俨身前忽地升起一道气流，卷着沙子冲霄直上，足有二三丈高。米拔鲁掌中一个烟球直直飞出，一下正击中了这沙柱。原本一个烟球轻盈飘浮，毫不受力，但甫中沙柱，竟是轰然一声，沙子猛地四溅开来。米拔鲁脸色不由大变，心道：“此人……此人也下了重手！”

原来明崇俨所用北帝派秘术四圣剑中的天蓬剑。北帝派尊崇北帝，传说天蓬将军是北帝上将，制伏一切鬼神，与佑圣、天猷、翊圣合称“四圣真君”。后来此派高道邓紫阳毕生便修习天蓬真君咒，是名声赫赫的道教神霄派始祖。明崇俨原本功力还不足以驱使天蓬剑，但自从在长安大兴寺一番生死相搏之后，他功力大进，已能使出这天蓬剑来了。也正是因为有了此术，他才自信能横行西域。

天蓬剑之威，在道家秘术中可谓数一数二。真正高手能无形无质，以之伤人亦是如羚羊挂角，不着痕迹。明崇俨还远没到这等地步，但他借助细沙使出这天蓬剑来，更显得威力不凡。虽然与米拔鲁无冤无仇，只是此人要拦阻自己，法术亦是不凡，明崇俨便再不留手，务必要一举将他除去。只是刚要施出天蓬剑，竟然被米拔鲁一下破去，他心中震惊较米拔鲁更甚，心道："不好，小看他了！"双手一变，索性不去强行收拾被九曜虚空藏击散的天蓬剑，喝道："太阴化生，水位之精。虚危之应，龟蛇合形。周行六合，威摄万灵。无幽不察，无愿不成。劫终劫始，剪伐魔精。救护群品，家国安宁……"随着咒声，他身左身右一下又升起两道沙尘。虽然没有天蓬剑那么高大，却如屏障般挡住了他。

这是佑圣剑。佑圣真君即是后来的真武大帝，亦即玄武。佑圣剑在四圣剑中攻势稍有逊色，但防御却是第一。明崇俨的天蓬剑被米拔鲁一下击散，登时生了忌惮之心，生怕米拔鲁会乘胜追击，因此一变为佑圣剑。佑圣剑为龟蛇双剑，在他身周不住游走，等如竖起了一道铜墙铁壁。

米拔鲁方才借九炷线香避去了明崇俨一掌，仍是觉得五脏六腑都被震动。他以九曜虚空藏偷袭，本已有势在必得之心，谁知仅仅是销去对方的秘术而已。而对手的秘术瞬时已变，他不知明崇俨实是因忌惮而转攻为守，只道又要攻来，更是暗暗叫苦。但已无路可走，他忽地将手指放进口中，猛地咬破中指指尖，右手又罩在了线香之上，五指急速交错变化。指尖的一滴血在香头上立时散作薄薄细雾，掌心又凝成了一团烟弹。只是，这回这团烟弹不再是乳色的，而是红色。

这回，米拔鲁用的乃是血咒九曜虚空藏。血咒在各派都有，全是借逼出自身精力而使出的绝招，凡是用过血咒，往往会元气大伤。明崇俨口中念咒，眼睛却紧紧盯着米拔鲁，见他将手指往口中一咬，心头便是一沉。如果自己也用血咒相敌，顶多是个两败俱伤之局。但不用血咒，只怕又抵不住他这回的攻势。他口中喃喃念咒，心头却已如车轮般飞转，不停地打着主意。

米拔鲁掌中的殷红烟弹已成，一张脸也更白了三分，神色中已有点委顿。这般以血咒加持九曜虚空藏，威力固然大增，但对自己的反克也着实厉害。他耳边只听得明崇俨的咒声越来越急："……数终末甲，妖气流行。上帝有敕，吾故降灵。阐扬正法，荡邪辟兵……"心知再任由他念下去，势必会有雷霆一击。明崇俨已抢攻了两次，第三次万万不能再让他先下手，当即厉喝一声，右手向明崇俨一扬，左手在右手手背一磕，右掌掌心那颗殷红烟弹疾矢般向明崇俨射去。

这一次与方才虽然如出一辙，但颜色有异，威力也不可同日而语。明崇俨只觉那烟弹破空而来，竟然激起了极尖厉的声音，不由大吃一惊，心道："这米拔鲁竟能化虚为实，的确不能小看了。"他的佑圣剑最善防御，手腕一翻，原本绕着他身周不住打转的两柱浮柱猛地直升起来，一团圆如坚盾，另一团却细细长长，缠在了身周，正是佑圣剑中的玄武龟蛇变。

"啪"一声，烟弹击中了明崇俨身前这道沙幕。但玄武龟蛇变并没有如方才的天蓬剑一般立时散开，反而聚得更紧，那颗殷红色烟弹同样不曾散开，便如嵌在了如龟甲一般的沙柱之上，另一道蛇形的沙柱则缠在上面打转，看上去便如龟蛇缠绕的玄武在争夺一颗殷红的珠子。转得极快，每转一转，烟弹便小一圈。待三四转过后，那殷红烟弹竟已不见踪影。

见此情景，米拔鲁险些要吐出血来。他没料到明崇俨居然能化去自己的血咒九曜虚空藏，咬了咬牙，将左手中指也一下咬破，随即将两手合在一处，捏成宝瓶印，掌沿却按在了线香之上。九炷线香本来燃得极慢，可此时却烧得飞快，有两炷线香甚至已经冒出了明火。

米拔鲁本来觉得有九曜移星术做后盾，自己实能立于不败之地，却没料想明崇俨的本领一高至此。现在九曜虚空藏只能使出这一次了，米拔鲁只觉眼前有金星在晃动，心知体力已然透支，这番恶斗过后，自己定会大病一场。如果仍然制伏不了明崇俨，他也就势成俎上鱼肉，任人宰割。

胜败在此一举！

他将烟气聚集在右手掌心，一边喃喃念诵，左手却从袖中摸出了一个东西。

那是一片黑石磨成的石梭。米拔鲁手一探，已一下衔在了嘴里，咒声也戛然而止。就在此际，那九根线香齐齐冒出了明火，霎时燃到尽头。明崇俨在对面只觉得迎面仿佛有无形的惊涛骇浪扑来，心中亦是又惊又惧。方才他以玄武龟蛇变化去了米拔鲁的血咒九曜虚空藏，看似举重若轻，其实也极为凶险。这玄武龟蛇变固然防御得如铁桶一般，却也让他如被封在了铁桶里，万一不小心被九曜虚空藏突破，那他躲无可躲，不死也要重伤。而现在米拔鲁决定要孤注一掷，这一番攻势必定更加凶悍，他心头惧意亦是更增。

为什么会到这等地步？明崇俨不禁有些懊恼。恐怕，自己也是太过轻敌，小觑了天下英雄，以至于落入这等困境。但明崇俨抿着嘴低低念诵，脸上仍是什么表情都看不出来。

地面忽地一震。明崇俨的四圣剑原本便已蓄势待发，随着这一震，身周龟蛇二剑立刻缩拢，整个人便如包在了一团土黄色的沙丘之中。他方才以玄武龟蛇变化去了米拔鲁的九曜虚空藏血咒，已觉得勉为其难，心知对手若是不顾一切，连番发出的话，佑圣剑是肯定抵挡不住的，唯有破釜沉舟，索性来个以攻对攻，看谁能先发制人。就在这一震之际，明崇俨厉声喝道："五炁灵君，光华日月，威被乾坤。飞符摄篆，断绝鬼门。左右吏兵，三五将军。雷公霹雳，电闪风奔。刀剑如雨，队仗如云。……"随着咒声，佑圣剑已化成了一团黑气，直取米拔鲁。

这是翊圣剑。翊圣真君即是俗称的黑煞，亦是道家北极大帝属下四大神将之一，而这翊圣剑也是四圣剑中攻击力最强的一种。明崇俨方才以佑圣剑防御，其实早已打定了这个主意，因此口中所念也已是翊圣真君神咒。米拔鲁一心想着该如何乘虚击破明崇俨守得如铁桶一般的玄武龟蛇变，万没料到他竟在突然间变守为攻，一往无前。他大吃一惊，已被打了个措手不及，哪里还闪得开，这团黑气凝成的气剑正中他的前心，将他刺了个对穿。

赢了！看来米拔鲁一味抢攻，根本没有注意防守。这个念头刚从明崇俨心头浮起，却见米拔鲁的身形突然变得模糊起来，仿佛整个人化成了烟，又如一条蛇般钻入了地下。

这是怎么回事？尽管明崇俨极是疑惑，但他口中的咒语却不曾停。

"手执帝钟，头戴昆仑。行逸天下，收捉鬼神。九州社令，血食之宾。不许拒逆，敢有张灵。镇星缚手，北帝收魂。三台七星，持剑斩精。罪不重拷，殃及子孙。"

没见到对手的尸体以前，就绝对不能大意。明崇俨年纪虽然不大，但曾与无数强者交过手，深深明白这一点。他口中的咒语如滚珠般不停流转，黑气和沙子凝成的翊圣剑也不时在他身周逡巡，如鬼物欲攫人而噬。

所谓黑煞，原本便是厉鬼，所来为北极大帝收伏，成为四大神将之一。因此翊圣剑虽是道门正宗秘术，却仍带着几分妖气。虽然已不见米拔鲁踪影，明崇俨仍在低低地念诵。

“邪精魍魉，吾誓不闻。闻吾咒者，头破脑裂，碎如微尘。急急如律令！”

咒声方落，地面上突然有腾起一团一人多高的沙子，当中一个黑影向明崇俨直冲而来。明崇俨的翊圣剑一触即发，黑影一闪，无形剑影已将这团黑影拦腰斩为两半，鲜血登时四处飞溅。

如果是个活人，这等被腰斩的话，定然会嘶声惨叫。但翊圣剑将这人影斩为两半，却寂然无声，倒似斩断的是截木头。明崇俨已知上当，米拔鲁的手段定然不会仅限于此。他忽地双脚一错，人已疾退了丈许。退得太快了，以至于脚下生风，带起黄沙滚滚，虽然只退了丈许，黄沙扬起却也有五六尺高。

这是风火轮咒。风火轮咒虽不能持久，但短时间内能将速度提高数倍。明崇俨此时的速度，也已超越了人类的极限。就在他退去的一瞬间，他原先所站之处又有一团沙子如喷泉般腾起，两条手臂破土而出。明崇俨若是慢了片刻，这两条手臂便要抓住他的脚踝，将他硬生生拖入地底沙中去了。

而被明崇俨斩为两半的那人，肤色死白，溅出的血也并不多，显然早已死了，只是周身血液尚未干透而已。而这两条从土中探出的手臂同样惨白无血色，定然亦非活人。

是驭尸术！

明崇俨的呼吸登时急促起来，不仅仅是因为使用风火轮咒的原因。驭尸术在中原大多是邪术，虽说正道也有起死术之类，但是这种借尸首攻击的秘术就尽然是邪派无疑。明崇俨不知米拔鲁的西域驭尸术到底有何等奥妙，但从眼下看来，米拔鲁至少能驭使两具，在中原也属于非同寻常的好手了。

知道了对手真正的实力，明崇俨的眼中却毫无沮丧畏惧，反倒灼灼放光。这个长相清俊如少女的大唐少年，内心深处却有一种野兽一般的凶悍。能与米拔鲁这等好手一决生死，在他看来实是平生未遇的幸运。他定了定神，高声道："米兄，是好汉的便出来斗个真章，藏头露尾算什么英雄。"

米拔鲁自然不会受激，明崇俨的用意也只是借说话之机来调匀呼吸而已。却见那两只伸出地面的手在地上一撑，沙土纷纷崩落，又有一个黑影破土而出，却仍是一具尸体。明崇俨嘴角浮起了一丝冷笑，淡淡道："米兄是要孤注一掷了？"

米拔鲁已用到这等绝顶邪术，明崇俨不相信他还会有什么更厉害的本领。只要能破了这路驭尸术，米拔鲁自然再无还手之力。虽然明崇俨已知道对手的功力不会比自己弱，但米拔鲁显然并不经常与人动手，临敌的经验实是大大不如。不过他对驭尸术也略知一二，中原施此术时，施法之人仍在一边，但米拔鲁现在却已不见踪影，看来这路西域驭尸术与中原的大为不同，他也不敢贸然行动。

这尸首一升出地面，却听米拔鲁沉声道："明公子，眼下你若想走还来得及。"声音有些含糊，飘忽不定，也不知是从何而来。

明崇俨仍是淡淡道："将阁下杀了再走，更来得及。"

这路九曜尸毗术甚是伤天害理，米拔鲁并不想多用，何况这些天随时都会有个极为棘手的对头要来，他也好生忌惮明崇俨的四圣剑着实了得，因此一直不想与明崇俨硬拼。虽然碍于受了赵天奇之托，他一直希望能让明崇俨知难而退。只是动手之下才发现这个唐人少年哪里肯留半点余地，竟是要置自己于死地，再不将压箱底的本事拿出来，只怕真要伤在他手上了。事已燃眉，自然只能且顾眼下，以后的事以后再说。米拔鲁终究也有怒气，心道："此人真是不识好坏。说不得了，给他来个绝后计吧。"心头虽怒，口气却依旧平缓如常，道："明公子所言甚是。"

明崇俨嘴上说得轻松，实际上已是万分小心。米拔鲁这路驭尸术实在与中原所传大为不同，他到现在也没能发现米拔鲁真身隐于何处。他双手捻诀，紧紧盯着面前这具尸首，生怕有半分错失。

天越来越暗。米拔鲁的九曜移星术原本就有移星换斗之能，原本是个晴空万里的好天，在这一带却如暮色沉沉，遍布阴霾。就在此际，明崇俨忽然听得四周传来了一阵细细的声息，就像有无数小虫正在爬来。

是摄生术一类么？明崇俨暗暗想着，却觉身后有一阵阴寒彻骨的厉风猛地袭来。风厉如刀，他心道："这准是这胡人真身。"忽然双手一错，口中爆豆也似喝道："天猷天猷，猛烈诸侯。上佐北极，下临九州。身披金甲，手执戈矛。眼如掣电，爪似金钩。逢妖寸斩，遇鬼擒收。顺鬼不斩，恶鬼截头。上帝敕下，不得停留。急急如律令！"两掌一上一下平放胸前，身子一转，双掌已齐齐向身后击出。

这是天猷真君神咒。天蓬、佑圣、天猷、翊圣这四圣将中，天猷剑虽不如翊圣剑那般锋芒毕露，刚猛却还在翊圣剑之上。这四圣剑颇伤元气，以明崇俨现在的功底，每日都只能使用一次。到此时为止，天蓬、佑圣、翊圣三剑他都已使过，天猷剑也是他今天能用的最重一种四圣剑了。他以言语相激，为的正是抓住这个机会，能将米拔鲁一举击溃。这一下直如迅雷不及掩耳，天猷剑与身后袭来的阴风击个正着，那股阴风抵不住天猷剑威力，立时被击散。只是明崇俨的双掌一触到身后那人的手臂，只觉触手如冰，毫无活人的体温，心道：“不妙！”

在明崇俨身后偷袭他的，仍是一具尸首。这尸首一条手臂连同半边身体都被天猷剑震得粉碎，却仍是直直立在地上。就在此时，周围地面上黄沙突然有多处簌簌而动，就像雨后的春笋一般，又有好几个黑影直直地从土中钻了出来，恰好将明崇俨围在了当中。

天色仍是昏暗无比。这几个人影虽然衣着普通，但全都一脸死灰，身体僵直，全是些尸首。明崇俨见此情景，也不由暗暗倒吸了口凉气。

这里共有八具尸首。算上被翊圣剑腰斩的那一具，米拔鲁能够同时驭使九尸。这已是中原一派宗主的实力了，他没想到这个在自己手下连连吃亏的西域胡人竟有如此之高的功底，不由得一阵心悸。

只要拿下这胡人，真个是不虚此行。他暗暗想着，心悸之余也有着按捺不住的欣喜。

那八具尸体刚从土中出来，身上也满带沙土，更显怪异。中原驭尸术驭使尸体，都是一步步跳动，但米拔鲁所用的秘术却能使尸首双足交错挪动，但关节僵直，一般与活人大不为同。米拔鲁还是头一次使用这九曜尸毗术，虽然已被明崇俨毁去一具法体，但九曜尸毗术的威力却并没有多少影响。现在尸阵已成，一动俱动，明崇俨就算有天大的本领也插翅难飞了。被围在当中的明崇俨似乎已吓得呆了，站在八具尸体中间一动也不动。显见这清秀少年要被八具僵尸摧为肉泥，米拔鲁终究不是个嗜杀成性的人，不忍再看，心道：“明公子，你自己不愿及早逃生，不要怪我了。”

“啪”一声，却并不是人体被压碎的声音。米拔鲁不由一怔，忖道："明公子还有这本领？"他甫一抬头，见尸阵之中哪里还有人影，不由一怔，还没回过神来，边上那具僵尸却已一拳横扫，正击中他的前心。九曜尸呲术驱使的死尸力大无比，而这一拳更是有如万钧巨锤当头砸来。米拔鲁本是以附体术附在这具尸首上，不要说毫无防备，就算有也挡不住，附体术立时被震散，人仰天倒在地上，喉头一甜，一口血猛地吐出来，原本含着的黑石梭也摔在了地上。直到此时，他仍然莫名其妙，心道："这……这是怎么回事？难道尸呲术出了差错？"

米拔鲁的附体术一散，九曜尸呲术也立时失去效用，天色立时放亮，八具尸首也纷纷倒地。只是方才出手那具尸首倒下的同时，却现出了明崇俨的身影，而他嘴里竟然也含着一片与米拔鲁那片一般无二的石梭。米拔鲁这才恍然大悟，失声道："你……你也会……"

明崇俨用的都是玄门正宗法术，米拔鲁根本想不到他居然也会这等附体于尸身之上的妖术，而且还相当熟练，怪不得方才尸阵将他困住后，明崇俨最后竟会不知去向。

明崇俨捡起地上那枚黑石梭，又从口中取下另一枚石梭，相互一并，这两片石梭似有着极大的吸力，竟然合二为一，连个接缝都没有。他淡淡笑道："米兄，多谢了。"

怪不得这少年不依不饶，原来他真正的目的在于此。米拔鲁的尸呲术非同小可，一击之下，胸骨尽裂，此时已奄奄一息。可就算他明白了，却什么也做不成了。

那姓雷的汉子远远望见明崇俨立在那儿，地上躺着一具身着锦衣的尸首，心头不由一喜，暗道：“明公子果然得手了。”他催动马匹，叫道：“明公子，拿到了么？”方才此间天昏地暗，明崇俨也已不知去向，现在天色一放亮，才发现原来就在不远的地方。

明崇俨扬了扬手，高声道：“雷兄，将那柄短剑拔了，过来吧。”

姓雷的跳下马，拔起地上的短剑，又翻身上马跑了过来。到了明崇俨身边，他急不可耐地道：“明公子，锦毛虎身上……”

明崇俨从怀里摸出了一封书函道：“是这个吧？”

一见这书函，姓雷的直如心头放下了一块大石，叫道：“谢天谢地。明公子，您这回可是立下了奇功一件，公主定会重重谢你。”

他三步并作两步便到了明崇俨身边，一把抓过信函，明崇俨却皱了皱眉道：“雷兄，你看……”

他话未说完，姓雷的忽然将短剑猛地向明崇俨腰眼插去。这人出手极快，更兼离得极近，当真快如闪电。一剑刺出，只觉剑尖着力，已然刺了进去，他嘴角浮起了一丝笑意。

明公子，好生去吧。

这是他想说的话。但话未出口，眼前却是明崇俨带着嘲弄的双眼。他怔了怔，不由看向短剑，只见明崇俨右手食中二指夹住了剑身，冷冷道：“雷兄，原来你想要我的命。”

明崇俨根本没想到这姓雷的会对他下手。事实上，假如姓雷的是用自己的腰刀，他也根本闪避不开。只是这姓雷的顺手用的是明崇俨先前插在地上的短剑，这短剑是明崇俨施法所用，剑尖处有个小孔，受风所激便有微声发出，明崇俨对这声音实是熟而又熟，根本不必去看便知道方位，因此在千钧一发之际挟中，饶是如此，他还是惊出了一身冷汗。

这姓雷的没料到势在必中的一击居然会被明崇俨挡住，一张脸登时变得煞白，用力一夺，可明崇俨的两根手指直如铁钳，哪里抽得出来。他的反应倒也快，人猛地一跃，已向后跳出了四五尺远，一双眼盯着明崇俨，更是惊疑不定。

明崇俨将短剑插回腰间，慢慢道："雷兄，想必你是不肯说为何要杀我吧？"

这姓雷的脸已白得发青，连嘴唇都已失了血色。听得明崇俨说来极是温和，他更觉害怕，嘴上却喝道："明公子，你想如何？"

明崇俨笑了笑，双手背在了身后，慢慢道："在下有一种浮梦术，一旦施在人身上，那人连祖宗十八代都会说出来……"

他话未说完，姓雷的忽然痛叫一声，一把拔出了腰刀。只是他并不是攻向明崇俨，却是刺入自己的前心。这腰刀很是锋利，姓雷的力量也不小，明崇俨更是没料到他会自杀，只一怔，刀子已直直插进了姓雷的心口，他哪里还有命在。

看着姓雷的自尽，明崇俨眼里却更是疑惑。他走上前去，从姓雷的尸首上取出那份书函。这份书函他受托夺回，本来也并不想去看，但此时实在想知道这书函到底写的是什么。只是，他也知道，一旦自己看过了，只怕就会惹上更加头痛的麻烦事。

是看，还是不看？明崇俨想了良久，仍是拿不定主意。此时风已渐起，沙子被扬得漫天都是，也几乎一瞬间，周围又变得模糊一片，什么都看不清了。

显然，天变就在顷刻之间。

第二章

銅鼎飛劍之卷

一

一个牵着匹骏驼的蒙面汉子看着地上的尸首。

这汉子看得出神，动也不动，他那匹骆驼亦如石头雕出来一般一动不动。骆驼神骏之极，这汉子身材却很矮，但身宽几乎要赶上了身高，以至于整个人几如一块方形石碑。

汉子正看着，一阵风吹过。大漠之上很少有风，但不刮则已，一刮便是飞沙走石，极是骇人，连他那匹骏驼亦是打了个响鼻，微微有些不安。

骆驼最能耐风沙。行商穿越沙漠，休息之时往往将骆驼拴住四蹄挡风，人躲在当中，以防风沙突起。此时这阵风起来，汉子已知定是风暴将临。他伸手抚了抚骆驼，突然沉声道：“锦毛虎，真不是你杀的么？”

汉子身后站着的，正是赵天奇。赵天奇现在穿着的是从屠伯达身上剥下的衣服，他那件招牌锦衣却穿在了屠伯达身上。方才他躲在后面见米拔鲁与那少年术士斗法落败，赵天奇险些吓得屎尿齐流。他对米拔鲁极有信心，本觉以米拔鲁奇术，定能取胜无疑，谁知米拔鲁竟然一败涂地，以至丧生。当时赵天奇便知不妙，被那叫明崇俨的少年术士将他们十三虎追得走投无路，情急之下，智计却生，脱下衣服给仍然昏迷不醒的屠伯达穿上，再将腰刀塞进屠伯达手中，将他装成自尽的样子。他算定明崇俨要的乃是这份书函，因此将书函放到了屠伯达身上，果然，明崇俨从屠伯达尸身上搜得信函后便没有再细查周围，而是径直向蒲昌海边那小村落走去。赵天奇心知这少年定是要去将十三虎剩下几人斩草除根。他能做到十三虎的首领，平时自是个讲义气的人，不然米拔鲁也不至于会与他有交情了。但到了这性命攸关的时候，当然也不能再讲什么义气，因此躲在一边连大气都不敢出。等了好一阵，待明崇俨骑着那匹墨龙又从此间回去，他这才敢出来。本来还抱着万一的侥幸之心，盼着能找回一两个漏网的同伴，但到了蒲昌海边，心已然凉了半截。而此时这蒙面汉子又突然前来，一见赵天奇，立时便下杀手。亏得赵天奇不曾修过法术，而他见那汉子的法术与米拔鲁的一般无二，想起米拔鲁说过自己师兄也要前来，当即叫出自己名号，那汉子这才硬生生收了手不曾杀他。只是见村落里到处是尸首，那汉子仍是有些疑惑，心想这赵天奇身为沙盗，名声甚坏，向来杀人不眨眼，这回别是因为分赃不均将同伴杀了，又要杀村民灭口，自己却上了他当，因此查看了尸身后仍是不住追问。

赵天奇方才险些被这汉子干掉，已是胆战心惊，忙道："当然不是。先生，您是米兄的师兄，我骗谁也不敢骗您。何况，这些人都是被震断心脉而死，我可没这等内力。"

汉子沉吟了一下，没再说什么。他与米拔鲁早就约好见面，谁知一见之下，米拔鲁已然身死，而这村落里更是尸横遍地，只剩一个赵天奇鬼鬼祟祟，只道是这盗首所为。赵天奇残忍好杀，十三虎在西域一带也颇有凶名，只是他与赵天奇一交手，便知道此人刀法可以，不过也不算如何高明，对付五六个村民还行，要将满村粟特人杀尽，他定没这本事，更不要说伤了米拔鲁了。只是他虽然相信屠了全村之人不是赵天奇，心中仍是不解，喃喃道：“只是他为何要不分青白，将这许多人杀了个干净？”

留在村里的，除了十多个粟特村民，再就是司公方为首几人看守的顺祥号的伙计。可眼下不仅是司公方这几个沙盗丧命，连伙计带村民，竟然也不留一个活口。那凶手下手之狠辣，实是骇人听闻。而听赵天奇说，居然只是一个名叫明崇俨的少年术士，他更是怀疑。

明崇俨这名字，显然是汉人。若是西域一带的好手，这汉子自信纵然不曾谋面，至少也有过耳闻。但明崇俨这名闻所未闻，而且这般一个少年，难道真的会如此心狠手辣么？

赵天奇见这汉子仍是用怀疑的眼神盯着自己，不由心头发毛。他自知自己名声实在太坏，在旁人眼中，做下这等残忍之事的除了自己再无别个。其实若真个有必要，赵天奇将全村无辜的粟特村民屠灭了，眼睛都不会眨一眨。只是这事明明不是自己干的，那汉子偏生仍要怀疑自己。他苦笑道：“小人自知也不是善男信女，若先生定是不信，那杀了我也便是了。十三虎的兄弟现在只剩下我光杆一个，赵某人也义不独生。”

汉子又沉吟了一下，忽道：“想不到锦毛虎倒也有几分义气。那明崇俨去哪里了？”

赵天奇听那汉子的口气已和缓了许多，多少放下了些心。这汉子毕竟是米拔鲁的师兄，看来总不会难为自己。他平日颐指气使，此时却恭顺得有些过分，躬身行了一礼方道：“此人往东走了，却也不知究竟去往何处。”

那汉子哼了一声道：“谅你也没这胆子跟着他。”他顿了顿，又道：“锦毛虎，那明崇俨为何要紧追你不放？”

赵天奇略略一犹豫，说道：“这个，我也不知……”

他这一犹豫只是极短的片刻，那汉子却洞若观火，心头雪亮。也不见如何作势，身子一长，忽地便来到赵天奇身前，一手探向赵天奇咽喉。赵天奇的个头比他要高出不少，但那汉子动若脱兔，出手如电，赵天奇也算得有一身武功，竟是毫无还手之力，咽喉处被他一把抓住。

那汉子抓住了他喉咙，冷冷道：“锦毛虎，你以前一直在这条道上杀人越货，这两年却极少听得你的踪迹，定然是奉人之命行事，别以为我不知道。你若不肯说，我立时撕断了你的脖子！”

赵天奇被他如弄孩儿般捉住了脖子，急道：“是！是！”他已是呼吸不畅，说得更是急了，说出来的已是“嘶嘶”之声。那汉子一时间还不知赵天奇是在答应，仍不放手，待见赵天奇一张脸涨得通红，只怕转眼真要寿终正寝。他知道这锦毛虎不是个因为重义而守口如瓶的人，才省得赵天奇一直是在答“是”，自己却是让他多吃了这半天苦头，忙将手松开了，人退后一步道：“快说吧。”

赵天奇被他放开了，先重重喘了几口粗气，这才道：“是，是，小人不敢隐瞒，那明崇俨应该是奉人之请而来……”

他话音未落，那汉子却是一怔诧道：“是谁？”

赵天奇这十三虎虽然明着是沙盗，其实却另有身份，在西域一带为一个极有权势之人做些不能被人知晓之事。此事极为机密，便是十三虎本身，也只有赵天奇自己一人知情，原本自不能告之旁人。只不过赵天奇阴差阳错之下得罪了那靠山，已不得不逃亡，这件事他也不想再瞒着，便道：“是……是交河公主。”

赵天奇本以为那汉子定会大吃一惊，但那人听了这话却并不吃惊，只是微微一颔首道：“那你到底做了什么事才忤了公主？”

交河公主乃是当今高昌王麹文泰之妹，远嫁给了突厥统叶护可汗长子呾度设。本来麹文泰仅是个郡王的身份，王妹按理也仅是个郡主的身份，但麹文泰心气甚雄，在高昌关起门来自称天子，因此封王妹为公主，她嫁给呾度设后，自是为高昌增添了一个强援。而交河公主虽是女子之身，却多谋善断，才干远超麹文泰，虽然身在活国，但仍是心系故国。麹文泰现在与西突厥联兵犯伊吾，掠焉耆，壅绝西域商道，做的尽是些招惹大唐之事，交河公主不会不知，安知麹文泰这么做，不是交河公主给他的底气？而以交河公主的手段，将这十三虎收至麾下，为她做些不能公诸于世之事，自是完全可能。因此赵天奇若是说被麹文泰所用，那汉子还会吃惊，听得交河公主乃是他的后台，才觉顺理成章。

听那汉子说得轻描淡写，赵天奇却是又惊又惧，心道：“米拔鲁这师兄，到底是什么人？他怎么知道我给公主办事？”

他心里在嘀咕，便没说下去。那汉子见他半晌无语，冷哼了一声道：“锦毛虎，到底你做了什么？”

赵天奇道：“那是先前我听得一票落单客商油水甚大，不做可惜，不合差了念头做下了这单买卖。待合力做翻了那客商，待搜他身上时，却发现了一封书函。”他说到这儿本来还待卖卖关子，与这汉子讨个价钱，但见那汉子看向自己的目光冷峻如刀，不由打了个寒战，不敢再做张做势，忙道：“原本也只道是封没要紧的书函，但拆开一看，竟然是公主写给一个叫慈恒大师之人的。”

那汉子忽地一颤。赵天奇这句话别人听来平平无奇，但他这般熟知内情之人，却知道其中实是有着极大的干系。他喃喃道：“你不曾看错么？真是这‘慈恒’二字？”说着伸足在沙地上写了“慈恒”

二字。赵天奇看了看点头道："正是。"心忖道："我虽是出身行伍，却也不是不识字之人。那慈恒大师定然是个和尚，只怕是公主当年偷的汉子。公主年纪也不算小了，却写出这般一封撒娇撒痴偷汉的情书出来，真个梦都梦不到。"

赵天奇一党本来听从公主吩咐做事，不必再刀头舔血地靠劫掠为生，已然过得相当滋润。但人心最是不足，那回见有个客商行囊颇丰，身边又没几个人，心想不把这个羊牯做了，真个是暴殄天物，因此带着同伴设下埋伏，一击而中，将那几个客商杀了灭口，东西一抢而空。本来觉得这事做得干干净净，交河公主也定不会知道自己重为冯妇，又去劫了回道，谁知一查抢来的东西，方知那客商其实是交河公主的信使。赵天奇这才知道大事不好。他十三虎在这条道上横行一时，向不容别个盗匪容身，现在那客商出事，交河公主自然知道就是自己干的。而别个事还好缓颊，公主写的这封信却如此不可示人，自己还偏生看过了，真是老寿星上吊嫌命长，唯有逃亡一途了。本来觉得交河公主也未必真能派出什么人来对付自己，偏生那个名叫明崇俨的少年如此了得，又如此狠辣，简直是铁了心要将自己一党斩草除根。现在好容易对付过去，他仍是心有余悸。

汉子道："你还记得信中写了些什么？"

赵天奇沉吟了一下道："小人只粗粗看了一遍，也记不真了，只记得公主对那慈恒大师说什么焰摩什么，要慈恒大师速归。"

赵天奇那一天搜出此信之时，心里便已凉了半截，心想自己好劫不劫，偏生将公主的密使给劫了。这封书信公主定不愿让旁人知晓，自己犯下这弥天大错，公主定然饶不过自己，因此他才不惜叛反，转向南逃。他也知道这等事说将出来实是后患无穷，但箭在弦上，米拔鲁这师兄自己根本应付不了，反正十三虎只剩了自家一个，在西域自己已是混不下去了，索性就入玉门关回中原去，再不涉足这片多事之地，管他的突厥活国，高昌于阗，进了关谁也管不到自己，好坏总能混个下半辈子的安生。正因为有了此念，他也再不顾忌什么，把知道的全说了出来。只是赵天奇虽然识得几个字，却没什么学问，公主那封信写得却甚是文雅，别说赵天奇只看一遍，就算细看，能看懂个三四成就算很了不起了。现在那封信已被明崇俨取走，赵天奇能记得的也就是这两个字了。

所谓焰摩，乃是欲界第三天，也是地狱中平等王之别称，即是俗称之“阎魔”。西域乃是佛国，公主更是笃信释教，又是写信给一个和尚，有此词也根本不足为奇。那汉子听他说到这儿，忽道：“可是焰摩幢？”

赵天奇恍然大悟，叫道：“是，确是！那字是个‘幢’字！”

他刚叫出声来，那汉子忽地抢上一步，突然一拳击向他前心。虽然他出手极快，但赵天奇已是惊弓之鸟，一直万分戒备，见那汉子忽地一拳，心头便是一沉，忖道：“他要灭我的口！”双手一错，在前心手腕相并，两掌向外，正是一招“花开并蒂”。这是接住敌人当心一拳的高招，赵天奇颇有膂力，双掌一并，接得住五六百斤的力道，双掌一开，左右手掌一下包住了那汉子的拳头。

这是这招“花廾并蒂”的上半招。接住了敌人之拳手，随即便是以双掌一拧，卸去敌人之力，然后进可攻退可守，再做定夺。赵天奇已是不敢再去动手了，只求借这一拳之力向后跃出。只是手掌正待用力，却觉两掌之间空空荡荡，竟是什么都没有。

不可能！赵天奇的眼睛立时瞪得大了。按理，自己已接住了那汉子的一拳，纵然那汉子全然不用力，自己掌中也会感受得到拳头的所在，根本不可能和现在一样竟是一片空。他差点以为自己是看错了，实是接了个空，但低头一看，自己仍是接住了那汉子的一拳。正在想不通这究竟是怎么一回事，却觉双掌中突然一股力量有如排山倒海一般涌来。这个时候，他这招“花开并蒂”已然用老，再不能卸去敌人之力，被轰了个正着。这股力量也是大得出奇，震得赵天奇指骨震掌骨，掌骨震腕骨，腕骨震臂骨，这力量一层层涌来，竟似无穷无尽，刹那间已震得赵天奇两臂关节尽都脱臼，双臂臂骨竟然震得直插入胸中。

赵天奇惨叫一声，便摔倒在地。他为人颇为精细，又很能当机立断，虽然屡次遇险，仍是能够活到现在。但这回好运已然到头，终于穷途末路。倒在地上，赵天奇已是奄奄一息，只有进气没了出气，但双眼仍是睁得极大，定不能闭上。

宗大人！

他想要说出这三个字来。原来米拔鲁的师兄便是宗大人！赵天奇已是后悔莫及。宗大人这副模样，旁人过目难忘，照理自己早该猜出来了。但宗大人为人厚道，当年张将军麾下这文武二卫，武卫宗大人以宽厚著称，可现在出手竟然如此狠辣，与传闻实是判若两人，因此就算到了最后一刻，赵天奇仍是不敢相信。

那汉子方才这一拳乃是术武合一。将术法与武功合二为一，实是如虎添翼，因此术士只消知道自爱的，向来恪守不以术法伤害寻常无辜之人的戒条。那汉子也知单凭拳力，要拿下这锦毛虎实非易事，因此才用出这一拳来。这等拳力，力量之大，纵然那汉子将身体练得已近金刚不坏，最多也只能使出两拳而已。若是使出第三拳来，连自己的五脏六腑都要震碎。现在用出了一拳，他慢慢调匀了呼吸，走到赵天奇的尸首边，为他掩上了双眼，喃喃道："锦毛虎，你也别怪我。你逃不过天圣师的手心，与其落到他手里受尽零碎之苦，不如还是我给你一个痛快。"

他掩上了赵天奇的双眼，却又扛起了他的尸身搁在骆驼上。天圣师很快就会来到蒲昌海边，自己尚可让天圣师发现不了行踪，赵天奇却是无所遁形，尽早会落到天圣师手中。当天圣师发现米拔鲁已死的时候，定然会将赵天奇零敲碎打，就算赵天奇马上将一切说出来，也要让他受尽无量苦楚都会杀了他。自己这般给了赵天奇一个痛快，也算是一点恻隐之心。而这儿这些尸身中，唯有赵天奇是自己杀的，这尸身必要带到别处埋了，不然天圣师仍会找上自己。

他看了看那边米拔鲁的尸身。这个师弟素来不愿多沾世事，自己向来以为热衷功名的自己会先走一步，没想到最后反是这个闲云野鹤的师弟先丢了性命。而师弟身边那片黑石梭已然失踪，显然是落在了赵天奇所言那个叫明崇俨的少年术士手中了。

当务之急，便是尽快找到这个明崇俨，抢在天圣师之前夺回那枚黑石梭才行。他想着，将缰绳一甩，带着骆驼向前而去。

二

敦煌，虽然僻处河西，但此地自汉以来即是文物繁盛之地。到了五胡乱华，中原大乱，而凉州张氏保境安民，大兴文教，名将大儒辈出，这偏僻之地竟然异样地繁华富强，中州大儒亦大量流往河西。西州大姓，有安定张氏、陇西李氏、略阳郭氏、西平田氏、金城宗氏以及敦煌宋、阴、索等，皆以儒学传家，当今大唐天子李氏便出自其中的陇西李氏。

张氏前凉后为前秦苻坚所灭。建武十八年，苻坚派部将吕光攻龟兹，连战连胜，至建武二十一年，吕光已拓土千里。但此年苻坚遭淝水之败，前秦土崩瓦解，吕光即掉头东归，到凉州称帝，史称后凉。四年后，陇西李氏子弟李暠割据敦煌，自称冠军大将军、沙州刺史，史称西凉，与沮渠蒙逊的北凉屡次攻伐。二十年后，西凉王李歆为北凉所灭，王弟李恂仍然坚守敦煌。次年，沮渠蒙逊筑堤引水攻敦煌城，李恂屡派壮士出城毁堤未果，兵败自杀，沮渠蒙逊遂屠城，敦煌遭到了大劫，多年未复。到了北魏太延五年，魏王拓跋焘灭北凉，北凉王弟沮渠无讳亦据守敦煌。三年后，沮渠无讳率军撤离敦煌，率万余家西渡流沙，占据鄯善，后入高昌，仍号“河西王”。至此敦煌城中精英丧尽，几乎被夷为平地。此时李暠之孙李宝乘沮渠无讳撤离之机占据敦煌，降于北魏，才慢慢恢复元气。

到了当今大唐贞观四年，唐军师出漠北，灭东突厥后，敦煌立为沙州。九年，再出兵青海，击败吐谷浑慕容氏，从此河西才不受夷狄侵犯。而敦煌以西以南皆是沙漠，唯独此地有兴胡泊、大井泽等大湖，又有一条大河名谓甘泉水流过，可谓得天独厚。以往屡受兵灾，尤其北面的伊吾被突厥控制时，突厥骑兵居高临下，屡次南犯，因此难以发展。此时东突厥已被大唐所灭，伊吾也已立为伊州，敦煌再无威胁。此年正值大唐贞观十三年，敦煌改名沙州也不过九年而已，城中百废待兴，正值一派蒸蒸日上的势头。

敦煌城北，有个武威庄，为索氏世居之地。敦煌索氏源出晋司空索靖，自两晋以来，即是此地望族。索靖，敦煌人，西晋武帝、惠帝时人，工书法，时人号为“敦煌五龙”之一，八王之乱时领军平叛时阵亡，此后索氏亦屡出英杰文士。不过武威庄的索氏却是旁支，庄主索世广，庄中连子侄和庄丁算在一起，丁壮也不过百余人而已，只能算是一个小庄。

索氏虽然出了不少儒士，但沙州已历数百年战乱，族中子弟习武的也有不少，索世广自己也是夙习家传武学，等闲十数人近不得身。不过他虽然颇有拳勇，现在年纪已过五旬，平时便常读诗史，不与人争一时短长了。

这天的黄昏，正值上了灯，索世广按平时的惯例坐到自己书房中，从架上取下了一部《陈思王集》慢慢翻了起来。陈思王曹植，钟嵘《诗品》有谓“陈思之于文章也，譬人伦之有周孔，鳞羽之有龙凤，音乐之有琴笙，女工之有黼黻”，推崇得无以复加。这也是索世广平时最为爱读的诗集，他翻检出来，读着其中一首《薤露行》：

“天地无穷极，阴阳转相因。人居一世间，忽若风吹尘。愿得展功勤，输力于明君。怀此王佐才，慷慨独不群。鳞介尊神龙，走兽宗麒麟。虫兽犹知德，何况于士人。孔氏删诗书，王业粲已分。骋我径寸翰，流藻垂华芬。”

曹子建此诗大有慷慨磊落之气，索世广读来，不觉想起少年时快意恩仇，跃马扬刀的情景了。回想起来，那些都是数十年前的事了。如今终于到了承平时世，索家的武威庄也越来越蒸蒸日上，让他觉得当年的心血总算不曾白费。

咀嚼回味了一会，正待再翻一页，书房外突然响起了一个声音：“阿爹。”

那是他的幼子索好礼的声音。索世广有三子，分别以咏诗、攻书、好礼这六经中的前三经排行。索好礼今年正值一十九岁，虽然取了个六经的名字，不过自幼却好武厌文，每日都只知舞刀弄剑。索世广心想文武之道，一张一弛，两者兼得实属强人所难，因此也不多加干涉。索好礼的诗书只能算粗通，不过他的骑射刀枪却着实了得，若不是索世广念他年纪尚幼，索家也算大户人家，只怕他早就从军，一刀一枪搏个出身去了。只是索世广每日读书，早就吩咐过下人不得前来打扰，真不知这幼子怎么会突然来扫兴。他哼了一声，低低道：“好礼，有什么事么？”

索好礼在窗外咽了口唾沫，小声道：“阿爹，方才我见九花骢好像没什么精神，便想带它出去跑一圈。原本只在庄中，后来九花骢跑得性发了，我便……便带它出去……”

索世广鼻子里又哼了一声。这幼子最是坐不住的，索世广明明让他收收心，每天吃罢了晚饭便练几幅字，可是索好礼还是偷偷出去遛马了。他沉声喝道：“好礼，我跟你说过几回来，上了灯，庄门便不得打开。这是祖训，你难道不听么？”

上灯后不开庄门，那还是武威庄前代庄主立下的规矩。那时敦煌一带征战杀伐不断，溃兵匪寇也时时出没，但武威庄能一直屹立不倒，一是庄中大小全都习练武艺，再一个也是僻处山谷，到了晚上便掩门闭户，不外出招惹是非。武威庄坐落在一个山谷之中，三面都是峭壁，庄门一锁，等如自成一国，除非有数千人的重兵携带冲车之类攻城器械猛攻，否则寻常一两百人的溃兵盗匪根本不敢靠近。现在世道不像当初那样乱了，可这规矩仍然没变过。

窗外的索好礼也似吓了一跳，忙道：“我没出庄，守庄门的大哥知道的。”

索世广道:“没出去便好。咏诗不跟你那么不懂事,你真坐不住，在庄里跑几圈也就够了。”

索好礼诺诺答了两声，索世广只道自己训子有方，见索好礼仍然没走，沉声道：“好礼，你还不去歇息么？”

索好礼又咽了口唾沫，才道：“阿爹，外面有些异样。”

“什么异样？”

看来被这小畜生吵得读不成了。索世广将手头的《陈思王集》放到了案头，声音有些没好气。索好礼道：“是……是有个鼎。”

“什么？”

索世广只道自己听差了，追问了一句。索好礼却以为父亲又要开骂，吓了一大跳，道：“真有个鼎，也不知谁放的，大哥正在那边查看，让我来向阿爹禀报。”

长子索咏诗沉稳厚重，饶有父风，索世广近来已有意将庄中诸事委托这长子办理，好让他将来接任庄主时有点基础。听得是索咏诗让索好礼来报，索世广已不像先前那样无动于衷了，站起来拉开书房门道：“去看看。”

武威庄占地不小，从书房到大门也有一段路。远远看去，却只见几点灯火闪烁，并没有什么异样。到得门边，索世广的长子索咏诗已迎了上来道：“阿爹，您来了。”

索世广道：“到底是什么？”

“距庄外二百步，那棵大杨树下，有一个鼎，式样甚古，鼎身高二尺二寸，足高一尺一寸，宽三尺四寸。”

索世广沉吟了一下。索咏诗心细如发，连那鼎的尺寸都报得出来，显然已经量过了。他道：“鼎中有什么？”

“是空的。”索咏诗也犹豫片刻，又道，“阿爹，这东西到底是哪里来的？”

索世广道：“再去看看吧。”

索世广少年时也曾游历四方，算是见多识广，知道鼎器都是道家所用。敦煌一带向是佛国，道家势力并不大，而且那些道士顶多用的就是寻常锅子那么大的炉鼎，他从未见过有这般大的鼎。他策马出了庄门，索咏诗与索好礼兄弟两人领着几个庄丁跟着他，到了近前，索世广跳下马来仔细看看那口鼎，却见这鼎古色斑斓，尺寸正如索咏诗所说，只是上面有盖，而且看样子盖子紧扣鼎身，根本拿不下来。他走上前去，伸手轻轻敲了敲。本想听听这鼎到底有多厚，好估计一下鼎的重量，谁知一敲之下，却听得里面忽然发出一阵“沙沙”的响声，索世广吓了一大跳，向后一跳道：“咏诗，你说这是空的！”

这声音索咏诗也听到了。他惊道：“阿爹，方才我也这样敲了敲，听到的却是空空的声音。”一边索好礼也道：“是啊，阿爹，刚才我也听到了，我还拿根棍子捅了捅，里面确实是空的。”

索世广横了索好礼一眼，心道：你还说没出门，不出门能听到么？但现在却不是责子的时候，他摸了摸鼎盖的锁扣道：“这盖子打不开，你怎么捅进去的？”

索好礼也已觉察自己失言，好在父亲并未责怪，便道：“阿爹，是后面。后面有个洞。”

索世广转到了那鼎的后面，却见鼎身遍布饕餮纹，当中一个兽面大张着口，口部正是一个圆圆的洞，径有寸许。他道：“拿灯笼过来照一照。”

有个家丁拿了个灯笼过来。借着灯光，索世广见那小孔周围竟是光滑无比，他大感诧异，往左右看了看，索咏诗却已拿了一根树枝过来道：“阿爹。”索世广接过来，往那小孔中捅了捅。这树枝有三四尺长，可是才捅了五六寸，便觉顶端触到了什么软软的东西，再顶不进去了。他怔了怔，心道：“这到底是什么东西？”正在心中忐忑，边上有个家丁突然大叫道：“蛇！蛇！”

敦煌一带，气候干燥，树木也不算茂盛，蛇虫之类并不很多。武威庄所在偏僻，但一年也难得能见到几条蛇。索世广扭头看去，只见几个家丁连连后退，草丛中簌簌有声，果然有条蛇游了出来。索好礼这时拔出腰刀，正待上前将这蛇斩为两段，索世广喝道：“不要动！”

按理说，蛇虫之类是怕人的，但这条蛇却似要往人丛里游过来，索世广已隐隐觉得这种异象只怕与眼前这口巨鼎相关。索好礼听得父亲喝斥，不敢再动，便退了两步，只见那条蛇不住游动，竟是向那鼎而来，到了脚下，停也不停，便盘着鼎的一足爬了上去，极快地向那小孔钻去。哧溜一下，已没入鼎身，只有一条蛇尾在洞口晃了晃。

里面竟然是蛇！索世广这才明白方才拿树枝捅进去时为什么会感到软软的了。他只觉背后一阵发凉，索咏诗也低声道："阿爹，怎么会有这么多蛇？"

正说着，草丛里又是沙沙有声，但爬出来的却不是蛇了，而是两条大蜈蚣。这两条蜈蚣都有半尺来长，金头乌身，在灯笼光下几如金铁，也沿着鼎足爬上去，钻进了小孔。见到这等诡异情景，索世广更觉得手足冰凉，一阵惘然，喃喃道："原来，是五毒鼎。"

索好礼诧道："阿爹，什么是五毒鼎？"

索世广没说什么，看了看周围道："边上没人吧？"

索咏诗道："方才我带人看了一遍，没人。"

索世广道："快，去拉辆大车出来，将这鼎搬掉！"

索世广向来有泰山崩于前而不变色的气概，可此时说得却大是惊恐惶急。索咏诗索好礼兄弟两人也觉得父亲模样有异，索好礼正待回庄，边上有个庄丁已颤声道："老……老爷，你看！冒烟了！"

索世广顺着他所指的看过去，只见那巨鼎的盖上有一缕淡白色的烟飘了出来，不由暗自称奇，忖道："怎么会冒烟？"若说有火烧着，冒烟也不奇，但这鼎下分明并不见有火。还不等他想明白，一个人影已一跃而起，在鼎身上一踩，落到了鼎盖之上，正是索好礼。索好礼少年气盛，又是闲不住的，先前被父亲骂了一通，此时便想在父亲跟前现一现。他年纪不大，但武功根基扎得甚稳，一跃而起，身轻似燕，索世广也暗暗喝彩，心道："好礼虽然顽皮跳脱，本事学得倒不错。"他见索好礼上了鼎身，高声道："好礼，小心点。"哪知索好礼刚上去，身子忽地一晃，又直直摔了下来。索世广大惊失色，抢上一步扶住他，索咏诗也抢上来道：“阿爹，三弟怎么了？”

索世广扶住幼子，便觉他身体沉重，一张脸白里带青，透出一股黑气，心头一沉，低声道：“好礼，你怎么样？”索好礼倒还有神智，张了张嘴，却说不出话来，头上已冒出了豆大的汗珠。索世广道：“好礼是中了毒。咏诗，快把他送回去，即刻煮绿豆汤灌下去！”

绿豆汤能解毒护心，不小心中毒，紧急灌下大量绿豆汤，多少能解掉一些。索咏诗没料到这鼎上居然会冒出如此厉害的毒，父亲先前已说是什么“五毒鼎”，却没想到这毒竟会如此厉害法。他扶着索好礼刚要向后退，却听得周围草丛中簌簌连声，不断地有蛇虫爬出。敦煌虽然还是百草丰茂，毕竟地近西域沙漠，他长这么大还不曾见过有这么多蛇虫聚在一处过，惊得失声道：“阿爹！”却见那鼎上冒出的烟气越来越多，却又不高飞飘走，反倒越凝越拢，似是大雾一般。

索世广此时已是方寸大乱。他沉声道：“快退！不要吸入毒气！”好在这些烟气虽浓，升腾得却并不快，只是武威庄出庄就这一条路，万一浓烟越逼越近，而烟气又无孔不入，难道真要退回庄中房屋，将缝隙全都封死么？

他们一回庄中，二子索攻书已迎上前来道：“阿爹，庄子周围有些不对劲啊。”武威庄每日都有人值夜，今晚轮到索咏诗，索攻书原本已上床睡了。但索世广带了家丁出庄，终究把他也吵醒过来。

索世广道：“是，攻书你也看到了么？”

索世广三子中，索攻书虽然不如大哥一般沉稳厚重，却是个精细人。他点了点头道：“我已看到了，南边有三处起了浓烟。阿爹，是有人在放火么？”

索世广一怔，道：“三处？”烟气起来时他在一个鼎边，却没见到另外两处。本来也并没有太担心，觉得大不了全庄转移到上风处，但若是三处起烟，那就是将武威庄与外界的出入口全都封死了，现在便是想走也走不掉了。他心中虽然惊恐，脸上仍是不动声色，沉声道：“是异人以五毒鼎来犯，让庄中大小都备好清水，将汗巾打湿，以备不测。”

索攻书忙道：“是。”他也知道用湿汗巾捂住口鼻便能挡住烟气，却没想到要这般兴师动众起来，忙去分派指挥。索世广回头看了看庄南，只见浓烟已遮蔽了半个天空，看样子还在不断变得浓厚。扭头一看，却见庄丁一个个都看着自己，脸上尽是惊惶之色，心道：“这时候可万万不能乱了方寸。”便道：“大家快去准备，众志成城，只消大家齐心，这也没什么好怕的。”

听他这般说，那些家丁也都不再惊慌，心道：“庄主成竹在胸，想来已有良策。”武威庄在敦煌城已经绵延上百年，兵荒马乱的年头经历不少，这小庄却一直屹立不倒，自是历代庄主经营有方，这些家丁对庄主都极有信心。只是他们不知索世广已是心乱如麻，只是强作镇定而已。打发走了家丁，索世广忙去查看幼子伤势。进了房，却见索咏诗正站在床头，索好礼躺在床上，已是人事不知，边上索好礼的嫡母正在抹泪。见索世广进来，索夫人擦了擦眼泪道：“老爷……”

索世广哼了一声，道：“哭什么，眼泪能解毒么？”

他走到床边，索咏诗已拖过一张椅子来让父亲坐下来，道：“阿爹，我给好礼服下了解毒丹，还灌了不少绿豆汤，只是好礼还是不醒。”

索世广搭了一下索好礼的脉，索咏诗见父亲脸上仍是声色不动，心里一定，忖道：“想必没事了。”却听索世广道：“你们先出去吧，好礼要静养一会儿。”

索夫人平时最疼爱这幼子，虽然丈夫这般说了，她仍不想出去，在一边道：“好父，礼儿不要紧么？”

索世广哼了一声道：“要是被你在边上哭哭啼啼，他没事也有事了。”

索夫人见丈夫颜色不善，不敢多说，便退了下去。等他们一走，索咏诗小声道：“阿爹，好礼有事么？”

索世广沉默不言。索咏诗只道父亲没听到，正待再说一句，却见索世广眼里忽地落下泪来。他心头一沉，急道：“阿爹！”下面的话还没出口，索世广已伸手止住了他，低声道：“咏诗，人命修短，那也是天数，不必伤心了。反正……反正武威庄上下今日命尽于此。”

这话一出口，索咏诗如遭天雷击顶，期期艾艾地道：“阿……阿爹，您说什么？那五毒鼎到底是什么东西？”索世广一直都十分镇定，索咏诗只觉不会有什么大碍，却没想到父亲竟然说出这等话来。索世广看了看周围，小声道：“这话先不要传出去，不然全庄大小都要乱了套，死得越发快了。”

索咏诗急道：“阿爹，难道真那么厉害么？”

索世广道：“咏诗，你年纪最大，想必还记得当初来过庄上的一位秦叔叔吧？”

索咏诗一怔，暗道：“什么秦叔叔？”他性子沉稳，不住思索，突然道：“是不是我九岁那年来的？”

索世广道：“你倒记得真。那秦叔叔是凉州卧虎刀的传人，我们索家本来也是源自凉州，和秦家是通家之好，那年来我庄上，秦家子弟门人有三十多个，声势很是不小。”

索咏诗道：“对了，我记起来了，秦叔叔有个儿子叫秦玉田的是吧？”

索世广点了点头道：“正是，那是秦叔叔的长子，小名叫长寿郎的。”虽然眼下处境诡异，但索咏诗还是微笑道：“是啊，秦叔叔他们走时，我还说要去看玉田兄去。秦叔叔一家怎么样了？”

原来那秦叔叔名叫秦郁，是凉州卧虎刀掌门。凉州治所武威，索氏一姓原本便在凉州，移居敦煌后庄子也以郡望为名。秦索两家向来交好，算起来秦郁还是索世广的表兄。当初索世广回凉州省亲，与秦郁一见如故，交情莫逆，后来秦郁有事西来，专程到武威庄拜访这老友。当时他带着儿子秦玉田同来，那年秦玉田也不过十岁，与索咏诗年纪相仿，两个小男孩玩得甚是投机，索咏诗至今还记得。当时秦郁带着子弟门人回去后，索咏诗在家还闹了一阵，说要去找那个小哥哥玩，只是那时还小，几年不提，他也忘了。

索世广长叹一声道：“墓木已拱。咏诗，长寿郎你是再见不到了。”

这话一出，索咏诗大吃一惊，急道：“阿爹，怎么了？”

索世广道：“秦兄走了的第二年，便听得出了事。那时我也吃了一惊，急忙赶到凉州，一打听之下，秦家卧虎刀竟然遭了灭门惨祸。细细打听，说秦家和驴子沟的胡大牙结了仇。九月十三那天，胡大牙突然偷袭秦家，把秦家满门杀了个鸡犬不留。那时我年轻好事，召集了秦家的友好前去复仇，杀进驴子沟将他们一网打尽。胡大牙是绿林强人，手下也有几十号喽啰，本来以为此行凶多吉少，哪知一杀进去才发觉驴子沟里没什么好手，秦家卧虎刀人多势众，算来胡大牙根本不是卧虎刀一门的对手。我捉住了胡大牙,严刑逼问,胡大牙才说他是找了个异人,才将秦家灭了。”说到这儿，索世广顿了顿，又道：“那异人用的，正是这五毒鼎。”

索咏诗“啊”了一声道：“就是现在庄外那个？”

索世广道：“我也不曾亲眼见到，但那时胡大牙已被我打得没一块好肉,谅他也不会说谎。他说那异人将一口鼎放在秦家门口,也不知作了什么法，蛇虫毒蝎都爬了进来，从鼎上升起一股毒烟罩住了秦家庄上。待秦家的人发觉已是晚了，想要冲出来，但每个都冲不出十五六步便倒在地上，胡大牙才能轻轻易易灭了卧虎刀满门。”

索咏诗更是吃惊，小声道：“难道是那人打听出来了，要给胡大牙报仇？”

索世广摇了摇头道：“这个我也想不通了。当时我也是一时义愤，待听得居然有这等异人，当真吓得魂不附体。杀进驴子沟这事，凉州一带有不少人知道，如果那人想要报仇，轻易便能打听到。经过此事，我便再不出门，这些年来一直担惊受怕，生怕武威庄也遭此惨祸。只是这事渐渐平息，一直不见有人前来寻仇，我便淡忘了，没想到今天他终于找上门来。”

索咏诗知道父亲年轻时也是个好事之人，但这些年一直株守庄中，种地读书，现在才知道原因在此。他想了想道：“那胡大牙说了那异人是谁么？”

索世广道：“当时我也追问了，但胡大牙却说那异人是个胡人，他也不认得。做了这事后便不知去向。”

索咏诗又是一怔。他先前想的便是那异人只怕是胡大牙的什么亲属，但这事过了都快二十年了，二十年前的事居然到现在才发作，实在有点想不通。他小声道：“只怕……只怕……”在这当口他已想了三四个缘由，但转念一想，每种都不太说得通，他实在想不出为什么那人能忍这许多年。卧虎刀当时的实力只怕比现在的武威庄更强，那人真要报胡大牙之仇，不太可能会拖到现在。他顿了顿又道：“阿爹，当初与您一同杀入驴子沟的那些英雄现在如何了？”

索世广道：“其中有一个便是金城的刘伯伯。只是他是前年去世的，寿终正寝，也根本没人找他的麻烦。”

金城即兰州。索世广口中的刘伯伯是金城刘武阳，与索世广交情不浅，前年因为年事已高，无疾而终，享年七十有二，索世广因为路途遥远，不能亲往，当时还遣了索咏诗前去吊唁。那时索咏诗见刘家子孙满堂，好生兴旺，心中大是羡慕。刘武阳去世后，两家交往少了，不过每年还会遣人前来问安。索咏诗皱起了眉头，心想难道那人是现在才打听到么？可是金城远比敦煌繁华，那人难道打听不到金城的刘家，却先打听到住得如此偏僻的索家？想来也绝无此理。正在乱想，外面忽然有个家丁道：“老爷，有两个人在外求见。”

三

平时这等事也是稀松平常，但此时听到这话，房中的索氏父子都活像被蛇咬了一般心中一凛，相互对视了一下，索世广叫道：“去看看！”

他们不约而同，想到的便是那异人上门寻仇来了。伸头一刀，缩头也是一刀，既然那人敢上门来，大不了便是一拼。可是一开门，却见门外只是个家丁，并无旁人。索世广一怔，索咏诗已道：“那两人呢？”

那家丁伸手递了过来，神情极是不解，慢吞吞道：“那是两个打扮很古怪的人，他们说知道庄上有难，因此送来解药。”

敦煌已是西域，此地为各族杂居之所，就算常住此地，也说不上来到底有多少族，有些小族根本闻所未闻，见所未见，只怕来者便是什么难得一见的异族之人。索咏诗见那家丁掌中拿着个纸包，听得是解药，一把抢过。打开来一看，却见里面包着一颗指肚大的蜡丸，那纸上写着“驱邪灵丹，净水化开服用”几个汉字。他更觉诧异，心道：“不要又是一计。”一横心，掐破了外面的蜡皮。蜡皮一破，一股药香便飘散而出，他颇通医道，已嗅出里面有冰片、麝香之类，更觉茫然，看了看父亲，索世广接过来嗅了嗅，道：“去给好礼服下。”

索咏诗道：“阿爹，万一这是毒药呢？”

索世广道：“若是毒药，那便是多此一举了。”

索咏诗心想也是。五毒鼎如此神奇厉害，索好礼只是嗅到便中了那么深的毒，真要下毒，何必再用这等笨办法？何况冰片、麝香这些药本身价钱不低，对手何必多此一番做作，便不再多想，转身进房将药化在水中灌进了好礼嘴里。才灌进去，索好礼肚子里便叽哩咕噜一阵乱响，忽地叫道：“阿爹，有毒！”这话多半便是在鼎上便要说了，但中了毒后说不出来，到现在方始出口。索咏诗听得弟弟叫出声来，心知他这条命总算回来了，暗自庆幸不迭。

索世广也已听得索好礼的叫声，他仍是声色不动，沉声道：“咏诗，你在这边陪着好礼，我去迎接那两位客人。”丹药有灵，他固然松了口气，但心中疑惑却也更深。索咏诗急道：“阿爹，我陪您去。”索世广道：“不必了，你叫上攻书在此等候，不要轻举妄动。”

这事从头至尾都透着古怪，但尽管如此，来者是送解药，应该不会有什么恶意。索世广带着几个家丁走到庄门边，让家丁开了门，心中仍是不住思量：“这两人到底是什么人？到底想干什么？”

门开了。此时暮色沉沉，借着火把光，却见庄门外站了两个高髻长袍之人。索世广不由一怔，暗道：“原来是两个道士。”敦煌一带乃是佛国，佛寺众多，但道观却没有一个。不过索世广早年走南闯北，在甘凉一带见过道观，自然知道，那家丁却不曾见过道士，乍见之下，便觉打扮古怪。当初胡大牙交待召来的异人乃是胡人，但眼前这两个道士是如假包换的汉人，他把心放下了一半，躬身一礼，长声道：“两位道长，在下武威庄索世广，未克远迎，还望恕罪。”

这两个道士前面一个身材不高，留着三缕长须，一张脸灰扑扑的尽是苦相，腰间挎了个葫芦。另一个却比他要高半个头，长得甚是威猛，背后背着一个长长细细的圆桶，也不知装的是什么。那三缕胡须的道士迎上一步，打了个稽手道：“索施主，贫道玄鼎子，这是敝师弟赫连玄剑。冒昧造访，无礼之至。”

索世广知道道士也有不废俗姓的，那叫赫连玄剑的道士定然是玄剑子，却不知这两人为师兄弟，称呼却为何不同。但这玄鼎子说话甚是客气，就算居心不善，礼数终不能缺，便又施了一礼道：“原来是玄鼎、玄剑两位道长。不知鹤驾夤夜而来，所为何事？”

玄鼎子展颜一笑道：“此话说来也长，还请索施主恕贫道做个恶客，从长计议如何？”

索世广扫了他一眼，心道：“这道士到底想干什么？”玄鼎子的道号中有个“鼎”字，外面那五毒鼎定然便是他布置的，可是直到现在玄鼎子言谈中仍是不见锋芒，他实在不知这玄鼎子葫芦里卖的是什么药，只是点点头道：“道长请。”

进了客厅，索世广见那赫连玄剑眼观鼻鼻观心地仍是声色不动，玄鼎子却左右打量了一阵。待宾主落座，索世广道：“道长，请问鹤驾仙居何处？”

玄鼎子仍是微笑道：“好教索施主得知，我兄弟二人乃是自陇州太玄观而来。”

陇州是在关内道，离敦煌有数千里之遥，至于太玄观更是闻所未闻，索世广虽然见多识广，却也从未听说过。他拱了拱手道：“原来是太玄观高士，久仰久仰。不知两位道长远来，有何指教？”

这也只是江湖上的套话而已。玄鼎子仍是不动声色，微微笑道：“先师昔年发愿西渡流沙，效老君故事。贫道不才，只是为还此愿而来。”

老子西渡流沙，化胡为佛，这是道家的说法。佛门虽然标榜无嗔无喜，但那些和尚大多未达此境，一听这话便要发毛，后来到了元代，释道两家便因此大起辩论，道家落败后，争辩之人统统被勒令削发为僧，以示妄语之惩。唐代虽然不至于如此，但敦煌一带乃是佛国，这种话也是根本不能说的。好在索世广乃是儒士，只作不知，口中道：“原来两位大师是为了到西域来开宗立派，若有用得到在下之处，定不推辞。”心里却想着：“是了，原来是为打秋风而来。这是恶化，先用鼎封门，然后再来要钱。”他已抱定了破财消灾的主意，这两个道士一直都不曾撕破脸，那自己也装个傻，豁出去一笔钱财，能有个平安便好，反正每年武威庄斋僧也要花却不少，济一回道也是份属平常。

玄鼎子又是一笑道：“贫道兄弟二人正是有求于索施主。索施主既然如此大度，那贫道便好说了。此番太玄观前来西域开宗立派，出家人也无须钱财之物。”

索世广听他居然不要钱财，不由一怔，道：“那道长要什么？”

玄鼎子指了指地下道：“索公这块地颇有烟霞气，与贫道有尘外缘，还请索公割爱。”

此言一出，索世广不由一怔，还没说话，边上有人大喝道：“兀那贼道人，你欺人太甚！”却是索攻书在一边听得险些气炸肚皮。他的涵养不及大哥，一开始也只道这两个道士是来打秋风化缘的，听下去竟然是要把武威庄的庄子都要了去，这口气哪里还忍得住，当场发作。

玄鼎子倒仍是不动声色，微笑道：“这位是索二公子吧。贫道也知道宝庄是尊父子祖业，原本不能轻易割爱，因此不敢多求，只求暂居三月，三月后便完璧以还。”

索世广心头又是一怔，忖道：“他只要待三个月，到底打什么主意？难道这庄中有什么我都不知道的秘藏么？”索氏是大族，武威庄不过是一个旁支，还是索世广之父开始在此扎根，至今并没有多少年，索世广记得自己少年时颠沛流离，这庄子的根基可以说全是自己打下的，似乎不太可能会自己藏起什么宝物，自己忘了而这两个远道而来的道士反倒知道的道理。他压住一肚子气，慢慢道：“不知若我不愿，道长是不是便要兵戎相见了？”

玄鼎子的嘴角仍是带着丝笑意道：“索施主乃识时务者，谅不至行此下策。”

索世广说句狠话，那也是投石问路之意，没想到玄鼎子居然直言不讳，坦承自己不肯就要动手。他脸色一变，索攻书却已忍不住了，一个箭步抢上前来，喝道：“老子就是不识时务！”他已是火冒三丈，也顾不得自己亲生老子就在一边，自称起“老子”来了。他口中怒喝，脚下快极，一拳便打向玄鼎子面门。索世广也没想到这个儿子居然说打就打，急忙叫道：“攻书，住手！”索氏三兄弟中，以索咏诗最为沉稳，索攻书则性情火暴。索氏三子，文武兼学，都各有所长，论武功，却是排行第二的索攻书为第一，较索世广亦不遑多让，隐隐有出蓝之势，这一拳速度之快，真有如电闪雷鸣，索世广虽然喝止，哪里来得及，眼见索攻书这一拳要打中玄鼎子面门了，他心想玄鼎子如此狂傲，定然武功绝世，索攻书轻举妄动，惹恼了他，只怕一怒之下当场就要把索攻书劈成两半。

他越想越急，头上的汗唰一下流了下来，只是爱子心切，正待不顾一切冲上去替索攻书挡住玄鼎子的反击，眼前却觉一花，有个人影闪在了玄鼎子身前，“啪”一声，一掌挡住了索攻书击来之拳。索攻书只觉自己这一拳如中败絮，软绵绵的毫不受力，不由骇然，心道：“这人功夫好高！”定睛一看，却见挡了自己一拳的是那背着个桶的赫连玄剑，心中登时升起了几分惧意，觉得自己贸然出手实是不智，但出也出来了，若是示弱退回却也不愿，正在骑虎难下之际，却觉身后突然又闪过一人，一把挡开了他的手臂，道：“攻书，你也太无礼了！”

那正是索世广。索攻书正心惊于赫连玄剑的掌力沉雄，别个都不曾注意，索世广却看得清楚，赫连玄剑武功当真了得，但让他更吃惊的却是那玄鼎子。玄鼎子大言炎炎，当真不可一世，可是当索攻书一拳击出，这玄鼎子眼中竟然有几分慌乱之意。虽然只是一闪而过，但索世广老于江湖，哪里逃得过他的眼睛。赫连玄剑的武功虽高，却也不曾高到高不可攀的地步，与自己顶多只是伯仲之间。就算玄鼎子的武功与赫连玄剑相类，武威庄全庄上下丁壮有百十来人，大多会个三拳两脚，加上自己三子都不算弱，一拥齐上的话，这两人哪里是对手？这两人万一真是色厉内荏，只是凭几句大话就把自己吓走，传了出去的话，武威庄的面子都要被自己丢个干干净净了。他本来觉得索攻书太沉不住气，心中有些怒意，但现在倒觉得索攻书沉不住气反而歪打正着，让自己探明了眼前这两人的底。想毕，索世广只觉腰板也硬了一些，道：“玄鼎道长，小犬实是无礼之至，不知有未伤着道长？”

赫连玄剑收回了掌，也不说话，玄鼎子倒是淡淡一笑道：“令郎的武功当真不错，只是忒性急了些，还好未曾出乱子，不然贵庄就要受无妄之灾了。”

索世广听他仍然口气大得没边，心中的怒火再忍不住，喝道：“不知道长有什么本事能让武威庄受无妄之灾，单凭赫连道长一人，似乎斤两不够。”他见玄鼎子还要说大话，索性就挑明了。

玄鼎子淡淡一笑道：“所以还请索施主少安毋躁，听贫道说完可好？我太玄观之学深不可测，分术、武二途。只是我师兄弟二人生性愚钝，未能融会贯通，因此各得一枝，贫道所学，乃是炉鼎之术。贫道不才，只得此术皮毛，未能收发随心，方才若是真个被二公子打了一拳，贫道一个失手，不能再驭使庄外三鼎，毒气便不能再受压制，只怕眼下贵庄上下都要伏尸在地了。”

索世广的脸色又是一变，心道：“他说的是真的么？”方才索好礼只是在鼎边稍稍嗅到一点气息便中毒倒地，一旦那些毒气攻进来，庄中大小当真要死无噍类。只是他又生怕玄鼎子是在大言欺人，万一那三个鼎并不能如玄鼎子说得一般凶，自己被他吓退那才是笑话。想罢，他哼了一声道：“那倒要多谢道长有好生之德。只是不知道怎么让我全庄上下伏尸在地法？”

玄鼎子摇了摇头道：“贫道也知此话太过匪夷所思，也难怪索施主不信。”

索攻书见父亲没再责怪自己，胆气也更壮了，喝道：“道长要我们让出武威庄，光说嘴皮子功夫可不成，总要拿出点真章来！”

玄鼎子叹道：“我太玄观道术，向来有‘三鼎五剑’之称。赫连师弟所习，乃是五行剑术，出必伤人，因此轻易不可动用。贫道所习，乃是三才鼎法，分天地人三才。这路三才鼎乃是由外而内，内丹外鼎，虽然只是小术，却也可敌万人，若贵庄上下不惜玉石俱焚，不妨指教。”

他话音刚落，门口忽然传来“啪啪”两声，却是两个站在门外的庄丁突然摔倒。这两人也是精壮汉子，身强体健，但此时却如折断的苇秆般无风自倒。门里有个庄丁走出去看了看，惊叫道：“庄主！他们中毒了！”正待去扶，玄鼎子喝道：“不要碰！”伸手摘下腰间的葫芦道：“索施主，这葫芦中本有七颗驱邪丹，如今可只剩下四颗了。”

索世广只觉眼前仿佛飞来一片阴霾。玄鼎子这话其实很明白，解毒丹共有七颗，但先前给索好礼服了一颗，再给那两个家丁两颗，就只剩四颗了。就算自己以阖庄之力将他拿下，顶多也只能保得四人不死，庄中百十来号人却大多难逃一劫。他心下忐忑，一时竟说不出话来，半晌，才道：“咏诗，攻书，收拾东西。”

说出这话来，他只觉自己的声音沉重得仿佛字字都是用铅铸成一般。索咏诗见父亲神情刹那间似老了十年，心中亦不由颓唐，小声道：“是。”

武威庄上下百来号人，要走也当真不是很容易。待收拾了细软，天边已有曙色。庄中女眷也不知出了什么事，待听得居然被人赶出庄去，不少人都大哭起来。可是事已至此，不走也不成，只能扶老携幼地出庄而去，真如逃难一般。

玄鼎子和赫连玄剑两人一直立在庄门前看着索氏一门离去。待一行人走尽，门外三鼎中冒出的烟气又将武威庄掩了个严严实实，赫连玄剑忽然低声道：“师兄，他们可是要恨死你了。”

玄鼎子的脸上露出了一丝苦笑，也低低道：“纵然被他们恨之入骨也没办法，至少他们都能留得一命。”他顿了顿，慢慢道：“快点布置吧，我们虽然抢先了一步，最多五个时辰，婆师伽必到。”

赫连玄剑不再说什么。师兄这样做，他其实并不赞成。在他看来，将武威庄上下神不知鬼不觉地灭了，方是上策，可师兄坚持不愿伤人，他也不好再有异议，只是说道：“婆师伽真个这么厉害？”

“婆师伽是西天竺咒师，不是易与之辈，何况他偷学了我派鼎术，更是如虎添翼，不打他个措手不及，只怕要无梁不成，反输一帖。”玄鼎子说着，忽然笑了笑道：“好在你的五行剑已经有了七八分火候，他却不知五行剑的妙用。”

赫连玄剑不再说什么，只是将背后的木桶取了下来。说是木桶，其实也就碗口粗，四尺来长，不看木纹的话，更似一截长得很粗的竹筒。他将木桶拄在地上，抬头看了看天，道：“听从师兄差遣。”

四

西域一带，城国林立，汉时有三十六国之称。其实这只是个约略之数，因为西域一带征战不休，灭国兴国，都是常事。而现在的西域，高昌城无疑是其中最为耀眼的一座名城。

因为这是连接大唐与西域的中道上一处咽喉要道，不论是西去的还是东来的客商，都必须在高昌歇脚休整，因此此城其实与中原兴废息息相关。中原富强，则商旅众多，高昌相应也就繁荣；但每当中原羸弱，商旅减少，高昌自然也就萧条了。因此执掌高昌的麴氏列代王都极注重侍奉中原。同时因为高昌位处西域，自然也必须打好与西域诸国的关系。

当时西域一带力量最强的，无过于西突厥了。而现在西突厥可汗乃是乙毗咄陆可汗阿史那欲谷设。

欲谷设其实原是东突厥始毕可汗之子，贞观四年，东突厥被大唐李靖、李勣率十万大军攻灭，欲谷设率余众遁入西突厥，自称乙毗咄陆可汗。正在今年，欲谷设战败了原来西突厥的沙钵罗咥利失可汗阿史那同俄，统一了西突厥。

高昌虽然被称西域强国，拥兵万众，但与西突厥比起来自是远远不如。二十六年前，正是麴文泰之父麴伯雅在位之时。当年高昌大臣作乱，麴伯雅幸得西突厥之助方能复国，随后自是与西突厥关系非常，以致麴氏明明是汉人，但麴伯雅死后麴文泰采取了突厥的收继制，娶了后母宇文玉波为后，同时又将王妹嫁给了驻节吐火罗（今阿富汗）的活国小可汗、昔年的统叶护可汗长子呾度设为妻。就这样通过结好四邻，高昌也迎来了前所未有的繁荣。

然而，此时的高昌王麴文泰却有点如热锅上的蚂蚁般坐立不安。

背靠西突厥这棵大树，自然好乘凉。但是这棵大树也不是一味让他乘凉用的，却也将根深深扎入了高昌的肌体中。当初统叶护可汗在时，因为他的王妹乃是呾度设的可贺敦。就算到了同俄的时候，高昌与西突厥大体上也是相安无事。但现在的欲谷设是个大不安分的主，虽然暂时未向高昌下手，却派了一个名叫阿史那矩之人就任高昌吐屯发。吐屯发一词乃是突厥语，汉语之意乃是监国。

突厥之官，自上而下，依次为叶护、设、特勤、俟利发，随后便是吐屯发了。吐屯发由可汗亲遣，常驻属国，以往也就是一个高昌臣服于西突厥的象征，当初的历任吐屯发也就是每年带着麴文泰献上的贡物回去复命，在可汗面前替麴文泰说上几句好话。但这一任的阿史那矩却一反常态，全然将自己当成了高昌太上皇一般，不仅狂妄，甚至还插手高昌国政。高昌向来是奉行“事大”原则，当年大隋强，现在的大唐更强，麴文泰自然不愿得罪，贞观四年，他还曾亲自带了收继自父王的王后宇文氏前往长安觐见天子，以示恭顺。

然而，这两头事大，游刃有余的局面却在阿史那矩为吐屯发后便维持不下去了。阿史那矩先是废止了向大唐的朝贡，又引军破焉耆三城。焉耆乃是大唐的忠顺属国，在大唐前来问罪之时，阿史那矩竟然以不逊之辞回复。

“鹰飞于天，雉窜于蒿，猫游于堂，鼠安于穴，各得其所，岂不快邪。”

当知道阿史那矩给前来问罪的大唐郎中李道裕的回书中竟有这等话，麹文泰险些为之气结。对阿史那矩来说，高昌如果与大唐断绝，自然只能一心一意结好西突厥了。

这等举措，定然便是出于欲谷设的授意，否则阿史那矩也不敢如此妄为。事已至此，麹文泰实不知还有什么办法可以补救。此时他喝着葡萄酒，本来甘甜的酒液喝下去竟是如此苦涩，他也完全没有半分醉意。也就在这时，一个黄门无声地走了过来，小声道：“陛下，湛王子求见。”

“湛王子”即是麹文泰的次子麹智湛。与父亲相比，麹智湛正在少年，倒是颇有几分英气，现在受封田地公，倒是颇为精明强干。

见到儿子快步过来，神情却似有些欣喜之色，麹文泰不禁有些诧异，让黄门退避了，这才小声道：“阿湛，有什么事么？”

麹智湛行了一礼，抬起头道：“父王，姑姑到了！”

麹文泰眼中闪过了一丝惊喜，叫道：“什么！”一下站了起来，向门口望去。

麹文泰之妹小字叶美。她幼年受封为交河公主，比麹文泰这长兄要年轻好些，麹文泰对这幼妹向来极是宠爱。只是她嫁给呾度设后，已是活国的可贺敦，自然再见已难，麹文泰实万万没想到在这个多事之秋，妹妹竟然会突然回高昌城来。

门口，却见有个人站在那儿。那人身材纤细，因为背着光，看不清面目，又是一身男装，麹文泰还以为那是儿子的贴身随从，却不曾想到便是叶美。他也顾不得国主之尊，快步走到门口，叫道："叶美，真个是你！"

麴叶美淡淡一笑，躬身一礼道："兄王，叶美有礼。"

虽然麴叶美是麴文泰的妹妹，有交河公主的身份，但较真论起来，她乃是活国可贺敦，而麴文泰则是西突厥一个属国的国主，其实地位还较她要低一些。但麴叶美却是行了这个中原礼，自是以示自己仍是麴文泰妹妹的身份而非其他。只不过这等躬身礼乃是男子所行，麴文泰知道自己这王妹向来心气极高，巾帼不让须眉，所以有意要行男子礼，忙还了一礼道："叶美，你怎么会来的？快进来吧。"

此时黄门都已退了出去，麴智湛也告了退，大殿中只剩他兄妹二人了。麴叶美这才低低道："大哥，这些年也真苦了你了。"

当初麴叶美出嫁之日，麴文泰以国主之尊，仍是亲自将妹妹送到了活国边境。当时的麴文泰正在壮年，身躯高大，头发黑亮，颇为英武。但不见了这些年，麴叶美只见大哥竟然身形都有点佝偻，头发更是花白了。算起来，麴文泰也刚过五旬，正是年富力强之时，却变得如此苍老，显然这些年过得大不如意。

麴文泰叹了口气，小声道："叶美，你也知道的。"

西突厥便如压在高昌头上的一块巨石。沙钵罗咥利失可汗时期，因为西突厥对大唐亦是交好，所以高昌能够兼事两边。然而欲谷设对大唐怀着切齿的恨意，高昌势难再在这东西两大巨人之中游刃有余了。现在欲谷设派来监视他的阿史那矩越来越嚣张跋扈，使得麴文泰日日如坐针毡。而现在阿史那矩以自己的名义侵攻伊吾焉耆，又将商道都断了，不让大唐商人前来，迟早要惹出事来，麴文泰虽然身为国主却又无能为力，这样日日担忧，人也一下见老了。而现在大唐要对高昌用兵的消息已然传出，麹文泰更是忧虑，这些天越发显老了。

麹叶美见大哥这颓唐模样，心中也不禁有些酸楚，小声道："大哥，不要紧，亡羊补牢，为时未晚。"

麹文泰一下抬起头。他也知道这个妹妹虽是女子，实比自己更加雄才大略。咀度设也算个颇有才干的突厥王子，但现在活国国势日强，都说小可汗的这个汉人可贺敦功不可没。听得麹叶美说是"为时未晚"，麹文泰顿时也生出了希望，说道："叶美，你说还来得及么？可是……可是那天圣师，可是好生了得的……"

所谓天圣师，便是高昌国师婆师伽。虽然名为高昌国师，其实并不是麹文泰愿意封的。这婆师伽乃是跟随阿史那矩而来，阿史那矩做了吐屯发，已然如太上皇一般，再来个国师，岂不是火上浇油？但这麹文泰也不敢不听从阿史那矩的吩咐，只能封他为天圣师。封是封了，却更让麹文泰如坐针毡。这婆师伽神通广大，高昌其实有不少咒师，麹文泰当初为堵阿史那矩的嘴，还想了个比试以定天圣师的主意。但不比还好，一比之下，那些咒师在婆师伽跟前没有一个能撑过三合的，其中一个更是被婆师伽咒得胸腹间起火，眨眼便烧得洞穿。

当时观看这场比试的麹文泰当场便吓得脸色煞白。这婆师伽有如此本领，如果他起意要弑杀自己，那自己哪里还有活命的机会？所以这几年他天天担惊受怕，现在说起婆师伽，还是有点后怕。

麹叶美淡淡道："大哥你放心，我早知婆师伽乃是吐屯发的膀臂，所以已经请了人对付他了。算起来，"她说着，抬起头看着上面的藻井，一边掐着手指，忽地微笑道，"大哥，现在应该碰到他的对头了。"

麹文泰还是有点忐忑，小声道：“叶美，你找的人能对付婆师伽么？天圣师的本领我见过，实非易与。”

麹叶美道：“大哥，那两人乃是中原术士，本领非凡，定能取胜。”

见妹妹说得如此肯定，麹文泰这口气才算松了出来，说道：“那便好。”他顿了顿，又小声道：“叶美，可就算拿下了天圣师和吐屯发，可乙毗咄陆可汗那边又该如何应付？还有，大唐发来的天兵……”

婆师伽虽然本领非凡，可他到底只有一个人，而且麹叶美也说了已让专人去对付他。翦除了婆师伽后，阿史那矩孤掌难鸣，除掉他就更容易了。但问题是除掉了这两人，便等如与西突厥反目。高昌离突厥近，离大唐远，现在先得罪大唐，再得罪突厥，真不知这副烂摊子该如何收拾。

麹叶美道：“大哥，不管什么事，总能按轻重缓急来应付。这件事，便交给叶美吧。”她说着，又道：“对了，大哥，我刚回高昌城，先来看你，马上要到弘宝寺去一次，有什么话，待我回来再说吧。”

高昌因为崇佛，境内寺院林立，而弘宝寺乃是高昌国寺，僧统慈恒所居。麹叶美还不曾出嫁之时，便拜慈恒为师，而她远嫁活国后，便不曾来过。她因为身份特殊，此次亦是秘密回到高昌城，随身只带着一个亲随侍女，也与她一般穿着男装。

到得弘宝寺的寺门前，却见进寺的香客极多。那侍女小声道：“主人，现在进去么？”

麹叶美抬起头，看了看这座寺院的大门。与长安城这等大都会比起来，高昌城实不值一提，但高昌城里的寺院却不比长安城的少多少。弘宝寺作为高昌国寺，更是巍峨壮观，一如往日。

当听得高昌竟然做出遮断商道之举，麹叶美便知大事不妙。她虽是女子，但极富干才，便知长兄定然是遭了欲谷设的胁迫才出此下策。原本给慈恒长老写了封信密授机宜，想请慈恒出面调停此事，然而她万没想到那信使竟然遭到本已为她收服了的十三虎沙盗的劫掠出了意外。虽然遣人去善后此事，但现在毕竟骑虎难下，这信一旦落到欲谷设手中，岂但高昌要遭殃，连同活国也可能遭到此人的袭击，因此她也只得亲自跑这一趟。

表面看起来，高昌仍是繁华和平，然而麹叶美已然听到了风声，贞观天子对高昌近年来的所为大为震怒，很可能会发兵攻来。突厥纵然在西域是头猛虎，可是在大唐这真龙面前也已不啻病猫。只是与大唐有刻骨之仇的欲谷设大概想不到这点，或者是有意不去想。

不管欲谷设怎么想，怎么做，那都是突厥的选择。然而现在高昌被绑在了突厥这辆战车上，大难来时，高昌这个小小的国度便难逃被碾作齑粉的命运了。

麹叶美暗暗叹了口气，小声道："进去吧。"

她二人进去时，一个知客僧迎了上来道："两位施主，可是要进香么？请随我来。"

这知客僧还不曾说完，麹叶美已然从腰间取出了一小面金牌，说道："大师，请禀报慈恒大师，便说有人请见。"

慈恒大师乃是高昌僧统，平时早就不露面了，唯有国主祭祀，他才会出来主持仪式，平时哪是说见就能见的。知客僧见这两个香客居然一开口便说要见慈恒大师，本来正待回绝，但见那人拿出了一面金牌。这金牌有些年头了，金色已然黯淡，但显见做工精致绝伦，不是面寻常之物，倒也不敢怠慢，接过来道："敢问两位施主如何称呼？”

麹叶美道：“慈恒大师一见即知。”

知客僧见此人神情端庄，气派非凡，更是莫测高深，也不知这是什么人，心中只在转着念道：“这人到底是什么人？难道是国主的亲属？按理宗室之人我都应该见过，怎么没见过此人？”

这知客僧进去禀报之时，麹叶美仍在看着外面的情形。弘宝寺香火极盛，进进出出的人络绎不绝。这些信佛之人，自然都盼望着能够身强体健，世道清平，无灾无难过此一生。

其实，任何一个人都会这么想吧。麹叶美心中默默地想着。然而造化弄人，这个愿望只怕从来都难得实现。

这时那知客僧已然走了出来，见她二人仍站在门口，便深施一礼道：“两位施主，慈恒大师有请。”

知客僧的口气中，已然有着一丝惊异。慈恒大师修为极深，已轻易不见世人，但一见那金牌，竟然颇为动容，马上让知客僧请那客人进来。这知客僧越发惊诧，实是猜不透这个长相俊秀的年轻施主到底是什么人。

慈恒平时都静处在弘宝寺后院一角的静室之中。弘宝寺香火极盛，前院便如同菜市场一般热闹，但一入空院，便清静寂寥。待那知客僧领二人进了静室，这儿就越发岑寂。

那知客僧领着二人入内，自己也不敢进去，只是道：“施主请，恕小僧告退。”说罢便掩上了后院门退了出去。

西域少雨多晴，有着大片沙漠，但高昌城里因为有暗河流过，草木倒甚是繁茂，这后院更是种了许多花木。麹叶美看到这景致，心道：“慈恒大师真个八风不动，数十年如一日了。”

她还是少女时来过弘宝寺后院，记忆所及，当时见到的也正是这一番情景。岁月如流，时光如电，自己已然从一个双鬟少女成了一个妇人，执掌一片异国的土地，但弘宝寺这后院却如同脱离了时光的冲洗，甚至，她都觉得方才走进门来的自己还是那个双鬟的交河公主，这些年远嫁活国，成为可贺敦的经历反是一梦。

这怔忡只是一瞬间之事，麹叶美定了定神，走到静室前，正待开口，却听得里面有个人道："公主，一十七年，别来无恙？"

那正是慈恒的声音。麹叶美还记得十七年前自己远嫁之前来向慈恒道别，当时听到的正是这个声音，一瞬间百感交集，竟是有点哽咽，低声道："慈恒，是我。"心中却在想着："慈恒也老了，但不知他还有没有发动具足轮之能。"

然而，这大概已是现在高昌唯一的生机了，并且，还要是天圣师未能夺得龙城七宝其中两件的前提下。一旦天圣师拿到了这两件龙城至宝，那么一切都已无济于事了。

这时候，隔着墙忽地传来了一个粗粗的嗓音在高唱："高昌兵，刀如霜，枪如雪，横行八方气雄杰……"

这是当初高昌发兵与来犯之敌恶战得胜后，国中文士所作的凯歌。虽然不无吹嘘之意，但那时高昌上下众志成城，令人至今思之振奋。唱这歌的人多半也当过兵，酒酣耳热后重思旧事，便又唱了起来。虽然歌声并不动听，但歌声里却有种异样的慷慨激昂，让麹叶美血亦为之一热。

无论如何，自己手上还有慈恒这道筹码，那么这场豪赌就还没到论输赢的时候！

五

天圣师婆师伽，本是西天竺人氏。因为长居西突厥，欲谷设自立为可汗后，便奉他为国师，请他坐镇高昌。

高昌是西域的门户。作为东突厥的孑遗，欲谷设能一举掌握西突厥，自然不是个无能之辈，看得到高昌的重要性。

遮断商道后，欲谷设自然同样会料到大唐天子震怒之下，很可能发兵来攻。但他能做出这事来，便也不是无所防备。只是欲谷设的一系列措施都按部就班地执行，交给婆师伽的这件事却连连遇挫。首先是去蒲昌海边一个小村落寻找焰摩幢，结果待他赶到，那小村落里竟是尸横遍野，连一个活口都不留，焰摩幢更是毫无下落。婆师伽带着两个弟子在蒲昌海边寻了三日，险些要将那儿掘地三尺，仍是一无所得，这才不得不放弃，前去沙州武威庄找另一件宝物。

如果这件东西也出了乱子，那可汗大人的嘱托便全都落了空，难道真要我只以自身本领与数万大唐虎狼之师相抗么？

想到这儿，婆师伽都几乎要发出一声呻吟。他身为西突厥国师，本领自是不凡，但也没有狂妄到自觉能与数万精兵抗衡。

现在，也唯有走一步看一步了。

婆师伽一行三人，骑着三匹骆驼。当先两匹骆驼上坐着两个红袍之人，乃是他的两个弟子罗硾和罗什。婆师伽所乘的第三匹骆驼，设了一顶小小的木轿，他便盘腿坐在轿中，双目紧闭，似乎周遭一切都与他毫不相关，坐在驼背上也和坐在平地上没什么分别。

前面约莫二里光景，便是武威庄了。现在天色已近黄昏，到得武威庄只怕天色已暗，也不知庄主肯不肯听从。不过若是善取不成，便只有恶取，这一点婆师伽毫不担心，他担心的是自己可能又慢了一步，赶到时只能见到武威庄的遍地死尸了。

婆师伽在垂头冥想，罗硾与罗什两人也不敢开口。一行人正自走着，原本一直纹丝不动，泥塑木雕般的婆师伽突然一抬头，喝道："且住！"

在他前面的那两个红袍人牵住了骆驼，罗硾带转骆驼到了他边上，先行了一礼，毕恭毕敬地道："师尊，怎么了？武威庄就在前面，马上就到。"

婆师伽的双眼仍然闭着，鼻翼却抽了抽，向四方嗅了嗅道："有异样。"

罗硾和罗什相互看了看，全都有点莫名其妙。周围尽是些连绵不断的小沙丘，黄沙平平展开，直如一匹无边无际的大布，根本看不出有什么异样。罗硾道："师尊，是哪里有异？"

婆师伽顿了顿，喃喃道："武威庄有腥味。腥味太重了。"

两个红袍人暗自吃惊。二里路，自然不算太远，但也不算太近，师尊居然隔着那么远便能觉察情况有异。罗硾小心翼翼地道："师尊，听您话中之意，武威庄是已有防备了？"

婆师伽的眼仍然紧紧闭着，什么话都没说。突然，他在驼背上一跃而起，直如一朵乌云。他原本半天都不动一下，但一动之下却又动如脱兔，他那两个弟子还不明所以，却听婆师伽喝道："罗硾！罗什！起身！"

二弟子罗什是个很机敏之人，听得师尊突然厉喝，罗什心头一惊，手在驼背上一按，人已一跃而起，一个空心跟斗向后翻去。也几乎就在跃起的同时，只听得几匹骆驼齐声惨嘶。罗什人已倒跃向空中，只见骆驼背上仿佛竹笋破土般，一支满是鲜血的锋刃探出了驼背，假如他稍慢片刻，这锋刃定然便要从他胯下插进去了。他大吃一惊，心道："这是什么？"

罗什手脚敏捷，但那大弟子罗硾却没有他反应快。罗硾本来还在侧耳等着师尊的回答，忽然听得师尊厉声暴喝，他怔了怔，正想着："师尊怎么了？"但还没想明白，只觉两腿中间一阵刺痛，刹那间肚子里便多了种既似火烫，又如冰凉的感觉，他只来得及一仰身，这道既烫又冷的感觉已破体而过，穿过他的肚腹胸口，而舌下却突然多了个东西。这种感觉诡异之极，还没回过神来，那东西便从嘴里直伸出来。

那是一柄细细的剑。这柄剑从罗硾胯下的骆驼腹中刺入，又穿过了他的身体，从他口里飞了出来。一瞬间，罗硾连同坐骑一起，被穿了个透心凉，人与骆驼同时摔倒。而这时，罗什的人尚未落下地来，他只能看见师兄嘴里吐出了一柄长剑。罗硾已经死了，但直到死了只怕还不明白发生了什么事，脸上仍然带着点惊愕与不解的神情。

罗什见师兄眨眼间便丢了性命，死得还如此诡异，只觉周身仿佛被抛入了冰水中一般，却见那柄剑仍是直冲而上，飞上了四五尺高，这才在空中打了个转，又直直落下，"嚓"一声，又刺透了罗硾与身下骆驼的身体，没入了沙中，而刺死了他所骑骆驼的长剑也已破空而出，在空中打了个转，一般落了下来，如穿腐木，消失在沙中了。罗什吓得扭头道："师尊……"话未说完，却觉背心忽地一热，正是那婆师伽一掌贴在他背后。他更是魂不附体，只是被师父按住了背心，什么话都已说不出来了。

婆师伽本觉对付武威庄只是手到擒来，不费吹灰之力，哪想到自己居然会先遭伏击。对手故意在武威庄露出破绽，让自己以为他们会在武威庄以逸待劳等着下手，却在这里动手，而且出手狠辣无情，丝毫不留余地。难道索世广是个深藏不露的好手么？只是婆师伽明明知道，武威庄只修文武，并不修习术法，可袭击自己一行的分明乃是极高明的法术了。

婆师伽修习的乃是天竺咒术。他于此道浸淫已久。功底极深，一按住罗什背心，罗什眼中的惧意渐渐消散，却也变得木然。婆师伽一手按在他背心，沉声道："来者何人？高昌天圣师婆师伽在此！"

婆师伽的声音并不如何响亮，可说出来时却是雷声滚滚，沿着地面传去，极能及远。

听起来，这不过是一句自报姓名，其实却是婆师伽的一门"声咒"的功夫。凡是声音，都能遇物回弹，平时在空山中大叫一声，听到回声，就是这个道理。婆师伽此时发声，这声音也如同他触觉的延长，虽然目力不能及远，但周遭数里中有什么可疑的，都已逃不出他这声咒。

原来这里便是沙州。

带着好奇的眼神，裴行俭看着周遭的这一切。他的师父苏定方便曾对裴行俭说过，这古名敦煌的沙州城，在《山海经》中被记为“敦薨”，自古以来都是通往西域的门户。也正因为是八方商旅聚集之地，这儿也是异样的繁华。但如果商道断绝，那么这沙州城立时便会成无源之水，无本之木，很快陷入衰败之中。

这等情形，其实千余年来已屡见不鲜。每当中原强盛，商道畅通，沙州自然繁荣；而中原一乱，敦煌势必凋敝。其实不止敦煌，西域沿途的大小城国无不如此。中原就如一棵参天巨树，这些城国便如树上寄生的女萝。巨树繁茂，女萝也能开枝散叶。而巨树一倒，这些藤蔓又如何生长？只是这个简单道理，偏生还有不少人想不明白，或者说是故意不去想。

裴行俭暗暗叹了口气。

他此次前来沙州，其实并非心血来潮，而是奉诏而行。

九年前的贞观四年，裴行俭的师父苏定方随李靖出师西北，生擒东突厥可汗颉利，骚扰中原近百年的东突厥就此覆灭。但边患虽平，苏定方却觉得仍有隐患，那便是远在西域，当时还很恭顺的西突厥了。

一旦西突厥强盛，定然会与东突厥一般成为边患。十年前苏定方便已有了这样的决断，所以那时他就派人以行商为名，每年至西域一带搜集情报，以备不测。而就在不久前，苏定方遣去的一个耳目发来的飞鸽羽书从沙州带来了一个惊天消息。

波斯王都泰西封自三年前被大食所破，波斯王伊嗣侯带领卑路斯、阿罗憾两位王子一路东逃。伊嗣侯暂居木鹿后，让两个儿子继续东来，希望能面见大唐天子，请大唐出兵助他复国。而两位王子到了活国后，本来将继续东来，没想到这个时候高昌壅绝商道，明着与大唐为敌，而活国又与高昌乃是盟友，因此两位王子进退两难，只得遣人乘隙抵达沙州，暗中与大唐取得联系。

当苏定方向天子禀报此事后，这个消息让天子也大为震惊。因为高昌不臣，天子已决心用兵高昌。此事已经提上了日程，绝无更改，而大兵到处，很可能两位波斯王子会在战乱中遭池鱼之灾，因此苏定方建议趁大兵尚未抵达，派人前去与两位波斯王子联系。而此事绝不可公开，因此苏定方推荐了自己的得意弟子裴行俭。

苏定方这建议虽然不无为自己得意弟子镀金的意思，但裴行俭乃是金吾卫军人，人虽年轻却极为精明强干，特别是懂得波斯话，确是与两位波斯王子联系的天造地设之人。特别是当天子听得裴行俭的长兄便是昔年勇猛与自己四弟李玄霸齐名的裴行俨，颇为感慨，立刻下诏给裴行俭，将此任交了给他。

作为一个年轻的金吾卫街使，能得天子下诏，实是无上的荣耀，只不过裴行俭心中终是不免有些担心。他既不知那两位波斯王子是何等人，而侯君集将军的西征军已然要集结出发，一旦开战，战火连绵，再想找个人只怕便绝无可能了。因此他受命后便不敢耽搁，火急而来。这一路真个是风餐露宿，日夜兼程，亏得裴行俭长年习武，体格浑若铜铸铁打，不然真要吃不消。饶是如此，到了沙州也让他累得疲倦之极。只是裴行俭忠于职守，在沙州城找了家食铺吃了个饱，稍稍恢复便出来与苏定方安排下的耳目联系。

那耳目名叫范东留，便住在沙州城西一家叫“乐郊居”的客栈里。虽是耳目，但既然是以行商的身份前来，其实也真个在做生意，而且实是将生意做成了主业，搜集情报反是副业了。虽然长居乐郊居，但因为每天上午都要出去商谈生意，所以只有过午才能联系。裴行俭吃罢了饭时天色尚未过午，心想到了乐郊居也得在那儿干等，不如便在城中观观市容，也好长点见识。

裴行俭是从沙州城东门进来的，本来可以直接向城西去，但因为一路闲逛，便绕到了城北。沙州城虽然远没长安城那么大，但在西域一带却也算得是个大城了。裴行俭一路背着手走来，只见城中异国之人极多，各种乡谈也层出不穷，说波斯语的也大有人在。裴行俭行行止止，听着那些人大谈一路见闻，有的在说此番高昌遮断商道后，西域诸国百物腾贵，特别是瓷器丝绸这两大宗，获利更多，实是冒险也值得一行。

虽然听得有味，但裴行俭仍是在一路往城西而去。刚过北门，却听得门口处一阵纷乱。

相对而言，沙州北门向来最为冷清，西门则最热闹。裴行俭不由回头看了一眼，却见大大小小足有百十来人正在进城。平时进出城的，除了商队，便只有零星的行人。沙州这一带，出了城便是连绵不断的沙丘，也极少有人住在城外的，因此这等事实属少见。裴行俭也有点诧异，见这一大群人里老幼都有，心道："这些人是搬家么？还是怎的。"

虽然这等情形十分少见，但看他们全是些汉人模样，绝不会与波斯有什么瓜葛，裴行俭也不去多想了。看看天色，此时日头已开始偏向西边，自是午时已过，想来那个范东留应该谈好了生意回客栈歇息，正好可以找他了。想毕，便信步向城西走去。

沙州城虽然不算大，但东西也有数里之遥。只是裴行俭日日习武，步履极为敏捷，便是寻常走路也比一般人快许多。也没花多少工夫，便已到了城西。

乐郊居在城西也算得一家大客栈了。当裴行俭刚走到门口，一个拉客的小二马上迎了出来道："公子，可要住店么？我家乐郊居可是远近闻名，房间干净，被褥天天都换。"

裴行俭道："我是来找人的。请问店家，这儿有位范东留客人么？"

他本以为要问到范东留的踪迹只怕不太容易，哪想到那小二道："公子原来认得范大官人啊，大官人因为每年都要来沙州，所以我们店里有间房是为他专门留着的。不过大官人这时候正有客人，定然没空见你，要不公子先要间房住下？"

裴行俭见这小二说到范东留有客人时，眼中满是艳羡之情，心道："他有客人，你这般挤眉弄眼地做什么？"也不以为意，说道："我还是在这儿等一会吧。"

那小二嘿嘿一笑道："公子只怕要等好一阵了，范大官人……"

那小二还要说什么，却听得楼上有个人喝道："小丁，你又在背后嚼我什么舌根呢？"

那小二吐了吐舌头，说道："大官人指甲缝里漏点什么给我，便够我吃喝不尽的了，我小丁哪敢嚼范大官人什么舌头？是这位公子正要找大官人您呢。"

裴行俭抬头看去，只见有个中年人正从楼道上拾级而下，定然便是范东留了。他迎上前去道："是范东留先生么？"

范东留见裴行俭年纪虽轻，但身躯矫健之极，心下便有点慌。经商西域，其实是件把脑袋别在裤腰带上的差使，有胆量走这条道的不是自己便是个大豪，便要招有力的伴当保护。范东留也习过武，本领亦不算差，一眼便看出裴行俭不是等闲之辈。此人若是仇家买了来寻自己晦气的，那可糟之极也，因此不免有点慌乱，说道："正是在下。恕我眼拙，请问小郎是哪一位？"声音不禁有点发颤。

那小二本来还一心要撺掇裴行俭住店，待听得裴行俭只打了个招呼，竟然让这长安来的豪客范大官人声音发抖，心下便是一慌，忖道："糟了糟了！这公子别是来寻范大官人的晦气吧？若是在这儿大打出手，那客人都要吓跑了。"

裴行俭自是不知那小二正在胡思乱想。他走上前，从怀中摸出了一封信笺递过去道："范先生，在下裴行俭，乃是武邑公遣我前来。"

裴行俭的老师苏定方，乃是武邑人，因此他派范东留来西域打探，便是以"武邑公"的名义与范东留联系。范东留本来还在疑神疑鬼，待接过那封信笺，见信皮上笔酣墨饱写着"范东留亲启"五字，正是苏烈将军的亲笔，脸色便是一变，抽出来一目十行地看了遍，说道："原来是裴公子，小可正等着公子呢，请随我来吧。"虽然他脸色变了变，但心里却是大大一宽，忖道："盼星星盼月亮，总算把苏将军的人盼来了，这件差事终于可以脱身。"

裴行俭见范东留引着自己回屋，只道那人便在他屋里。哪知待范东留开了门，却见迎面是一面屏风挡住门口，转过屏风，屋中一览无余，空空荡荡，哪有旁人，不由诧道："范先生，那人不在么？"

范东留掩上门，先去开了前窗。窗前放着两张胡床，还有一张小案，案上正煮着一壶茶。看来方才范东留正在屋中自得其乐地喝茶，听得那小二在嚼舌头才下楼来的。只是范东留却先从前窗台搬了一盆花到后窗台前，这才回到案前坐下道："裴公子，先坐吧，喝杯茶。不瞒您说，那位先生说一直有人在追寻他的行踪，所以为防消息走漏，事先与我约好，说待武邑公的人到了后便将这盆花搬到后窗台前，他便会来与我联系。”

“原来如此……”

裴行俭暗暗咋舌，心想按理这儿距波斯已有千万里之遥，那伊嗣侯纵然被人一路追杀，但来的只是个密使，杀手也不至于一直追到沙州来，此人如此防范，真不知追踪他的那人是何等厉害人物。

范东留做惯了行商，口齿便给，谈锋甚健，趁着此时没什么事，便向裴行俭说着近期形势。原来沙州乃是通向西域的门户，因此向来极为热闹。但这两年商道被高昌阻断，商团渐少，相应沙州也越来越是萧条。

这等事裴行俭其实早就心知肚明，他也不知那高昌王为何突然有些不智之举。范东留说了一阵，只觉口中发干，正待举杯喝上一口，裴行俭突然手一按胡床，人一跃而起。

裴行俭的个子虽然不算极高，却也是个精壮少年，寻常这般一跃而起，落下时非将楼板砸得“咕咚”一响不可。范东留吓了一跳，一口茶险些要喷了出来，急道：“公子，怎么了？”但裴行俭一个起落却是轻如鸿毛，声息全无。范东留其实也是个练家子，见状大吃一惊，心道：“难怪武邑公会派他前来，原来这少年竟是如此本领。”

范东留说得甚快，但裴行俭的动作却是更快，不待范东留问毕，他已一个箭步冲向了门口。

门前竖着那面屏风，以裴行俭身形之速，只怕会一头撞上。但裴行俭身法虽快，却轻巧异常，身子一晃，连擦都没擦到，便绕过屏风悄无声息地站在了门口。

门外有人！

虽然隔着门根本看不到，但裴行俭耳目之灵，实是远超常人，便是方才坐在窗边听范东留说话，他仍是眼观六路，耳听八方。坐在窗前胡床上，要眼观六路其实也观不了多远，但耳听八方却真个洞幽察微，就算梁上跑过一只老鼠都躲不过裴行俭双耳。而他正听到了有人无声无息地走到了范东留的门前。

此人如此轻盈，实非常人所能。就算很可能便是范东留说的那位先生，但裴行俭仍是不敢有丝毫懈怠。

站在门边，裴行俭一手已握住了背后包裹里的独门兵器七截枪。他的浑身肌肉都已绷得钢索一般，若门外来的乃是敌人，纵然隔着板门，裴行俭仍是自信能给他致命一击。

正在他凝神定气之际，门外传来了一个轻柔的声音："裴将军，你来了？"

就算门外那人突然白刃相加，裴行俭也没有这等惊愕。而此时范东留也已起身走到裴行俭身边，一听这声音，他马上小跑着过来开门，一边小声道："萨公子，正是正是，裴公子到了。"

范东留平时气焰甚炽，此时却说得毕恭毕敬。但裴行俭已然对范东留视而不见，心中不住地转念道："这声音，难道……难道是……"

这个声音细腻轻柔，显然是个女子。但让裴行俭惊奇的，并不是来的竟然是个女子，而是这个声音一下触动了他的记忆。他分明记得，这正是那个波斯来的少女傀儡师明月奴的声音！

明月奴乃是昔年波斯傀儡术一代宗师萨西亭晚年所得之女，尽得乃父真传。当时为了防止萨西亭昔年留在长安的一种神妙傀儡被歹人所用而贻祸无穷，不远万里东来，却卷入了南昭郡王谋反一事，与裴行俭打了一番交道。虽然相处时日无多，但裴行俭对这波斯少女大为心折。虽然在明月奴离去时并没有如他的一个朋友高仲舒那么失魂落魄，也颇为伤怀。只是万没想到现在竟然又听到了明月奴的声音，他不禁失声道："是明姑娘么？"

门一下开了。站在门外的，正是明月奴。虽然她穿着一领西域男人常穿的防沙尘的长袍，却掩不去她那张清丽的面容。当见到门里站着的正是范东留与裴行俭，她嫣然一笑道："裴将军，你来了便好办了。"

范东留与明月奴接上头时，便大为吃惊。他实不曾想到波斯王伊嗣侯竟然会全权委派一个胡姬前来，西域一带本不太平，这等一个美貌少女孤身出行，实是极其危险之事，他都有点怀疑这是个圈套。只是待见识过明月奴的本领后，他才暗暗咋舌，心想自己实不该狗眼看人低，原来这少女有这等秘术，而且机变无双，难怪视西域的那些盗匪如无物。不过见识过后也多了三分惧意，心想此事如此棘手，自己多陪一日，搞不好就要多一日的危险，只盼着能早点脱手。此时见明月奴终于来了，他长吁一口气，忙道："原来裴将军与明姑娘认识的，那再好不过了，小人在外望风，您二位便自行商谈吧。"

裴行俭虽是武人，但为人也颇为精细，已看出范东留虽是老师所派，但现在已经把做生意当成主业了，若不是不敢得罪老师，搞不好他根本不想再蹚这浑水。反正现在接上了头，这人也派不上什么大用了，何况裴行俭心底还有个隐秘的念头，便是想和明月奴单独说说，便道："那好，范先生请便。"

范东留待明月奴走进屋来，便一下走了出去，心道："谢天谢地，我终于不用背这木梢了。干完这趟，武邑公也该念我这些年辛苦，不再指使我了吧？"

范东留一走出门，便顺手将门掩上了。虽然知道那正是寻常之举，但明月奴颊边还是微微一红。她将长袍的风帽除下，低声道："裴将军，别来无恙。"

裴行俭向来都是泰山崩于前而不变色，但这回却不知怎的只觉嘴唇发干。他道："明姑娘别来无恙。"待坐下来时，却不自觉地将那胡床一碰，那胡床在楼板上发出了"嚓"一声响。

他坐下了，明月奴却并不坐下，只是肃立在裴行俭身前，深施一礼道："裴将军，明月奴有一事相求，"

这等长揖并不是女子礼，而是面对尊长时所施。裴行俭也不敢受她此礼，一下又跳了起来道："明姑娘不敢当，请说吧。"

明月奴抬起头来，慢慢道："明月奴国破家亡，愿求裴将军援引，得向大唐天子做秦庭之哭。"

昔年楚国伍子胥与申包胥乃是好友，伍子胥父兄被楚王所杀，逃入吴国后辅佐吴王阖闾即位，发兵攻破楚都郢城。申包胥前往秦国求救，秦王初时不肯发兵，申包胥在秦庭痛哭七日，终于感动秦王，发兵复楚。

裴行俭虽是军人，却也是弘文馆学生，这个典故自然清楚，心知明月奴引此典，自是以申包胥自诩，想请大唐发兵为波斯复国。

那一次明月奴来长安摧毁父亲留下的魔傀儡"呼影"，结果因为身怀波斯傀儡术，被太子承乾、汉王元昌和南昭郡王李玄通三派人竞相追杀，险些逃不掉。而当时南昭郡王李玄通得术士之策，准备炼回已死的隐太子魂魄，将之送入贞观天子体内，以达成隐太子复辟的结果。而这条计策最关键的，便是明月奴这门波斯傀儡术独有的"肉傀儡"之术。但肉傀儡其实是将一个活人的心智硬生生摧毁，变得如行尸走肉一般，明月奴虽是波斯傀儡术的唯一传人，却委实不愿做这等伤天害理之事。等她落到汉王元昌手中，元昌只得用强逼迫她时，幸得父亲旧友虬髯客张三郎之助才得以脱身，只是明月奴想不到的是张三郎仍要实施元昌和承乾所定之计，还以明崇俨性命为要挟来逼明月奴就范。最终这条计虽然未能成功，却也有三四成完成了，特别是隐太子魂魄附到了当今太子身上，让明月奴心知定是后患无穷，因此那时她一心想离开长安。只是回去后方知波斯已被大食所灭，连波斯王也只能举族逃亡，她现在变得有家难回，有国难投，而波斯王又将复国的希望全都寄托在大唐身上，明月奴自是当仁不让，充当了这个密使。

听得明月奴竟有这等心思，裴行俭心中也是一沉。他嗫嚅道：“明姑娘，请不要如此，我……我哪有这等能力？”

明月奴道：“明月奴只求裴将军能向尊师引见小女子，便是无上功德，若蒙将军首肯，必当重谢。”

裴行俭皱了皱眉。明月奴的真正用意，原来是想借自己求见老师。这让他有种被利用的不快，又不忍指责明月奴，便道：“明姑娘，按理守约不敢有违，但家师是否愿意，尚未可知。”

明月奴微微一笑道：“裴将军不必担心，既然苏将军应我之求让你来了，那就说明他其实也很想见见我。”

裴行俭一怔，刹那间他还想不通明月奴这话中的深意，但只一转念，他失声道：“明姑娘，你是向家师要我前来的？”

明月奴狡黠地一笑道：“这是投石问路之计。苏将军能让裴将军您这爱徒前来，便说明他对此事大有兴趣。裴将军，你可知我看到你进了乐郊居时便松了一口气。”

裴行俭心道：“难怪老师还专门在天子面前推荐我来办此事，我还道老师是专门给我一个贴金的机会，原来明姑娘本来就想让我过来！”

裴行俭乃是当世名将苏定方之徒，兵法武功，尽得苏定方真传，明月奴上一回来长安时就很是清楚。也正是因此，想到了这条利用范东留联系上苏定方，再通过苏定方将裴行俭遣来沙州与自己相见的计策。

明月奴年纪虽轻，但她不仅是波斯傀儡术第一高手，更有纵横捭阖之能。这条计一环扣一环，现在苏定方真个将爱徒派来了，那就说明苏定方对此事不会无动于衷，同时明月奴与裴行俭又是夙识，反过来还能在苏定方心目中更增分量。若能再说动贞观天子，发下战无不胜的大唐雄兵，驱逐大食，恢复波斯便不是一句空话了。

裴行俭其实也是个聪明绝顶的人物，明月奴这一句话虽然说得轻描淡写，他却已然从中猜到了前因后果。知师者莫若徒，裴行俭也知道自己老师乃是个心雄万夫的名将。逐大食而复波斯，这是大唐这个国家建立以来从未有过的壮举，对老师的吸引力定然极大，明月奴这条计也实是用得恰到好处，老师就算同样看破了，仍是会不顾一切跳进来。

想到这儿，裴行俭也不禁苦笑了笑，小声道：“明姑娘，那时我就跟明兄说起，你是个我和他都只能甘拜下风的厉害人物，现在我也仍是逃不脱你的算计。”

裴行俭说到“算计”，其实也是顺口一说，但明月奴忽地抬起头，眼眶中已是珠泪莹莹，沉声道：“裴将军，明月奴也自知不该以诡道中伤正人，但此事乃我波斯复国之大事，明月奴一身轻如草芥。裴将军若不愿，明月奴绝不敢有分毫怨言，为奴为婢，为马为牛，尽在将军一言。”

裴行俭没想到明月奴会说得如此决绝，不由一怔，半晌才叹了口气道：“明姑娘言重了，守约也是说得过头了。但不知明姑娘若有此意，为何不直接赶赴长安？”

明月奴见裴行俭转换了话题，心知这年轻将军终是不忍。她心中既是欣慰，又有点歉疚，心道：“君子可欺之以方，裴将军是正人君子，才会中我这条计。若是那个人……那个人多半不会中计，若我真个遇险，他会来救我么？”

她心中在转念，耳朵仍是细听得裴行俭之话。听得裴行俭这般问，她叹了口气道：“裴将军你有所不知，我其实已试过数次，却怎么也不能出沙州城。”“其实，”她顿了顿，这才道，“我与卑路斯、阿罗憾两位王子殿下出了活国未久，两位王子便被带往高昌软禁了，我是侥幸才出阳关逃到沙州，但仍是被人衔尾而至，再找不到机会出去了。”

裴行俭一怔，诧道：“什么人竟是这般厉害？”

明月奴的傀儡术虽然不同于寻常武功法术，却也同样厉害，可看样子，这个心计和本领两臻佳妙的波斯少女被那追杀之人逼得一筹莫展，只能隐身躲在沙州城里，裴行俭对这人一下来了兴趣，更多的，却是少年人的不服。

他看着明月奴，心中雪洞也似明亮，知道自己这一问，其实又被明月奴看破，自己已然愿意与她站在一起了。但看破也就看破，在裴行俭心中，豪气如烈焰般熊熊燃起。

六

一支利剑突然从沙中直直射出，从背后刺向婆师伽。

这剑出现得极是突然，刺出的角度更是诡异。罗硾被那支突然从地底冒出来的利剑连人带骆驼一同刺死，罗什已是吓得魂飞魄散，待婆师伽的手按住他背心后，罗什的眼神才镇定下来。他因为侧转身子，正可以看到这支剑，而此时师父的手还按在自己背上，多半不曾发觉，他心下大惊，正要叫出声来。只是不等他出声，婆师伽的左手向后一撩，便如能见到一般，分光捉影，二指一下夹住了剑身。

剑刃虽利，剑身无锋。一被婆师伽二指夹住，这剑仍如游鱼般有挣脱之势。但婆师伽右手已然急速地伸出，又是剪刀样夹去。他指力到处，能握石成粉，这利剑纵是精钢所铸，却也经不起这等大力，“咣”一声，被他四指夹成了三段，一下落到了沙地上。

罗什看得惊心动魄，这一声惊呼还在喉咙口便咽了回去，心道：“师父的这门三头六臂之术实在太厉害了！”

三头六臂之术，便是借助咒术将几人心意相通。平时一个人所见所闻，终是有限，但若是三人心意相联，那便毫无死角。飞剑神出鬼没，难以捉摸，而三头六臂之术正是飞剑的克星。

罗什心中极是佩服，但婆师伽心中却在暗暗惊心。

方才他的一声厉喝，余声已渐渐散去。他虽是天竺人，汉话说得倒甚是字正腔圆。在旁人听来，这也仅仅是一句发狠的话，但婆师伽练就的声咒却是能借着细微的回声辨别周遭的异样。只是声咒所能辨别的回声终是有其极限，最远不能超过百步。婆师伽以声咒探查，却完全察觉不到敌人的影踪。也就是说，这暗算自己的敌人实是在百步以外了。

真是了得！

尽管一个得意弟子丧身在这敌人飞剑之下，婆师伽在心底还是暗暗赞叹了一句。这敌人隐身在百步外，竟然也能驭使飞剑，实是太厉害了。

婆师伽此次正是受欲谷设重托前来。他的本意，便是要解决米拔鲁。

米拔鲁身怀焰摩幢，实是极不易与的对手，婆师伽本来并不想没来由地和这等人结仇。然而欲谷设既然已决意拿下高昌国，自然也知道大唐定会来问罪。想要与如日中天的大唐雄师一战，正面相抗绝无可能，这一点欲谷设自是比谁都清楚。但正面不能相抗，唯一的办法便只有剑走偏锋了，因此婆师伽才最终下了决心解决掉米拔鲁。然而当他赶到蒲昌海边，见到的唯有一地的尸体，其中有一具正是米拔鲁，婆师伽这才大为惊异。

能解决米拔鲁的人，以婆师伽所知，在西域除了自己以外只怕再无旁人了。而此人夺走了米拔鲁的焰摩幢，现在又有人抢先进入了武威庄，很可能便是同一人。此人到底是何方神圣？背后的是大唐，还是麹文泰，还是活国小王呾度设？

虽然心中惊疑，但婆师伽神情自若，向前踏出一步。他的手按在罗什背心，罗什也向前走出了一步，两人步调完全一样，就如同一个四手四脚的巨人一般。只一眨眼，便向前走出了五六步，沙地上留下了一行深深的足印，却是婆师伽每一步都踏在了罗什的足印上，眨眼间，向前走出了十余步。

这等走法，初时五六步罗什的步调尚能与师父完全一致，但到了七八步时便已经有点气喘吁吁，待走到十步上，罗什更是满头大汗，就如刚从水里捞出来的一般，只觉再走上前，一颗心脏都要从喉咙口跳出来了，但在师父积威之下，又不敢不走。然而待要再往前走，两条腿已是煮熟了的面条一样根本动弹不得。

罗什的模样，婆师伽尽落眼底。见他这般模样，虽然没有开口，但婆师伽心底已然暗暗骂道："废物！"

那对手的飞剑能够从地底钻出，极是难对付，便是婆师伽也要打起十二分小心。本来有罗硾罗什二人相助，婆师伽施出三首六臂之术来，飞剑再诡异，马上也能察觉。但罗硾已死，只剩了一个罗什，再施此术，压力便由罗什一人承受了，自是才走了这几步便会受不了。

强要罗什上前，他岂但帮不上什么忙，反要成为自己的累赘。婆师伽自是清楚，他心中骂归骂，仍是小声道："罗什，先歇歇吧。"伸手松开了罗什的背心。

看来只有凭自己的真实本领与那人一斗了。婆师伽松开了罗什的背心，向前大踏步走出一步。

正如婆师伽所料，约莫百步外，赫连玄剑正双手捻诀。

赫连玄剑练的乃是叱剑术。太玄观鼎剑双绝，赫连玄剑与师兄玄鼎子一人得了一门本事。这门叱剑术练到极处，能同时驭使九剑，而赫连玄剑现在的功力已到了七剑。

同时驭使七剑，已然是太玄观有史以来的第二强。这数百年里，除了太玄观开派祖师，就再没人练成过六剑以上。只因历代弟子大多贪多，总想着要鼎剑双修，结果两头都不着调，太玄观也越来越式微。到了这一代，玄鼎子与赫连玄剑二人干脆一人专攻一项，修鼎不修剑，修剑不修鼎，倒是独辟蹊径，二人都有了大成。这一次受人礼聘前来武威庄阻截高昌天圣师，便想趁机在西域开宗立派。

按原先计划，根本不必顾忌武威庄上下，但玄鼎子到底是出家人，特别是自己的鼎术，当三鼎阵布下，毒烟到处，鸡犬不留。玄鼎子委实不忍武威庄上下老小百余口遭到这等池鱼之灾，这才与师弟出手将索氏满门逼走，让他们远离三个月，事后便再无妨碍了。

这样节外生枝，赫连玄剑并不如何赞同。只不过师兄主意已定，他也不多说。待索氏老少一撤出武威庄，他和玄鼎子马上就开始在庄外布置，只待婆师伽自投罗网。

与玄鼎子的鼎阵不同，赫连玄剑的五行剑阵乃是纯然进攻的阵势。而赫连玄剑天赋既高，手段又强，自觉对付区区一个西域天圣师，定能手到擒来。一方面提了这贼秃人头可向公主交差，从此太玄观便可成高昌护国道观，定能大放异彩，另一方面婆师伽这胡人昔年曾修学太玄观鼎术，正是本门亟待铲除的大敌，无论如何，都须全力以赴。因此当婆师伽师徒三人踏入这五行剑阵后，赫连玄剑再不留手。只是万万想不到的是婆师伽貌不惊人，却有这等本领，自己全力一击不过伤了他一个弟子，而婆师伽的反击却极是凌厉，竟然将他的一支飞剑都捉住拗折了。

虽然传说中剑客能将宝剑修炼成剑丸吞入腹中，随时可以吐出来取人性命，但赫连玄剑这七修剑本身并无灵异，平时也只能放在剑囊中背在身后，七支剑同背颇为不便。但这些剑都是他亲手精心打造，用也用得惯了，再打造一把出来大为不易。见婆师伽一下拗断了一支，赫连玄剑心头便如针刺一般疼痛，心道："这贼秃太扎手了！"

五行剑阵只剩了六剑，很可能会挡不住此人。赫连玄剑心中已然有点慌乱。他自练成以来，与人动手的机会其实不多，便是动了手也轻易便能取胜，连势均力敌的都少，但这一次却隐隐有不敌之势。

说不定，只有一拼了！

赫连玄剑心里发了个狠。他不似师兄那样温和，伤人对他来说毫不在意，但伤不了人，却也有点沉不住气。正待再捻个诀，忽听得玄鼎子低声道："玄剑，沉住气，他还远着呢。"

玄鼎子的声音十分镇定，根本听不出有什么波动。赫连玄剑又惊又喜，心道："师兄来了？"不由侧脸看了看边上的师兄，只见玄鼎子正凝视望着远处那个渐渐走近的黄袍胡人。

婆师伽走得甚快，只这一瞬已然又走近了十多步，他多半也已经发现自己兄弟二人了。玄鼎子根本不擅近战，如果被婆师伽欺到近前，赫连玄剑尚可自保，玄鼎子只怕逃都没地方逃。但玄鼎子毫不在意，背着双手闲闲站立。

"师兄，他要用那一手么？"

玄鼎子微微一笑道："不错。"他顿了顿，又道："我已搬上来了，打他一个措手不及。"

他师兄弟在这儿定计，婆师伽自不知道。但此时他已上前了二十余步，前方隐约已能见到两个人影了。

暮色苍茫，东边的天际已然有星光闪烁。一见到那两个人影，婆师伽的神色也霎时凝重。

这两人定然便是伏击自己的对手了。婆师伽在西域横行多年，这还是头一次遇上如此扎手的对手。在他的心底，却还有一丝隐隐的不安，便是先前闻到的那一丝腥味。

如果没弄错的话，那是陇州太玄观秘传的五毒鼎。

太玄观是道家名门正派，千百年来传承不绝。这一派的五毒鼎，原本是取毒物以修炼内力，但随着历代弟子精研，不断推陈出新，吸引毒物来修炼内力这初衷渐渐为人所忘，而运毒用毒的法门倒是愈练愈精，因此颇受同道侧目。好在太玄观历代都是清修羽士，并不借这门秘术来伤人，所以那些同道纵然心有不满，也没人肯无端发难。只不过五毒鼎乃是禁术，却也是不争的事实。

婆师伽少年时在天竺便修成了一身咒术。天竺苦热，毒虫众多，婆师伽的咒术其实也是借助毒物而成，但一直未能大成。当初他游历到陇州，偶尔发现太玄观竟然有这等秘术，与他的咒术恰能相辅相成，不由大喜过望。只是太玄观不收胡人弟子，他就算愿意折节求教也办不到，气恼之下，索性就偷入太玄观阅读藏经，习成了这鼎术。

鼎术既成，婆师伽的咒术亦是大成。当时他凭借这两门异术，在甘凉一带很做了几件大案，结果声势大振，却也因此结下了不少仇家。虽然婆师伽精细之极，向不露风，可甘凉道上出现了一个会鼎术的异人，这消息还是传了出去，当时也有知情之人向陇州太玄观问罪。只是太玄观行将式微，弟子既少，也没有出色的人物，最后还是不了了之，而太玄观经此一事，更是败落，连以往的架子都维持不下去了。只是婆师伽倒也知道自己不能再在甘凉道上行走，因此西出玉门关，进入了西域。

这是十来年前的事了。婆师伽进入西域后，恰与刚逃来西域的欲谷设相遇，极受欲谷设礼遇，被他封为突厥国师。而欲谷设短短十来年里在西域反客为主，夺了西突厥的汗位，亦是得了婆师伽之助。这些年里婆师伽也极为小心，从不泄露自己偷学过太玄观鼎术的秘密，远在陇州的太玄观也从没让人来寻过自己的麻烦。正因为如此，先前他两里之外闻到了武威庄传来的这股熟悉的腥味时，才会如此心惊。

隔了十多年，太玄观终于要找自己的晦气来了？婆师伽心中除了吃惊，更多的却是怒意。现在他是突厥国师，高昌国天圣师，诚可谓一人之下，万人之上。有人敢在这时候捋虎须，那便只有给他们来个绝后计。不怕这些人接踵而来，反正在西域，他婆师伽不必怕得谁来。

想到此处，婆师伽胸中豪气更生，又向前大踏步走出一步。

罗什此时已在他身后二十余步外喘息歇息，见师父豪气干云，一往无前，此时也不见那神出鬼没的飞剑出现了，定然是那敌人不敢出手。他又是欣慰，又是羡慕，心道：“不知何时我也能修炼到师父这等境地。”

他这念头刚浮上心头，却听得一声炸响突然传来。

炸响正是从婆师伽那边发出的。罗什心头一惊，抬眼望去，却见师父已被一团弥漫的烟尘遮了起来。

这团烟尘有如活物，将婆师伽尽数掩盖。砂砾浮在了空中，但在这些黄沙与灰烟之间，不时闪过几道剑光。

这正是玄鼎子与赫连玄剑二人的鼎剑术。

鼎术与剑术，原本乃是截然不同的两种术法。虽然同是太玄观绝学，但想要兼修，非创派祖师那等绝无仅有的天才不可。这也是此后太玄观空有这等绝学，却一直未能在江湖上有大名声的缘故。玄鼎子与赫连玄剑二人发狠各学一门，但学成后玄鼎子也觉如此偏颇实不足取，像他的鼎术虽然极其厉害，一旦使出能让武威庄满庄好手都不敢轻举妄动，可是一旦索攻书当面以拳术攻来，玄鼎子的鼎术便派不出分毫用处了。同样赫连玄剑的叱剑术与人对抗时固然威风八面，极是了得，可仍然仅是一人之敌，碰到了婆师伽这等绝顶好手，却也无能为力。

只有鼎剑相合，方才攻守兼备，无往不利。这个道理，不论玄鼎子还是赫连玄剑都很清楚，因此两人从不敢分开，向来都是齐进齐退。在他们计划中，本想将婆师伽师徒引入武威庄前才动手，可婆师伽这么早就看出了破绽，迫得赫连玄剑提前发起攻击。好在玄鼎子终于及时将三鼎向前挪移，这埋伏也就能提前发动了。

这团吞没了婆师伽的烟尘，正是他二人合力所施的三才五行鼎剑术。

如果是创派祖师所施，心意到处，鼎烟与飞剑齐到，绝不给敌人留丝毫余地。但玄鼎子与赫连玄剑的功力虽然已经足够，毕竟是各施一门。纵然配合无间，到底比不上一人独施，因此黄烟中还是透出了剑光，否则羚羊挂角，天衣无缝，让敌人防不胜防。

饶是如此，婆师伽也是吃了一惊。当年他只偷学了鼎术，并不曾修过剑术，因此并不懂这路三才五行鼎剑术。本来大踏步走上前，只待再上前数十步，便能欺近那两人跟前，就算敌人有两个，婆师伽也自信足以取胜。只是突然间眼前一花，飞沙走石，烟尘滚滚，当中更有剑光闪烁，他心知定是敌人所施术法，忖道："原来还有这等本领。"

虽然不懂三才五行鼎剑术的奥妙，但婆师伽的咒术却也是中土所无的绝学。

天竺咒术，分声、行、意三种。声咒是最常见，也是最普通的一种，便是念动咒语，攻击敌人。而行咒则要高出一层，施咒之术不必念诵，以脚下步法或变幻手印施咒。到了意咒则已至绝顶，不必发声，也不必有什么动作，一念到处，咒术便已发出。到这等境界，才是超凡入圣，无往而不利了。

婆师伽功力虽高，却也没到意咒的境界，但他的行咒却已然极强。一发觉身周风向有异，便知不对，双手忽地五指交叉一叉，一手向天，一手向地，左脚提起屈在右腿一侧。

单足立地，本来总会有立足不稳之弊，但婆师伽的右脚已深深陷入沙中，一个身体便如铁柱般直插在地面。沙地虽然本就不硬，但人要陷得如此之深，直若淤泥，除非那是一片流沙。而武威庄外的沙地只不过是被飞沙覆盖了薄薄一层，有些地方还能长出些植物来，就算数千斤大车碾过，也只能留下点浅浅的车辙印，婆师伽却一下陷入足有半尺许，实是脚下劲力已发所然。

婆师伽人刚一站定，那股怪风夹杂着尘沙已席卷而下，一下将他吞没。仿佛一瞬间，有一个黄砂色的巨大坛子将婆师伽罩住，只是其中又有寒光闪动，那是飞剑夹在尘沙中伺机向他刺去。

一见三才五行鼎剑阵发动后有如斯威力，赫连玄剑暗暗松了口气。

赫连玄剑心性颇为高傲，出手也向来不为对手留什么余地。在他看来，不动手则已，一动手就要斩尽杀绝。先前偷袭婆师伽师徒一行，他就根本不留什么余地，本来想着一举将三人尽数斩杀，然而婆师伽的应变之速，还是超出了他的预估，结果只杀了他一个弟子。如此一来，也就再无转圜余地了，只是他的叱剑术失了出其不意之利后，眼见奈何不了婆师伽，好在师兄及时赶到，终于能使出这鼎剑阵来。

在赫连玄剑看来，婆师伽定然要被鼎剑阵一举斩成血肉碎片了。此时他的双手在胸前捻了个诀，正想解开此诀收了鼎剑阵，忽听得玄鼎子低喝道：“不要松懈！那贼秃还在顽抗！”

与赫连玄剑的叱剑术不同，玄鼎子的鼎术完全不能近身格斗，依靠的全然是一股真气，因此玄鼎子在交上手后就算看不清，却能感觉得到对手的真气流动。本来他也以为鼎剑阵发动，婆师伽措手不及，多半会粉身碎骨，化作血雾了，但迄今为止，他仍然感受到鼎剑阵中传来的一股极大的相抗之力。见赫连玄剑竟然有收术之意，他不禁大为焦急，一下就说了出来。

赫连玄剑的叱剑术虽然不能如玄鼎子一样即时感应到对手的真气，但同样可以察觉得到叱出的飞剑有被硬生生挡开。这定然便是婆师伽在硬挡鼎剑阵，自己若是这当口收了术，真要前功尽弃了。他听得师兄提醒，心头一凛，双手又变幻了两下，捻个重楼诀，突然厉声喝道：“破！”

他这一声喝极是突然。随着这一声厉喝，那团黄色尘烟中突然有两道剑光冲天而起，直向云端射去，而笼住婆师伽的黄云也一下淡了许多。

那是赫连玄剑叱出的两支七修剑。

赫连玄剑与人放对的机会其实并不多。炼就七修剑后，还从没到过七剑齐出的地步，但这回被婆师伽拗断一剑后，他已知遇到的是个前所未有的强敌，因此将剩下六剑尽数放了出来。而这个三才五行鼎剑阵布成，想来不会有人能敌得过，可婆师伽还是硬生生挡住了，这回更是将两把剑都磕了出来。

以六剑运行五行剑阵，六把飞剑相生相克，尚是绰有余裕，可再失两剑，只剩四剑，生克循环已被打破，这五行剑阵就有点勉强了。赫连玄剑知道用不了片刻，自己就再不能维持住剑阵，额头上霎时流下了汗来。

师弟突然间满头冒汗，玄鼎子看得极是清楚。他精擅鼎术，从不练剑，因此一旦婆师伽冲过来，自己连他那徒弟都打不过，无论如何都要在这个距离就解决了他。而这样远攻，鼎术只是辅助，只能靠赫连玄剑主攻，但赫连玄剑显然信心渐失，玄鼎子也暗暗着急，可脸上还是声色不动，沉声道："玄剑，运大周天剑！"

大周天剑是五行剑阵的最后攻击之术。现在他们用的乃是五行剑阵中的混沌剑，玄鼎子以鼎术激起风沙，赫连玄剑则借尘烟隐去剑光攻击。这等攻击原本能让人防不胜防，可没料到被婆师伽强行挡下了，现在已是骑虎难下，再用混沌剑也不知何时能击破婆师伽的防御，所以干脆一拍两散，以大周天剑来决一雌雄。

围绕婆师伽的尘烟一下子淡了起来。如果本来如同一个巨大的黄土坛子罩住了他，那现在这坛子便渐渐透明。如此一来，两人也已能看清婆师伽那个单脚独立的奇怪姿势了。

"是唯我独尊咒啊……"玄鼎子呻吟也似低低念叨了一句。

玄鼎子对天竺咒术其实本来一窍不通，但查到了西突厥国师婆师伽原来就是当年偷学太玄观鼎术，还作案嫁祸太玄观的妖人后，玄鼎子心知要除去这个祸及师门的大敌，就一定要知己知彼。

中原一带对天竺咒术知道的人极少，不过终是还有一些。玄鼎子颇为有心，七零八碎地也让他拼凑了个八九不离十。天竺咒术其实与中原法术也是殊途同归，特别是与他道门法术更是相通，难怪当初婆师伽能如此顺利就偷学走了鼎术。而天竺咒术中，有一门唯我独尊咒，则是中原的十三太保横练、金刚不坏身法之类的咒术，刀剑不能伤，水火亦难侵。

婆师伽用的，定然便是唯我独尊咒。如果破去了他此咒，这个神通广大的胡人便只有束手受死了。

玄鼎子并不会拳脚剑术。如果当面打起来，一个寻常壮汉便足以将他击倒在地。但面对婆师伽这等异人，玄鼎子却又有着异样的勇气。他向赫连玄剑说了一句，双手在胸前结了个印，却大踏步向婆师伽走去。

术武两途，其实也是形相左而实相似，都是距离越近，威力越大。玄鼎子这三才鼎借助的是三鼎之力呼风唤雨，然而离开婆师伽毕竟有好几十步。现在他越向前一步，赫连玄剑的大周天剑威力便要大得一分，因此毫不犹豫便向前走去。

婆师伽此时以唯我独尊咒将自己如巨钉般钉在地上，硬生生挡住了混沌剑的狂攻，更循隙将两支飞剑都击走了，正觉得敌人这剑阵马上就要告破，刹那间却又感到了压力陡增。他心下一惊，抬眼望去，只见眼前的尘沙一下子淡了很多，但剑光闪烁得更加激烈，对面更有一个人在向自己走来。

如果是寻常时候，这般一个敌人靠近，婆师伽根本不放在眼里。只是那剑阵虽然有变化，攻势只有越发凌厉，这时候若解除了唯我独尊咒，便正被敌人打了个乘虚而入。两难之下，便是婆师伽也大为踌躇。

正在他犹豫之际，一个红影忽地直冲向正往前走来的玄鼎子，正是婆师伽的二弟子罗什。

罗什心性颇为机敏，胆量却也不小。他是个直性子的胡人，只觉身为弟子，为师父舍命亦在所不惜。罗硾被飞剑刺死时，他心中虽然有点害怕，仍是没想过退缩，便是因为功力不济，不能与师父使出那一招三头六臂之术，他心里也只是有点沮丧而已。当婆师伽独自上前时，罗什知道凭自己功力，真个上前只有给师父添麻烦，因此一直在后面观望，一边喘气歇息。歇到了现在，力气是恢复了大半，却见到敌人现身，师父已被迫到了走投无路之境，罗什再忍不住，心道："死便死了！"脑子一热，拔出腰刀便向玄鼎子冲了过去。

第三章

龍城七寶之卷

一

一片落叶打着转从头顶飘下，但眼看要落到慈恒头顶时，却如同遇到了一个透明的罩子般向一侧滑下，轻敲在地面。

这并不是第一片落叶。就在端然结跏趺坐的弘宝寺僧统慈恒身周，已然飘落了不知几百片落叶。但这些落叶总是落到了慈恒身周三尺，只是在他的蒲团周围团团堆积，却空出了当中这一个圆圈。只是这片落叶虽然不曾落到慈恒头顶，却几乎是贴着他的身体滑落，落到的就在蒲团边上。

这儿正是慈恒清修的菩提无梁殿。名为“无梁殿”，其实却是连屋顶都没有，就是一个小院。西域一带雨水很少，但也并非没有，慈恒却是长年端坐在这院中，但他已修到了风雨不侵之境，即使就这么坐着，岂但叶落不能打到他的头顶，便是下雨，一般不能侵入他身周三尺。而这一片落叶竟然就落在慈恒身侧，一旁的麹叶美已然明白，眼前这高僧的心中已是起了很久未起的波澜。

“公主。”

慈恒终于抬起了头。在他的眼中仍是无喜无嗔，便如一潭死水看不出有一丝波动。麹叶美精神一振，说道：“大师意下如何？”

慈恒顿了顿，这才道：“昔年先师曾对我说过，我高昌虽是西陲小国，但数百年来，历阚氏、张氏、马氏诸王，地僻国卑，屡受外敌侵攻。只有麹嘉先王即位，从此国势得定，民始得安。因此先师曾对我说，释子虽在方外，犹在国中。”

“虽在方外，犹在国中”八字，却是弘宝寺自建寺以来便代代相传的信条。当年麹嘉得国，却是因为前代高昌王马儒决意奉北魏之命内迁，但高昌人实不甘愿，所以当时的马氏高昌右长史麹嘉发兵杀马儒及世子马义舒，自立为王，建立了麹氏高昌。那个时候马儒身边有个极为了得的法师，而弘宝寺在这场动乱中坚决站在了麹嘉一边，在那法师前来刺杀麹嘉时弘宝寺出手相助，为其解了最大的危机。麹嘉在立国后投桃报李，奉弘宝寺为国寺，而弘宝寺也将此八字立为信条，以示国法大于佛法之意。现在慈恒说出此语，自然是仍会不惜一切护国之意。

虽然已经料到，但麹叶美还是暗暗松了口气。

尽管在西域，高昌也是个强国，但与庞然巨物的大唐相比，高昌实在太渺小了。同时面临着西突厥的威压，高昌就如两块巨石间的鸟卵，稍有不慎就会被压得粉碎。以前这两块巨石保持着相对的平衡，鸟卵尚能暂时安稳，可现在巨石要发生碰撞了，已是千钧一发，即使动用具足轮乃是下策，也唯有一用了。

麹叶美向慈恒深深行了一礼，心中不知是什么滋味。很多年前，她还是个高昌的娇俏小公主的时候，慈恒则是个弘宝寺年轻高僧。那时，她还曾在心底默默地幻想着将来有一天，自己霞帔凤冠，而慈恒还俗后成为高昌国大将军，前来迎娶自己的情景。这些少女的胡思乱想早就被她忘得一干二净了，可这时却又涌上心头。

慈恒大师，其实并没有外表上那样忘怀尘世吧。麹叶美想着。

得到了慈恒大师的允诺，麹叶美终于松了口气，离开弘宝寺时，心境也多少轻快了些。

许多年没回高昌城了，这儿的一切都已渐渐淡忘，但重新走在高昌城的街道上，很多年前的情景仿佛又浮现在眼前。

虽然已是活国小可汗的可贺敦，麹叶美内心深处仍是将这里看作自己的归宿。也正因为如此，她更不愿看到这片土地遭到铁蹄的蹂躏，不论那是大唐的还是突厥的。只是对于高昌来说，突厥就是个庞然大物，大唐更是个难以想象的巨人，以高昌的国力，根本不可能与这两者相抗，除非……

除非龙城七宝齐聚。

麹叶美不禁苦笑了一下。具足轮、霹雳璋、修罗珠、焰摩幢、琉璃子、颇梨心、龙王玉，这传说中的龙城七宝，如果能聚齐，传说能毁天灭地。但麹叶美很清楚，这等事绝无可能。

当她带着侍女回到宫中，还不曾坐下，一个黄门便来报道：“公主，宗大人求见。”

麹叶美一怔。她离开高昌已久，快要想不起这位“宗大人”是何许人也了。好在宗姓并不是个大姓，有资格求见交河公主的更是没几个，只是想了一会，她道：“是宗彭宗寿臣大人么？”

“正是宗大人。”

麹叶美没再说什么。这宗彭官职其实并不太大，但身份特殊，乃是前任右卫大将军张雄手下最为亲信文武两卫中的武卫。

高昌官职，最高者为令尹，也就是俗称的丞相。令尹以下，则是以高昌除都城以外的交河、田地两大城命名的交河公、田地公。这三职向来都是由王子担任，现在的高昌王麹文泰即位前就是令尹，而当今令尹便是太子麹智盛。这三职之下，便是左右卫大将军。高昌依秦汉故例尚右，右卫大将军其实便是人臣之极。

张雄的姑母乃是先王麹伯雅的王妃，妻子则是现王麹文泰的堂妹，因此亦属高昌外戚。而张雄具文武才，生前乃是高昌柱石。当年麴伯雅时的延和十二年，高昌曾发生内乱，麴伯雅被迫遁入西突厥，当时张雄便相随左右。叛臣改元“义和”，直到六年后，张雄率军攻回高昌，一举擒斩叛臣，迎麴伯雅复国，高昌也因此改元为“重光”。对高昌而言，张雄堪称有再造之功，因此虽然张雄已于七年前过世，他留下的这文武二卫两个得力助手也依然极得高昌国人尊崇。而今文卫氾功甫大人也在几年前过世，宗彭已是张雄属下硕果仅存的老臣了，麴叶美便是以交河公主之尊，他来求见也不能不见。因此她点了点头道：“请宗大人进来。”

黄门行了个礼，退了出去。不多一会，便领着一个男子走了进来，正是宗彭。

虽是故右卫大将军的老臣，宗彭年纪其实并不算大。而身为文武两卫中的武卫，宗彭这些年日日不废修习，因此身形十分精悍健硕，在进来时却脚下无声。

宗彭走到麴叶美跟前大约五尺远的地方，便站住了，深施一礼道：“臣宗彭叩见公主。”

麴叶美道：“宗大人免礼。有什么事么？”

“听闻公主今日去见过了慈恒大师？”

麴叶美心头一动，但脸上却声色不动，淡淡道：“宗大人原来在跟踪我。”

宗彭听出麴叶美声音中有不悦之意，上前半步，单膝一屈，跪倒在地道：“宗彭不敢。公主，微臣若不曾料错的话，公主是想请慈恒大师动用具足轮吧？”

听得“具足轮”三字，麴叶美再也不能不动声色了。她的一双柳眉微微一竖，沉声道：“宗大人，你有些放肆了！”

麹叶美话中的怒意，宗彭自不会听不出来。但他心下一横，说道："公主，大将军昔年以具足轮助先王复位后，便曾对微臣说过，具足轮绝不能再轻易动用！此物若再次动用，必天崩地裂，纵然能御敌于外，亦将毁我国土，伤我黎庶……"

麹叶美再也忍不住了，打断了宗彭的话道："宗大人，你既然知道这么多，总该知道右卫大将军昔年动用具足轮助先王复位时，杀伤如此之众，尽是因为这曼荼罗阵未得焰摩幢相辅之故。"

原来当年张雄随麹伯雅亡命西突厥，寄人篱下之时，日日不忘光复故国，在一个偶然机会中，他救了一个焉耆老僧，那老僧向他说了龙城七宝之事。

很久以前，焉耆本立都于现今蒲昌海之地，名为龙城。龙城有七宝，使得焉耆王战无不胜。但后来这焉耆王却大为昏庸，使得佛祖震怒，一夕将龙城陆沉，焉耆余部只得西迁鱼海，而龙城则化为一片盐泽，即是今日的蒲昌海。

这个故事焉耆人世代相传，不过只当作是个故事，但那老僧说此事其实是真的，这七宝齐聚，可以布成地、水、火、风四轮曼荼罗大阵，当年的焉耆王正是凭此称雄西域，而龙城陆沉后七宝陷落，他这一脉却能有感应之法。张雄听了后甚是上心，当时与尚在青年的慈恒随那老僧一同赶赴蒲昌海。这本来也是死马当活马医的法子，但万没想到他们一行在蒲昌海真个发现了具足轮。

虽然拿到了具足轮，但老僧说尚有不足。这具足轮是发动四轮曼荼罗大阵的关键，可仅有此物，阵势却是能发不能收，稍有不慎，便会引发天崩地裂，方圆数百里陆沉。

张雄一心都谋求复国大业，眼见已有眉目之时，岂肯功亏一篑？因此不惜代价，冒险让属下精锐入蒲昌海继续搜寻。功夫不负有心人，搜寻之下，果然找到了一片焰摩幢。然而老僧反而大失所望，说焰摩幢本应是四片合一，现在这一片仅是四分之一，有不如无。可再找下去，却是再也找不到了，连那老僧也在搜寻时遭遇不测，张雄亦只得废然而返。

虽然未能找齐宝物，但张雄还是决定强行发动曼荼罗阵。当时慈恒尚有四个同门，这四个同门修为都大为不浅，齐心协力之下，曼荼罗阵果然得以发动，与叛臣的关键一战，虽然张雄所率兵马仍居劣势，可还是一举扭转局面。只是随着叛军大败溃散之时，曼荼罗阵威力越来越大，竟然难以收束。

再这样下去，高昌城将会被彻底摧毁！此时便是张雄也有点慌乱了。好在危急时刻，慈恒与他的四个同门不惜以身殉阵，加上还有一片焰摩幢，最后终于将行将失控的曼荼罗阵收束住了，但慈恒的四个师弟亦全都付出了生命的代价。

正是经此一役，张雄对曼荼罗阵大为畏惧。麹伯雅复位后，张雄下令将具足轮和那一片焰摩幢残片封存在弘宝寺，由慈恒看管，再不得动用。

这是二十一年前的事了。二十一年前，宗彭尚是张雄身边一个亲随小校，也看到了曼荼罗阵将要失控时的可怖景象，张雄下令封存具足轮和焰摩幢时，他更是亲身经历。当他查探到麹叶美在搜寻焰摩幢时，便猜到了她的用意。此时听麹叶美承认，宗彭再忍不住，已决心拼死一谏。听得麹叶美说起当年曼荼罗阵差点失控是因为焰摩幢未寻齐，宗彭道：“公主，您既知此事，想必也知道焰摩幢已不能齐了吧？我让我师弟在蒲昌海住了多年，亦只能寻找一片，最后一片却怎么都未能找到。”

麹叶美微微有点吃惊道：“米拔鲁是你师弟？”

“是。臣见大王屡受吐屯发与天圣师欺压，也有此意，但更记得大将军遗训，所以这么多年来都在安排。”

麹叶美喃喃道：“原来你也在策划此事……”

此时她不禁有些后悔。宗彭乃是大将军遗臣，对高昌的忠心绝无可疑。米拔鲁其实是他安排下的人，如果自己早知道，就根本不必让雷先生去招那个长安来的明先生助力了，直接由宗彭带领，将那片焰摩幢安安稳稳取来。只是事已至此，后悔也没用了。

麹叶美内心已是惊涛骇浪，但宗彭见她神色丝毫不变，也不知她在想些什么，更是着急，重重一个头叩下道：“公主，此事实不能等闲视之……”

宗彭还未说完，却听得麹叶美道：“宗大人，你是大将军旧人，对高昌亦是一片丹心，叶美虽是女流，亦是知晓。但现在之事，宗大人以为如何为上策？”

麹叶美的声音十分温和，宗彭心中略略一宽，说道：“公主，大将军在日，便常说我高昌乃汉家儿在西域立国，乱世割据保民，治世则事大安民，不失为一镇藩王。可大王近来屡触大唐逆鳞，臣以为，此非保国之良策。”

麹叶美知道宗彭本是大将军张雄的忠实属下，而张雄与麹文泰乃是表兄弟，对高昌一向忠贞，宗彭自然亦是不二之臣。但此时他已是直斥麹文泰之非，显然心底已然彻底放下了。而话说到此时，麹叶美亦知这个老臣实是已经绝望，这才不顾一切来向自己进言。她道：“宗大人，起来吧。我也知妄挑强邻为不智，但事已至此，听说大唐已派兵来犯，现在事大还来得及么？”

宗彭为之语塞，心道：“若大王肉袒出降，大唐未必不肯。”

当初大唐初建，东突厥颉利可汗强盛，曾兵临渭水，迫得贞观天子与其结盟。不过三年后，大唐以六总管出兵，灭东突厥，颉利可汗也被生擒。不过贞观天子并未杀死颉利，反授以右卫大将军之职，死后还赠以归义郡王之爵。依此例，麴文泰出降的话，高昌国主就算不能再当，也不失为长安城一个闲散将军。不过宗彭也很清楚，就算能够这样，麴文泰也定然不肯的。他嗫嚅了两下，低声道："失国而不亡身，总比国失身亡要好。"

宗彭很清楚，麴文泰其实懦弱而优柔，远不及他这个妹妹有决断，这也是他来向麴叶美进言而不是向麴文泰进言的原因。自己这话其实已经相当失礼了，他说出来也已做好了受责的准备。但麴叶美只是淡淡道："如果失国而不亡身比国失身亡要好，而国不失，身不亡，岂不更好？"

宗彭忽地抬起头。从麴叶美话中，他听到了另一层意思。他道："公主，您是说……"

麴叶美微微一笑："具足轮需四片焰摩幢聚齐方能发动曼荼罗阵，那就找齐四片焰摩幢如何？"

宗彭心道这么多年了也只出现了两片焰摩幢，第三片就怎么都找不到，遑论第四片。难道麴叶美想再和当年慈恒四师兄弟一般，不惜死掉大半来强行发动？还没等他问，麴叶美道："宗大人，你可知我请人去对付米拔鲁，便是知道他手上有一片焰摩幢，所以让雷先生物色了一个从长安远游来高昌的明先生行事，却没想到他其实是你师弟。"

宗彭点了点头道："那是小臣的不是，未能及时告知公主。"

麴叶美道："此事已成过往，多说无用。那明某事成之后，雷先生与他都失了踪影。"

她将雷先生与那明崇俨的少年术士去对付米拔鲁一事约略说

了。宗彭听她专门让雷先生物色一个大唐来的术士，自是这等人不会与当地人有瓜葛，从一开始就打好了灭口的主意，不禁遍体生寒，心道："其实大王之位，应该公主当才是。"

这两兄妹，哥哥好大喜功，懦弱无用；妹妹倒是深谋远虑，当机立断。如果麹叶美是大王的话，定然会从大将军之谏如流，大将军也不会那么早忧虑而终了。

宗彭听着麹叶美说着此事，心里却在这般想着。待听到雷先生消失前传来的消息，他一怔道："公主，这雷先生既然消失了，又如何传消息过来？"

麹叶美叹了口气，说道："宗大人，你可曾听说过双子连心一事么？"

宗彭又是一怔。双子连心一事，他倒也听说过，据说有些双生子之间，不论相隔多远都会有所感应。但这等事也仅是个故事而已，高昌的双生子本来就少，宗彭活到了快五十岁，也只见过一对双生子，没见他们有什么感应。他道："雷先生是双生子之一么？"

"正是。与那明崇俨前去行事的乃是大雷先生，小雷先生还在活国。他二人与寻常双生子更有不同，乃是双身一命，不论相隔多远，两人都有极强感应，一人在做什么，另一人马上就能感应到。"

麹叶美说到这儿，叹了口气道："那一日，小雷先生突然气绝倒地。我听得此讯后马上赶过去探望，却见小雷先生倒在席上，手指仍在写着字。"

宗彭越听越觉神奇，不禁问道："他写了什么？"

"只有三字。"麹叶美顿了顿，这才道，"'幢有二'三字。"

宗彭再不能镇定了，失声道：“焰摩幢！”

大雷先生带着那明崇俨对付米拔鲁，为的便是夺取他那片焰摩幢。然而大雷先生死前留下这三字，就是在说，当时焰摩幢有两片。而他说的第二片，绝非慈恒供在弘宝寺那片。宗彭很清楚，米拔鲁身边只有一片。而且不论那少年明崇俨有多强，米拔鲁有焰摩幢，他就绝对伤不了米拔鲁，而这也是宗彭一直对师弟放心的缘故。

想到这儿，宗彭喃喃道：“那明崇俨……他也有一片焰摩幢！”

麹叶美点了点头：“宗大人，你也想到了。我想，这才是他来高昌的原因。”

这样便能说得通了。第三片焰摩幢早就不在蒲昌海一带了，所以米拔鲁找了多年也没找到。而那少年明崇俨，不远万里从长安赶到西域，为的也是寻找其他的焰摩幢。宗彭道：“这明崇俨现在何处？”

“大雷先生失去感应后，也就不知这明某到了何处。但我想来，此人不会去别处，很可能会回高昌来。”

宗彭忽地又跪下道：“公主，请将此事交付微臣，臣必将此人擒获！”

麹叶美眼中也开始发亮。当年的武卫宗寿臣，在大将军麾师平叛时，一马当先，所向无敌，已成传说。现在他虽然已经渐渐老去，但骨子里仍留着少年时的桀傲与勇猛。她道：“宗大人，你的人已老了……”

“回公主，宗彭人已老，但拳未老。”

麹叶美看着他，终于，眼中浮起了一丝嘉许之意。她点了点头道：“宗大人，为了高昌，你愿肝脑涂地么？”

“粉身碎骨，臣亦甘愿。”

麹叶美无声地舒了口气。她离开高昌已久，在这儿能够信任的人已不多了，慈恒算一个，现在这宗彭也算一个。她顿了顿，轻声道：“宗大人，那我们就让高昌国祚延续下去！”

这句话从一个中年女子口中说出来，多少有点违和，但又是如此坚决而豪情万丈。宗彭只觉眼眶都有些湿润，许久以前的少年雄心仿佛一瞬间都已回来。他已忘了此来的初衷是要劝诫麹叶美不要动用具足轮了，现在已有三片焰摩幢出现，虽然仍有危险，但动用具足轮已是完全有可能了。

高昌虽小，却也不甘受辱。只要真个启动了具足轮，不仅能够抵御大唐来的征讨，欲谷设也休想再来奴役高昌！

二

从沙州前往高昌，必须向北从瓜州过莫贺延碛，经过伊吾城后转道向西。

好不容易出了沙州北门，裴行俭小声道："明姑娘，只有走这条路么？"

他赶着一辆范东留为他们准备好的驼车，车厢里坐着的正是明月奴。两人乃是以去高昌省亲的名义出关的，结果沙州北门关令对他们狠狠问查了一番。总算范东留在这一带面子不小，而裴行俭和明月奴两人一汉一胡，去高昌一带完全说得过去，最后才算放行了。裴行俭乃是长安街使，向来只有他查别人，被人如此查得底朝天倒还是头一次，不禁抱怨了一句。

明月奴在车里暗暗好笑，柔声道："裴公子，那是因为伊吾城的石城主刚险些遭到破城之厄，所以这儿查得特别严些。"

伊州此地，本是东汉明帝时从匈奴手中夺得，在此设宜禾都尉，驻军屯田，向是出西域的要道。到了前朝大隋，又筑伊吾城，为伊吾郡郡治。隋末时天下大乱，伊吾郡自难瓦全，不得不依附于西突厥。到了贞观四年，西北道安抚大使李大亮奉命前来招抚，伊吾城主石万年以七城归唐，这才重归大唐版图。不过也就是石万年归唐，使得西突厥乙毗咄陆可汗欲谷设纠集高昌共同出兵攻伊吾城。石万年手下兵微将寡，只能死守城池，向大唐求援。此事惹得贞观天子大怒，下诏斥麹文泰妄为，但鞭长莫及，未能发兵来援。好在石万年最终还是死守下来了，只是伊吾城的关门为之关闭了大半年，使得通往西域的商贾一直未能成行，直到现在仍是时开时闭，不似当初通行无阻。只是若不走伊吾，除非穿越茫茫沙海，到了蒲昌海后再转向北。这条道只有商队才能走，只有一两个人，上路的话太过危险，裴行俭胆子再大也不敢冒这险，因此改走这条北道。

所以欲谷设才会不惜一切代价想拿下伊吾城吧。其实上回出长安时遇到的屠家兄弟说过他们会走中道，但现在他们多半连焉耆镇都过了，不然搭伴一块儿走倒也不妨。

裴行俭没再说话，挥手打了个响鞭，那匹拉车的骆驼极是骏健，闻声登时小跑起来，车速快了许多。

沙州到伊吾这条道，现在还算太平。但因为伊吾城关闭了许久，最近才算重开，因此这条道极其冷清。裴行俭见边上的白杨河波光粼粼，极目望去都不见人烟，一边听着车中明月奴在说着波斯灭国时的惨状，心道："明姑娘真是个奇女子，她居然能独自穿过这等路抵达沙州。跟她比起来，那两位波斯王子真是绣花枕头一包草了。"

裴行俭正自想着，突然神情一凛，打断了明月奴的声音道："明姑娘，有人在追我们！"

明月奴一怔。她护送伊嗣侯父子一路东逃，好不容易才抵达与大唐交好的活国，却不曾想到与活国有姻亲之谊的高昌已然倒向了西突厥与大唐作对，真不知下一步该怎么走。现在终于联系上了裴行俭，可谓见到一线光明，已是急着想把波斯现状说个明白，自是根本没注意到身后。听得裴行俭的话，她转身撩起驼车后窗帘望去。此时正是近午，一眼望出去，少说也能看到数里光景。仔细看去，只见极远的地方有几个小点正向这边疾驰而来。她暗暗惊叹，轻呼道："真有人在追我们！"心中却是大为钦佩，忖道："裴将军好厉害的耳力！"

其实裴行俭的耳目的确极是灵敏，远超常人，但这条道数里都不见行人，裴行俭在赶车时仍是丝毫不敢懈怠，浑身气机流动，这才能这么早就发觉。

这时裴行俭微微蹙了蹙眉，说道："他们这是泼命在追啊，是一直追杀你的人么？"

明月奴年纪虽轻，又是女流，却也不是寻常人物，同样发现了这几人快马加鞭，竟是毫不顾忌会伤到坐骑。她道："太远了，看不清，但应该便是他们五人。"

阿罗憾与卑路斯两位王子被软禁在高昌，明月奴则循隙遁往沙州，但她也已发觉有人一直在暗中追踪着她。明月奴在路上也曾想过交手解决了追击之人，却不曾想到那些人本事不凡，明月奴将刀傀儡都用尽了仍未能奈何他们。而明月奴的本事尽在傀儡上，失了防身的刀傀儡，她本身就与一个寻常女子差不了多少，手头一些小傀儡根本无法用来与人相斗，便只能一路亡命。可那些人也甚是了得，同样将行踪隐藏得甚好，明月奴同样查不出对方到底是些什么人。只是在沙州对方找不到自己，但与裴行俭一同离开，就算再隐秘，这些人很可能马上就到了。

裴行俭道："嗯，明姑娘，不管他们是谁，只消守约三寸气在，绝不让明姑娘有险。"

明月奴心头一暖，说道："裴公子放心，月奴身边虽无刀傀儡，但还有几件小物可以自保。”

裴行俭耳聪目明，见那几骑只不过片刻就拉近了许多。自己赶着的是辆驼车，骆驼长力自是胜过马匹，但速度却大有不及，这些人拼命追赶，想逃是绝对逃不过的。如果这些人真是一直跟踪明月奴的高昌追兵，现在在这遍地黄沙的道上根本无法隐藏，这一战自是再不能免。虽说众寡悬殊，但裴行俭心性乃是遇强更强，绝不畏缩不前，已然下定决心要与追兵一战了。不过他最担心的还是明月奴，可又怕直说让明月奴下不来台，因此才旁敲侧击地说这一句。而明月奴心性之聪敏，还在裴行俭之上，自是明白裴行俭话中深意。不过她也没想到裴行俭这般一个豪气干云的少年英雄，原来也能说得如此婉转，心中不由暗暗感叹。

见明月奴明白了自己的意思，裴行俭心中更是一宽。他是苏定方之徒，兵法武功都几有出蓝之势，再强的敌人也不会怕，点了点头道：“那就好。”顿了一下，又低声道：“如果是的话，就不能留一个活口了。”

裴行俭并不好杀，但此事实是非同小可，这几人如果真是追杀明月奴的，那只消放走一个，再去高昌城就不啻自投罗网了。明月奴听得裴行俭的声音一下变得阴冷，心中一动，忖道：“我还以为他不忍杀人呢。”她手中的那几样小物件其实并不能与人相斗，但她知道裴行俭若是分心照顾自己，搞不好就斗不过那些追兵了，所以有意这么说。见裴行俭眼中已流露杀气，一颗心这才放下了多半。

打定了主意，裴行俭索性带住了骆驼，取出水壶来慢慢地啜饮一口，又吃上一点干粮。

追兵越来越近了。此时已能看清，追来的有五个人。这五人都是精壮汉子，全都骑着快马。这一路狂奔，全都跑得气喘吁吁。

这五人见驼车居然停了下来，亦是有些诧异。待到得近前，见驾车的是裴行俭，还好整以暇地在喝水吃干粮，那五人倒有些迟疑。当先一人在马上抱了抱拳道：“这位小哥，敢问您这车里载的是哪位客人？”

这人是个满面于思的中年胡人，也不知是哪一族的，生得甚是粗豪，汉话说得倒是不错，谈吐也颇为斯文。裴行俭抬起头道：“请问几位可是官人么？”

那五人面面相觑，那中年胡人又道：“我等也是官人，小哥可能让我们看看车中所乘的是谁么？”

裴行俭放下水壶，从车上站了起来道：“五位究竟是何方官人，为何一定要查我的车？我可是犯了什么事么？”

这五人都是胡人，领头的那中年胡人汉话说得最好，另外四个只是一般般，不过裴行俭这几句他们倒也听得懂。边上另一个削脸汉子突然用粟特语道：“大哥，跟他多嘴做什么，阿胡拉马兹达在上！”

这削脸汉子性子最急，心想听得有两人驾驼车今天出了沙州，铁定便是那妖女。这些天他们在沙州城鬼混，一直找不到明月奴的影踪，已是又气又急。现在这条道上只有这么一辆驼车，绝非他人，何况就算杀错了也没什么大事，因此一声喝斥，便拍马向裴行俭冲来，心想一刀将这个多嘴的汉人少年砍了，车里是不是那妖女自然马上清楚了。

他五人都是粟特人，粟特人多信奉拜火教，阿胡拉马兹达便是拜火教的至高神。拜火教在中原称祆教，长安有不少祆教寺，裴行俭虽不懂粟特语，但一听这削脸汉子叫着“阿胡拉马兹达”

便已知晓。见这削脸汉子拔出弯刀冲来，心道："听说粟特人惯使弯刀，果然不假。"

削脸汉子乃是使弯刀的高手，那连鬓胡汉子见他二话不说便拔刀相向，心中却是一沉，忖道："三弟性子也太急了！"

这辆驼车多半就是目标，这胡须汉子自然清楚。他们奉命追杀明月奴，其实也不是要明月奴的性命，毕竟两位王子都在高昌城，至少名义上乃是公主请来的贵宾，这波斯御用傀儡师地位亦是不低，只要不让她与大唐取得联系就行了。不过杀了这个大剌剌的赶车少年倒也没什么大碍，因此削脸汉子一冲出，胡须汉亦将右手按在了后腰的腰刀上，打马向驼车走去，只等削脸汉子杀了人后，一刀砍开车厢门，里面有没有人自是一目了然。

他这主意打得很是圆满，也相信那削脸汉子定能得手无疑。只是人还不曾走到车前，耳畔传来一声惨叫。胡须汉一时还听不出来，心道："那汉人少年叫起来声音这般粗么？"正自想着，眼前却是一黑，一条长长的黑影横着便向自己飞来，来势之猛，简直与石炮打出来的一般。他不由一怔，眼见黑影已拦腰砸向自己，竟是躲无可躲，心头一凛，左手在马鞍上一按，人一跃而起。

这一手使得干脆利落，大是潇洒。而他跃起时，才发现那黑影赫然便是三弟削脸汉子。他大吃一惊，而他那匹坐骑居然也机警异常，削脸汉子直挺挺飞来，这马向前一冲，削脸汉子已然打着滚翻过了马背，重重摔在了地上。

出了什么事？这等变化，这胡须汉怎么都没想到。一刹那，他只觉心头一阵恶寒，但没等他回过神来，"当"一声响，心口忽地一疼，一股大力正中他前心，仿佛被巨锤锤中的一粒豆子，胡须汉子的身体亦是翻滚着向后飞了出去。

刺中他前心的，正是裴行俭的七截枪。裴行俭的枪术之高，堪堪与他师父苏定方颉颃。而他正在少年，力量更是刚猛，加上那削脸汉子不由分说便要下杀手，裴行俭出手更是不留余地，一枪将那削脸汉子击飞。本待借削脸汉子的身体将这胡须汉子打下马来，谁知胡须汉的武功可圈可点，居然闪过了削脸汉子的身体，裴行俭不禁暗暗叫了声好，接下来补了一枪。裴行俭的七截枪可刚可柔，变化莫测，胡须汉武功虽强，却也再闪躲不开，立时被击飞。

仅仅一个照面，便击倒了两人，另三个汉子已然大惊失色。明月奴很是厉害，他们当然知道，不过己方有五人，明月奴的手段尽在傀儡上，做好了准备倒也不惧。可万万没想到这个汉人少年居然如此了得，只一出手就将大哥三哥击倒，一刹那，余下三人倒有两个起了逃走之心。只是那老二倒是颇有义气，叫道："四弟五弟，我们一起动手拿下他！"

粟特人向来以行商为业。这般跑远路的，自然能有防身的本领。这五人虽然生在高昌，后来又转居活国，早就不是商人了，但自幼练就的手段仍然还在。听得二哥说要并肩齐上，老四老五自是不好临阵脱逃，亦拔出弯刀，三骑马成半个圈围向裴行俭。

裴行俭突然动手，便是有个一网打尽之心，见余下三人不逃，他倒是放宽了心，心道："先拿下中间这人吧。"

中间那人正是那二哥。裴行俭目光如炬，一眼便看出此人在余下三人中身手相对最好。不过此人身手虽好，也仍是比不上那胡须汉，裴行俭自觉不消三个照面，定然能将他击下马来。

那二哥见裴行俭迎向自己，虽然义气，心里多少也有点慌，咬了咬牙叫道："四弟五弟，快动手！"

他叫的是粟特语，裴行俭也不知他在叫些什么，只道此人情急之下正在叫骂。裴行俭此时已站在驼车前五六步，虽然他是步行，对手的三人都骑着马，但一人一枪，威势竟是盖过了那三骑。不待那二哥再叫出什么，裴行俭的七截枪枪纂往地面一插，人已借势一跃而起。而跃起的当口，七截枪已成七段，又成软枪，随即提起，便要向那二哥前心刺去。

这一式忽刚忽柔，变化莫测，裴行俭自信对手绝躲不过。只是先前他虽说得凶，说是要灭净了这几人之口，可真动上手，仍是有点不忍。方才痛下杀手，连伤了削脸汉子和胡须汉子，现在又要一枪刺死这二哥，裴行俭心里多少亦是一迟疑。但他马上心一横，忖道："若放了他，便是拿自己性命开玩笑了！"

裴行俭的七截枪连在一起时是柄精钢长枪，而折成七段时却是一柄链子枪。而此时一式"灵蛇出穴枪"，枪尖自掌中射出，几如射出的弩箭。

这一式乃是他老师苏定方所传蟠蛇九变枪中的一路秘传枪。当年苏定方在刘黑闼手下为将时，便以此枪刺伤唐将罗士信。

罗士信在当时号称天下至猛。贞观天子的四弟李玄霸神勇无敌，称双锤无敌手，裴行俭的大哥裴行俨亦是一时猛将，却曾败在李玄霸锤下，而罗士信在未归唐时与李玄霸一战，竟能平分秋色，可见其悍勇。后来罗士信归唐，从贞观天子征王世充所在的洛阳，一战刺王世充之子王玄应落马，二战破洛阳外围的千金堡，灭王世充后居功第一，受封绛州总管、剡国公，其时年才二十出头，而李玄霸已然夭亡，因此罗士信与名将秦琼并称为天下二将。只是罗士信这等勇绝之将，在代王君廓留守洛阳迎战刘黑闼军时，与苏定方对枪中了这灵蛇出穴，以致城破被擒，不降而遭刘黑闼所杀。后来也正因为罗士信之死，贞观天子反攻刘黑闼，不允刘黑闼请降，但同样因为罗士信中了苏定方一枪，反倒赦免了苏定方之罪，使得苏定方得以为大唐效力。

至于苏定方收裴行俭为徒，说起来亦与罗士信有关。罗士信早年曾从属裴行俭之父裴仁基，裴仁基待之甚厚，因此罗士信灭王世充后找到遭王世充杀害的裴仁基、裴行俨父子尸身，将他们葬在北邙山上。而罗士信在被刘黑闼斩杀前所说的最后一个请求，是自己死后，从葬在裴氏父子的坟墓左右。苏定方虽然刺伤了罗士信，却也因为罗士信临终前的一言而敬佩他的忠信豪勇，向刘黑闼请求放过他一命，当刘黑闼不从，斩杀了罗士信后，亦是苏定方为罗士信料理的后事。归唐后，得闻裴仁基还有裴行俭这么个小儿子，便破例收了裴行俭为徒，悉心传授兵法枪术。

裴行俭此时这一枪已有老师八九分火候，中者无不立死。但也就在枪尖便要射出之时，他只觉左腿的小腿上微微一疼，竟有什么东西触了上来。

为将者，当眼观六路，耳听八方。裴行俭虽说并不曾真个为将过，却日日练武，这等反应已是熟极而流。眼角只是微微一瞥，只见有个黑影正抓向他的小腿，竟是一柄小小的链子飞抓。

竟然还有这等本事！裴行俭亦是小小一惊。原来那老四老五两人，本领自比不上三个义兄，但他二人有一手特别的本领，便是擅使飞抓。飞抓出手，百发百中。裴行俭只不过略一大意，竟然被飞抓抓到了小腿上。

发出这飞抓的正是那老四。他发出时比那老五稍快一点，而一旦抓住，老五的飞抓亦到，此时两人猛然向左右分去，借助马力便能将敌人撕成两半。这一手正是老四老五两人的特别本事，而他们凭借这一手，已然打倒了好几个本领在他们之上之人。

真要阴沟里翻船么？裴行俭心头已是一凉。余下这三人本领虽说不错，但远非他的对手，拿下他们，应该并不在话下。只是这变化却也出乎裴行俭意料之外，那飞抓的三个抓尖极其锋锐，一旦抓上，定然直入肉里。而小腿一伤，身法大打折扣，再想对付这三骑骑者，只怕凶多吉少。

此时那老四嘴角已露出一丝笑意了。方才他慑于裴行俭出枪之威，想要逃走，现在倒是想着幸好没逃。

将这人杀了，擒回明月奴，可贺敦跟前便立下了一件奇功。

老四的笑意刚浮上嘴角，却是一下僵住了。飞抓的三个抓尖“喀”一声合在了一处，但并没有抓在裴行俭腿上，抓到的却是一个小小的木片。

虽然仅是个木片，但飞抓一旦合拢，便再没有什么威胁了。

这木片，正是从车中放出来的。裴行俭知道那定是明月奴助了自己一臂之力，既是感激，又有点惭愧，心想自己大话说得满了，原来还靠明姑娘逃过一劫。

躲过了老四的飞抓，真如起死回生。此时老五的飞抓也已到了，虽然仅仅慢了一拍，但裴行俭已然行有余力，不待那飞抓抓到，他的右脚一提，一瞬间便在老五的飞抓上轻轻一踩。

飞抓正在空中，自是一碰即落，但多少也能借一点力。就凭着这一点力，裴行俭又是飞身一跃，手中灵蛇出穴枪已是射出。此时那老二正挥刀砍来，他对老四老五的双飞抓向来极有信心，心想有两个兄弟的飞抓扯住这少年双腿，自己一刀便能让他身首异处，却万没想到裴行俭居然还能逃过飞抓。眼见枪尖在眼前越来越大，而他正全力冲刺，又没有胡须汉在马背上一跃而起的本事，原本嘴角的狞笑刹那间成了惊恐。

“笃”一声，七截尖的枪尖刺入了老二的前心。此时那老五还有点莫名其妙，心想着自己十拿九稳的一抓怎么会失手的，却见二哥已然中枪落马，立时吓得魂飞魄散，再也顾不得对面的老四了，掉转马头便想逃。

也就在老五掉转马头的一瞬，老四也已中枪落马。

裴行俭恼怒这两人手段阴险，此时再不留情。他一枪刺倒了老二，手一抖，七截枪已脱出了老二前心，便如长鞭般甩向了那老四。老四虽是使飞抓的高手，但飞抓已抓了个木片，形同废物，眼见七截枪扫了过来，更是连闪都没办法闪，被七截枪一枪刺入了肋下。

老四一被刺倒，老五已经掉转过马头了。他现在已是魂不附体，连看都不敢再看，打马便要落荒而逃。

老五在五人中排行最末，但这匹坐骑在五人中却足可排到第二，仅次于老二那匹，一旦发力，眨眼便能冲出数丈远去。此时老五拼命在马臀上抽打，只盼着这马能跑得再快点。也就在这时，他身后“呼”的一声，一枝长枪如箭矢般射来。

裴行俭刺倒老四后，便冲向这最后一人。刚赶了两步，便知单凭脚力，已是刺不中此人了。七截枪化成软枪后，固然会增加一点长度，但这点长度仍不足以威胁到那人。

裴行俭身经百战，一察觉到此点，手腕倒是一抖。七截枪随着这一抖，立时又成为笔直一柄。也就在连接起来的一刹那，裴行俭一枪投出。他的力量较常人要大得不少，而这一掷更是用了全力，枪去如电，那老五连头都不敢回，就算回了也是躲不开，惨叫一声，被七截枪一枪从背心扎到前心，翻身落马。

裴行俭见最后一个也被干掉了，这才松了口气，正待过去收回七截枪，耳边忽地传来一声马嘶，扭头看去，却见地上有个人飞身跃起，冲上了先前那老二的坐骑。

这正是那胡须汉。此人在五人中排行第一，平时有什么事向来都冲锋在前，也正是因此，他向来都在前心戴着个护心镜。裴行俭先前一枪刺在他前心，不偏不倚，正在护心镜上。虽然隔着护心镜，不曾毙命，但胡须汉亦被震得险些要吐血，因此趴在地上调理呼吸。只是呼吸调了没十几下，二弟、四弟、五弟一下全都遭了殃，让这胡须汉亦是吓得魂不附体，再无雄心，只在想着："这少年到底是什么怪物！"待裴行俭投枪射杀了老五时，胡须汉原本有个偷袭的机会，可现在他心志已夺，哪里还敢去偷袭？见裴行俭离得有点远，只想着这是千载难逢的逃跑机会，奋起余力，飞身扑向老二留下的坐骑。

他五人中，老二这匹马最为神骏，但每回出击，老二从来不是头一个出去，因此胡须汉多少有点腹诽。不过现在他倒是在肚里不住价感谢阿胡拉马兹达庇佑，老二这匹马就在自己身边，离那怪物少年却还远。他飞身上了马，生怕那怪物少年会和对付老五一样对付自己，将身紧贴在马背上，双足用力往马的两肋一踢，这匹马立时箭也似冲了出去。

马一冲出，胡须汉心中总算一宽，忖道："总算逃得一命。只是该如何向公主交差……"

他五兄弟奉了公主之命行事，却一败涂地，仅逃得自己一个回去，公主绝不会对自己有好脸色，看来也只能跑路了。

他正自想着，耳边突然传来一阵疾雨般的马蹄声。百忙中回头一看，却见少年也骑着一匹马追了过来，更是吓得屁滚尿流，嘴里连珠默祷着："阿胡拉马兹达救命！阿胡拉马兹达救命！"

胡须汉骑着的乃是老二那匹宝马，但裴行俭此时骑的正是先前他那匹坐骑。这匹马虽然不及老二那匹，却也不遑多让，机警更是五匹马之冠。在裴行俭跳上了马背时，这马初时还有点不情不愿，但被裴行俭一勒马脖子，登时就范，泼命向旧主人追去。虽然一时仍追不上，但距离却总也拉不开。

胡须汉暗暗叫苦，心想自己骑的老二这马虽说更神骏些，但差不了太多，就算追不上，那少年再掷出什么暗器，自己未必有本事能躲过。可回头硬碰硬，却是借他个胆都不敢。

此时落荒而走，已是离开了大路。前面逃的胡须汉吓得失魂落魄，后面追的裴行俭亦是心急如焚。

这个虬髯胡人居然如此难缠，现在明月奴也落单在大道上。虽说明月奴说她有自保之能，但万一出什么意外，裴行俭自觉要抱憾终生。可这个胡人又不能不除，不然两位波斯王子再也救不出来了。

两骑马一直保持着两丈许的距离，离开了大道，冲上了小道，又冲入荒野。裴行俭已是横下了心，心道："纵然你逃上兜率天，也要追上你！"现在恨只恨自己将七截枪取回耽搁了工夫，两骑相去仍远，此时若掷出七截枪不能必中。也就在这时，前面突然传来了一声暴喝。

有人！

裴行俭一惊。抬眼望去，前面约莫一里多远的地方已是烟霭弥漫。今天其实是个晴天，而且就算有阴云，也不太会如此低法，那声暴喝又是从烟霭中传出来的，实不知里面到底是什么人。

这一声那虬髯胡人也已听到了，他心中却是又惊又喜，甚是纠结。

他当然听得出，这正是高昌国师天圣师婆师伽的声音。

婆师伽名为高昌国师，其实乃是欲谷设延请而来，与阿史那矩一同掌控高昌国柄之人，所以其实也是公主的敌人。只是无论如何，婆师伽终究仍是高昌国师，至少能救自己一命。

想到这儿，那胡须汉子也顾不得怕裴行俭放暗器了，在马背上仰起身，放声叫道：“天圣师大人，救命啊！”情急之下，声音倒是响彻云霄。

三

当罗什冲向那个结印的道人时，婆师伽心头便是一颤。

对于弟子，婆师伽其实并没有太多的师徒之谊。在他心里，弟子无非是可以信任和放手一用的工具而已。先前中了埋伏，罗硴被一剑刺死，婆师伽只暗自咒骂自己这大弟子无用，害得自己的三头六臂术成了二头四臂，而罗什的功力不足，连这二头四臂也承受不住，最后只得以唯我独尊咒死守。唯我独尊咒虽然厉害，却利守不利攻，只是在与敌人死扛，看谁能扛得过谁。而这当口罗什冲过去，固然不一定有用，却足以打破这僵局。

罗什的本领与敌人相去甚远，定然不是太玄观道术的对手，他也一定自知，但仍是冲上前去。直到此时，婆师伽心中却也起了一丝对这弟子的怜惜，喝道："罗什，不要上前！"

他的唯我独尊咒本是以单腿站立，此时屈起的左脚一下落到了地上。

双足一着地，唯我独尊咒自是不能持续了。赫连玄剑的七修剑被婆师伽拗断了一柄，击飞了两柄，还剩四柄以大周天剑绕着婆师伽飞舞，看似占尽上风，其实赫连玄剑也在暗暗叫苦。他和玄鼎子师兄弟合使三才五行鼎剑术，方才能有这等威力，但耗用真气极大，玄鼎子已不得不靠近婆师伽才能维持，他此时只在想着："鼎剑术太拖泥带水了，难道真个一辈子都离不开师兄么？"正想着，却觉得围绕着婆师伽的那个坚不可摧的透明屏障竟然一瞬间消失不见，而有个年轻胡人正在冲向玄鼎子，不禁又惊又喜，心道："先拿下这胡人还是先拿天圣师？"

玄鼎子完全不会近身格斗之术，真气虽强，在白刃面前实无还手之力。那个年轻胡人欺近跟前，玄鼎子多半难逃此厄。只不过婆师伽的防御一瞬间出现空隙，此时乃是一举击溃他的千载难逢之机，若是助师兄，只怕会错失良机，因此虽然罗什冲了过来，他双手变幻了一个捻诀，四把飞剑下击之势更急。

婆师伽本觉得那两个对手一定会阻止罗什，却也没想到赫连玄剑居然不管师兄。一着失算，他的唯我独尊咒已破，一把飞剑已然如疾电般射下，直插婆师伽的背心。

拿下他了！

赫连玄剑心中一喜。他们陇州太玄观乃是千年古观，以鼎剑术闻名。不过因为术武双修，中原武林向来对他们有些侧目。只是太玄观尽是闭门清修的道士，向不外出惹事，所以虽然背地里有些闲话，说他们已类邪术，但这些年来还是平安度日。不过前些年凉州卧虎刀秦家遭了灭门之祸，据说乃是受鼎术所害，秦家的亲朋至交便有找到太玄观来讨要说法的。当时太玄观观主乃是玄鼎子和赫连玄剑的师父元冗子，被接二连三上门来问罪的人搞得焦头烂额。明明太玄观门下尽是汉人弟子，却要被逼问到底是怎么流传到胡人手中了，元冗子被逼问得一佛出世，二佛升天，太玄观这些年也因此闹得鸡犬不宁，更有些向来嫉妒太玄观的宵小之辈趁机落井下石，使得太玄观清誉大损，元冗子被弄得狼狈不堪，最后也忧虑而终，弟子星散，太玄观这等名观亦是因此没落。

这件事是元冗子毕生之憾。临终前，元冗子向玄鼎子与赫连玄剑这两个一直不曾离去的弟子交代，要他们一是找机会重振太玄观，二是找出此事原委，究竟是什么人偷学了鼎术来败坏太玄观清誉。玄鼎子和赫连玄剑两人也正是因此来到西域，不知费了多少心力，终于查到了婆师伽这个罪魁祸首。

拿下婆师伽，便是丢了性命又有何惜！

不仅赫连玄剑这般想，玄鼎子也是这么想。因此当罗什向他冲来时，玄鼎子有些心慌，但他慌的是赫连玄剑会因此放弃攻击，转而救助自己。当他见到赫连玄剑反而猛攻婆师伽时，玄鼎子心中一定，忖道："便是一命换一命，也是值得。"

他这般想着，更是镇定自若，罗什凶神恶煞般持刀向他冲来，玄鼎子亦如视而不见。

这已是见胜负的一瞬了。婆师伽若是稍慢一步，便难逃大周天剑的穿心之厄。不过婆师伽却并不惊慌，他的声、行、意三咒，已堪堪进入意咒境界，一解开唯我独尊咒，此时双足连错，施的乃是神行咒，赫连玄剑的大周天剑再厉害，终究还是有一线之差，刺不中他的。

罗什，我不会让你被杀的！

婆师伽正自这么想着，耳边突然传来了一声惨叫："天圣师大人，救命啊！"

这一声叫得声嘶力竭，却是极响，说的却是汉语。婆师伽再镇定，猛然间听得这般一声叫，亦是一怔。

罗什正在前冲，肯定不是他叫的，难道是罗硾的鬼魂在叫不成？可罗硾活着的时候，总是称自己为"师尊"，而且汉语说得很糟，这等情急之下定然不会说汉语的。

饶是婆师伽再神通广大，也想不出会有个突然冲出来的胡须汉子来叫他救命。

这一声突如其来的叫喊，让赫连玄剑和玄鼎子也是一惊，心道：“天圣师又有帮手来了？”不过这帮手一到便大叫要婆师伽救命，肯定帮不上什么忙的，最初的惊惧转瞬便已过去，玄鼎子深吸一口气，猛地吐出。

玄鼎子修的是鼎术，并不修习武功，但这口真气却是修得精纯之极。为了增加大周天剑威力，他向婆师伽靠近时，这口真气已在胸中蕴了良久，此时猛然吐出，几如有形有质，身周陡然间仿佛起了一阵大风，将沙土吹得漫天飞舞，玄鼎子的身影已没在了黄沙之中。

这一手其实也是玄鼎子使出的障眼法了。虽说沙子扑面自不好受，但于人并没有实质伤害。但罗什并不知道玄鼎子不能与人格斗，先前见剑光闪闪，飞剑将师尊困在了当中，他心中先入为主，总觉这两个人本领非凡，举手投足俱要伤人。方才凭着一股血气之勇冲上来，待冲到近前了，见玄鼎子突然使出这等声势骇人的法术，只道又是什么伤人秘术，脚下不由一顿，勇气立时挫了三分。

玄鼎子这口真气也是破釜沉舟，将三鼎之力尽数催发。若是罗什不顾一切地冲过来，一刀便能将他剁了，玄鼎子实是豁出自己性命，将所有力量都加到大周天剑上。但罗什被他唬住，居然停下了步子，玄鼎子面色不变，心中却在暗叫侥幸。只是他在叫着侥幸，那边婆师伽却是上足了大当。

婆师伽的神行咒极是精妙，短时间内能速度加倍，而婆师伽是以双足发咒，双手仍是结印。以他的本领，大周天剑虽然迅若雷霆，仍不足以伤到他，但玄鼎子突然爆发，婆师伽亦觉压力陡增，心道：“不妙！”

高手过招，不能相差毫厘。便如一局棋局，步步精妙，但若是缓了一招，那下面精妙的步数就尽成笑柄。婆师伽便是低估了玄鼎子以命搏命的决心，也就在神行咒将发未发之际，大周天剑第一剑便到了他的后心，正比他预估的快了一点点。

仅仅是打闪般这一瞬息而已。可就是这一刹那，婆师伽只觉背后一疼，剑尖已将刺入他的身体。

虽说天圣师在高昌和突厥都被传为神通广大，金身不坏，但婆师伽其实仍是个肉身。一感到剑尖入体，婆师伽便知不对。

虽然仅是一点无伤大雅的小伤，但受伤之下，接下来的三剑肯定会在转瞬间刺到，便再无躲开的可能了。

这一瞬间，婆师伽已然作出了决定。

退！

得居高位者，往往比底层人更加惜命。婆师伽当年还是个在西域四处碰壁的天竺胡人时，自是什么都拿得起放得下。不过这些年他受欲谷设尊崇，几成西突厥第二人了，在高昌更是以天圣师之名备受景仰，婆师伽已不能再冒什么风险。

打定了这个主意，他身影一晃，本待向罗什冲过去，结果却转向了北边。

神行咒果然了得，平时婆师伽出入不是乘车，便是骑驼，一派雍容气度，此时这般狂奔，竟是疾逾奔马，脚下更是黄尘滚滚，他跑出了一段黄尘仍然不息，看过去便如脚下踩着一条数丈长的黄龙。而他这一走，大周天第一剑虽然在婆师伽背上留下了一处小伤，另三剑刺下时却都扎在了沙地上。

婆师伽这一逃，赫连玄剑的脚便是一软。

这一战，赫连玄剑虽然得师兄以三鼎之力相助，但他乃是与婆师伽正面相抗。结果七修剑损了三剑，此时赫连玄剑已是惊惧交加，生怕自己撑不住。但婆师伽终于脱逃，赫连玄剑虽觉未能拿下他而遗憾，但终于不必再与这个怪物对峙，他的双脚登时失去了力道。好在百忙中赫连玄剑总算知道不能失了锐气，因此左脚一屈，跪下来时，右脚总算还能直直站着。此时他双手捻诀，喝道："起！"随着这一声，那柄七修剑拔地而起，向他飞来，不偏不倚，刺入了他身前那剑桶中。如此一来，他这半跪便仿佛是为收回飞剑而使的法术，就算有人看到了也不会取笑他本领不济了。只是被婆师伽击飞的两剑剑上符咒定然遭破，已飞不回来了，待会去捡回来再行修炼不迟。

婆师伽一逃，罗什便被晾在了玄鼎子面前。此时再借他个胆，罗什也不敢去砍玄鼎子了，可一退的话，他实不知会不会又有飞剑跟来。罗什可没有婆师伽的本领，飞剑若到，一剑一个准，自己铁定没命。正是想到这点，罗什一张脸已是煞白，待说几句讨饶的话，但面前这长须道人乃是汉人，也不知听不听得懂自己会说的突厥话，而罗什的汉话又不佳，连"饶命"都不知该如何说法，因此这张脸越来越白，想逃又不敢逃。

马蹄声响，此时却有两骑又疾冲过来，当先那人正是那胡须汉子。

胡须汉子听到了天圣师的暴喝，只道天圣师在此地发威，心想无论如何总算逃得一命，天圣师对付那使枪的汉人少年定然十拿九稳。但一冲破沙尘，见到的却是两个道士打扮的人正围住一个胡人，那胡人甚是年轻，一看就不是天圣师。胡须汉子心下一凉，忖道："难道我听错了么？不会啊……"

天圣师这声暴喝，在高昌国也是大大有名。高昌国人听得这声暴喝，便知是天圣师出来对付歹人了。胡须汉子还想着天圣师是不是躲在何处，自己得向他说明，央求他救助自己，可到了近前不见天圣师，这胡须汉子自是茫然。

也就在他一怔的工夫，蹄声如暴雨，裴行俭已然追到了。方才听那胡须汉子大叫着什么“天圣师”，裴行俭便知这天圣师定然是个高手。只是裴行俭身为大唐军官，心雄万夫，别说是什么天圣师，便是什么神魔真个降临了他也不怕。待见到在场的几人，心道：“这几个人哪个是天圣师？”

虽然不怕，但裴行俭也知夜长梦多之理，现在最要紧的是灭掉这胡须汉子之口，以防行踪泄漏，另三人便留着另行处置。

裴行俭主意一定，便将身一纵，从马背上一跃而起。大唐贞观年间，尚武之风极盛，便是书生也时常佩剑。裴行俭在弘文馆读书时有个朋友高仲舒，明明只会几式花拳绣腿，总自夸武功了得，身边便常佩着剑。而裴行俭这等将门之后，名家子弟，枪马更是一时之选。那胡须汉子纵然惯骑劣马，实不如裴行俭骑术精绝。此时裴行俭一跃而起，七截枪已从背后抽出，一声响，枪七截锁住，已成一支铁枪。

这样子从马上飞身跃起的攻击手段，不是寻常人使得出的，便是赫连玄剑和玄鼎子也看得心惊。赫连玄剑心道：“这少年不是寻常家数，武功好高！”正想着，又是“哗”一声响，却是七截枪突然又段段散开，成了一条链子枪，便又长了两尺。借这两尺，枪尖一下刺入胡须汉子的背心。那胡须汉子前心装着护心镜，背心处却没有，听得婆师伽的喝声时只道能死里逃生，但逃到了这儿，最终还是难逃此厄。

裴行俭刺死了这胡须汉子，手一抖，收回了七截枪，心道：“这三人到底是什么来路？”落回地面仍是不敢大意。好在胡须汉子已死，这三人就算有那个天圣师在，也一定并不知道明月奴之事，自是能不动手便不要动手。

罗什见到了裴行俭动手，更是吓得腿软，心道：“这个少年汉人到底是哪里来的？”高昌虽然是汉人所立之国，国中大半都是汉人，天圣师名为高昌国师，但罗什也知道高昌汉人对这位天圣师到底是什么样的观感。眼前这少年与那两个道士都是汉人，不太可能会来帮自己的，因此更是想逃而不敢逃，不逃又更害怕，终于，手一松，“啪”一声，那把腰刀落到了地上。

玄鼎子虽然不知裴行俭的来历，心中却在暗赞，心道：“哪来的如此了得的少年。”眼见裴行俭英华内敛，目中神光若电，便冲着裴行俭打了个稽手道：“公子，在下师兄弟乃是陇州太玄观修行炼气之士，此来正与高昌天圣师有些过节要谈，但不知公子是哪一边的？”

听得这三络清髯的道士自承乃是在与天圣师作对的，裴行俭这才暗吁了口气。他本将七截枪捧在手中，此时一抖，七截枪又折成七段，收成一截，往背后一插，这才作了个揖道：“在下大唐人氏，前来西域有些琐事要办，与两位仙长无涉。”

玄鼎子心想你这少年追杀那胡须胡人到了这儿，自然也有什么不能为旁人所晓之事。不过见裴行俭这等本事，自是不要结仇为上。见裴行俭自承与自己师兄弟无涉，他微微一笑道：“红花绿叶白莲藕，三教本来是一家。公子之事，贫道自不必多问，但祝公子此行一路顺风。”他见裴行俭仍在注目罗什，便道：“公子，这位便是天圣师之徒，公子对他可有什么指教么？”

裴行俭知道这道士这般说，便是向自己说明。他对天圣师又无仇怨，而且见罗什一副茫然若失的模样，便拱了拱手道：“不必了，道长请便，在下告辞。”说罢，牵过方才的马来，翻身跳上，胡须汉子骑来的那匹也不去管了。只是虽然掉头便走，裴行俭仍是全神戒备，若是那两人发起突袭，他的七截枪定能及时出击。

虽然做好了戒备，但马走出了数丈，并不见那两人突袭。裴行俭回头望了望，只见烟尘滚滚，隔了数丈便已看不清了，只能隐约见到那两人正围着那个天圣师的徒弟。裴行俭心道：“这两人到底来此干什么？”

西域不比中原，这儿数百里不见人烟也是常事。这儿乃是个绿洲，应该有人聚居，也许那来自太玄观的人是想在这儿开宗立派？

此时玄鼎子看着裴行俭离去背影时，赫连玄剑小声道：“师兄，要拿下他么？”

七修剑还剩四柄。虽然威力大减，但以之偷袭自不在话下。玄鼎子却只是低声道：“这少年非同小可，不要妄树强敌。”

此话赫连玄剑倒是赞同。裴行俭突如其来，刺杀了那胡须汉子，出手之狠，便是赫连玄剑也颇为忌惮。现在也不知道裴行俭到底有何来意，如果一剑不能见功，反倒结下了这么一个大仇，实属不智。他看了一眼还站在那边进退不得的罗什，说道：“那此人要杀了么？”

罗什的汉话并不好，实听不懂两人所言，但见他们对着自己说着什么，知道定然在商讨如何处置自己，突然间福至心灵，双膝一软，一下跪倒在地，叫道：“饶命！饶命！”

依玄鼎子之意，自是杀了这个婆师伽的爪牙以绝后患。然而看到他下跪乱叫，就算听不懂他说什么，自然明白那是求饶，心下不由一软，小声道："师弟，你说……"

赫连玄剑心道："师兄又要心软了。"

他师兄弟在陇州时，追随元冗子修行多年，奉行的自是道门清静无为之旨。虽然不似佛门那样戒杀生，却也轻易不会伤害生灵。不过西域乃是弱肉强食之地，不要说是一个人，便是那些小国，因为孱弱而遭灭国亦是常事。赫连玄剑叹了口气，说道："师兄，小不忍则乱大谋。"

玄鼎子没有再说。固然罗什正在讨饶，但实不能再饶了此人。只是要面见这人受死，玄鼎子还是不忍，否则先前也不必大费周章地来故意引开武威庄索氏一门了。他道："那你干吧，我去庄里查查，婆师伽那贼秃很可能会去而复返，必须抓紧时间找到那物。"

他说着，便掉头向那边空无一人的武威庄走去，心中却隐隐有些痛楚。

作为一个道家子弟，现在自己所为却是越来越似江湖豪客了。

难道要在西域立足就唯有如此么？

此时正在马上疾驰的裴行俭听到了远远的一声惨呼。虽然隔得很远，但他知道，这声惨叫定然便是方才所见的那个天圣师弟子发出的。

不留首尾，自是上策。但这样杀人，裴行俭却也有点心悸。在长安，毕竟还有王法约束，到了无法无天的西域，真个什么都没有了。怪不得高昌王敢于冒犯大唐，在高昌王看来，离长安足有万里之遥的此处，谁都奈何不了他吧。

前面已看到了那辆驼车了。看到裴行俭回来，明月奴从车中一跃而下，迎上来道：“裴公子！”

漫天黄沙中，穿着斗篷的明月奴显得如此娇弱，裴行俭心想旁人绝想不到这个少女竟然是波斯国深谋远虑的御前傀儡师。他打马到了近前，说道：“明姑娘，等我将这四具尸首掩埋了，我们出发吧。”

明月奴本想说不必管这些了，但看裴行俭模样，知道说了他也不会听，便道：“我来帮你。”

裴行俭道：“不必了，风沙大，你回车里吧。”

这五人一直追踪着明月奴，先前更是想要动手杀了自己，但裴行俭杀了他们后仍感到了一丝隐隐的凄楚。自己强，就杀了他们，若他们强，那自己就唯有被杀的命了。如果唯有如此，这个世界岂不真如鬼蜮一般？

要掩埋尸首倒是不难，挖开流沙，将尸首推进即可。在大道旁埋掉了这四具尸首，裴行俭却双手合十，默默祷念道：“阿弥陀佛，愿你们四位往生极乐，来世衣食无忧，优享升平。”

裴行俭并不信佛，但此时却也念了一句。他想到的更是要去营救的两位波斯王子。如今波斯遭了大劫，大唐如日中天，波斯王才会前来向大唐求援。但花无百日红，将来有一天大唐未必不会走下坡路，那个时候又该如何？

想到此处，裴行俭更是有点郁郁寡欢。其实在长安为街使时，他每天恪尽职守，杀人越货之类的事也见过好多起，却完全不会想这些事。现在在这黄沙遍地的西域，偏生有些多愁善感起来了。一想到这儿，他有点恨恨地啐了一口，不自觉地念道：“少年斗猛气，怒发为君征。雄戟摩白日，长剑断流星。”

这是孔稚圭的《白马篇》诗中四句。齐梁时诗风柔靡，孔稚圭此诗为效曹植《白马篇》，却大有爽朗磊落之气。裴行俭背诵这几句满是少年意气的诗，为的也是摆脱心中那一丝郁结之气，只是一边默背着，一边却在想着："什么强朝大国，初创之时无不意气风发，只觉能雄踞万世，但最后一样难逃衰弱式微之命。大唐难道也会有这样一天？"

他越想越是沮丧，待上了驼车仍有点魂不守舍。但一想到车厢里的明月奴，心头却是一凛，忖道："裴守约啊裴守约，你得打起精神来。不管大唐会不会有这一天，但只要你还活在世上一天，有你这一分力，大唐就一定能光芒万丈，绝不衰微！"

四

突厥人分为蓝苍两大部族，蓝突厥六姓为可汗贵胄，苍突厥十二姓为平民仆从。其中蓝突厥中又以可汗部阿史那氏最尊，可敦部阿史德氏次之。现任的高昌吐屯发阿史那矩，正是出自最为尊贵的可汗部。

有资格继位突厥可汗的人，来高昌当一个监国，阿史那矩自是觉得有点大材小用了。不过在这个汉人所建的国家当个太上皇，其实也还不错，因此阿史那矩向来都安于其位。

然而，今天他却总觉得有点坐立不安，连面前平时最喜欢吃的一份烧羊肉也有点食之无味了。固然是大唐即将向高昌用兵的流言甚嚣尘上，还在于天圣师至今未归。

天圣师的本领，阿史那矩自是比谁都有信心。如果天圣师所谋，肯定十拿九稳，定无差池。事实上，欲谷设大人派自己与婆师伽坐镇高昌，并不仅仅是要设置一个仆从国，而是另有真正的目的。

当初，高昌先王麹伯雅流亡西突厥，历经六年颠沛流离，在大将军张雄统率下，高昌王军向已窃居高昌城六年之久的叛军发起了反攻。

跟随麹伯雅远赴西突厥的王军只有上千人，远不及叛军势大，当时在位的射匮可汗虽与麹伯雅有中表之亲（射匮可汗为达头可汗之孙，麹伯雅为达头可汗外孙），却并不想全力协助这位表兄。但没想到张雄的高昌王军设下了法阵，顷刻间就将不可一世的叛军阵势摧毁。

当时的阿史那矩还是射匮可汗边上的一个亲随。他至今还记得射匮可汗当时先是震惊，后是恐慌中带着妒意的神情。

麹伯雅的手下竟然有这等威力强大的秘术！现在他与西突厥还是同盟至亲，将来若有一天双方反目，安知高昌不会用这种法阵来对付突厥人！

那天晚上，射匮可汗便与阿史那矩密议过。夺取法阵，使之成为突厥镇国之宝，将来看还有何方势力敢来侵犯！

也许是过于震惊和妒忌，射匮可汗在麹伯雅复国后没多久就过世了，继位的统叶护可汗竭力交好大唐，作为大唐与西域间桥梁之国的高昌自然也就再无外患，迎来了十多年的太平日子，射匮可汗那一夜做出的这个决定自然无人再提，也许只有阿史那矩记在了心里。也就在他觉得这个秘密已成为深埋在他心底的死物时，随着东突厥被大唐所灭，汗弟欲谷设西奔，西域的平静被打破了。

作为一个血与火中杀出一条血路来的人，与当时已然和中原文弱公子差不多的西突厥肆叶护、咄陆、咥利失几代可汗大不相同，阿史那矩在欲谷设身上看到了突厥人应该有的张扬，大为心折之下，顺理成章地倒向了欲谷设。而欲谷设不负众望，去年击败了咥利失可汗，终于将整个西域掌握在了手中。

随之而来的，自然是与大唐发生冲突。而冲突的第一步，也自然是由高昌发起。但欲谷设很清楚，当初他的兄长，号称突厥一世之雄，曾进逼到渭水边的颉利可汗最终也是被大唐雄兵所灭，自己虽然统一了西突厥，但西突厥还有很多忠实咥利失可汗的部族，并不同自己齐心，想以之与大唐对抗，实是力有未逮。

也正是此时，阿史那矩献上了这个射匮可汗定下的计划。欲谷设听了之后，不禁欣喜若狂。为了这个目的，欲谷设让阿史那矩与婆师伽这两个心腹前来高昌，一任吐屯发，一为天圣师，真正目的，也是这个名为曼荼罗阵的法阵。

这些年，利用掌握高昌实权的便利，阿史那矩已将曼荼罗阵打听得七七八八了。

以上古龙城七宝中的具足轮为基础发动法阵，纵有十万雄兵也难越雷池一步。所以只要得到此物，大唐再强大，也只能是虚声恫吓而已。只不过光有具足轮尚有不足，要收曼荼罗法阵必须依靠龙城七宝中的另一件焰摩幢，否则曼荼轮法阵一发不可收，最终玉石俱焚，轻则一城灰飞烟灭，重则赤地千里，再无活物。而焰摩幢共分四片，当时张雄只得了一片，所以曼荼罗法阵启动行将失控，直到当时施法的五人中有四个付出了生命的代价，终于将法阵收回，这才未酿成大祸。

这两年，为了寻找另外三片焰摩幢，阿史那矩和婆师伽可谓竭尽全力，直到最近才算稍有头绪，打听到了两片的下落。据说一在蒲昌海边，一在沙州武威庄。现在婆师伽已率两个弟子一同出发，按理以婆师伽的本领，应该得手回来了，但至今都不见踪影，自然让阿史那矩坐立不安了。

拈了一条烧羊肉放进嘴里，蒸煮后又炸透了的烧羊肉外皮香脆，内中软嫩，但甘香肥美的羊肉此时嚼起来却仿佛木片一般无味。阿史那矩胡乱咀嚼了两下，咽了下去，正待喝口奶茶送一送，但刚拿起茶壶，门外响起了亲随的声音：“吐屯发大人，天圣师回来了。”

这声音很是突然，阿史那矩登时忘了喝奶茶的事，将茶壶一放，几乎是冲到了门边，一把拉开房门，叫道：“天圣师呢？”

话音未落，阿史那矩已看到了那亲随身后的婆师伽。

作为高昌国师，婆师伽向来一身大红僧袍，法相庄严，令人一望便生景仰之心。然而现在的婆师伽竟然披着一块脏兮兮的大布，神态也大是委顿。

一见他这模样，阿史那矩心中便是“咯噔”一下，小声道：“天圣师，快请进来。”

一进屋，阿史那矩马上掩上了门，低声道：“天圣师，顺利么？”

其实不用问，阿史那矩一见婆师伽这模样就知道肯定不顺利，但问终是要问的。

婆师伽一下坐到案前，拈起一条烧羊肉吃了。中原僧人自梁武帝后茹素，但西域僧人向来吃三净肉的，婆师伽亦是无肉不欢。他吃了一条三净肉，又倒了杯奶茶一饮而尽，叹道：“吐屯发，我中埋伏了。”

阿史那矩心头猛地一跳，这个最不祥的预感还是成真了。他道：“是谁设的埋伏？”

“尚不能知，只知是两个中原道人。”

道教虽然在西域也有流传，但信众极少，便是高昌城里也没一座道观，阿史那矩也不知婆师伽说的道人是什么，但既然是设伏袭击了婆师伽，必定是敌人。

胆敢与天圣师为敌的，在西域自是极少。但武威庄是在大唐境内的沙州，倒也不奇。只是那两人设伏设得如此精准，定然早有预谋，而且很清楚婆师伽的行踪。因此在听婆师伽说了在武威庄外便被那两个道人拦住，罗硾与罗什两个弟子都折在那里，阿史那矩倒吸了一口凉气，喃喃道：“难道是文泰那家伙？”

“不会是他。”

麴文泰其实并不愿与大唐为敌，阿史那矩自然清楚。不过如果说是麴文泰叫来的人，他未必有这个魄力，更没有这等能力。

阿史那矩皱了皱眉。如果不是麴文泰，难道是大唐的边帅么？但如果是大唐边帅，居然这么清楚婆师伽来做什么，这神通未免太大了点，只怕更不可能了。

这时婆师伽吃了两条烧羊肉，又喝了一大杯奶茶，神色已恢复了许多。他放下茶杯，低声道：“其实焰摩幢没有也没什么干系，有一片便能发动，反正可汗大人不在乎高昌在不在。”

曼荼罗法阵若是失控，高昌四郡十八县只怕有一大片土地都会如当年的龙城一般陆沉。但就算高昌国成为一片鸟兽都不能存的赤地，对欲谷设来说亦无不可。

婆师伽这个主意，其实早就已经打定了，所以能得到焰摩幢自是最好，得不到也不是不行。但阿史那矩却如芒刺在背，大为局促不安地道：“这样么……”

“可汗大人当初便向我面授过这等机宜。虽属下策，亦是一策。”婆师伽说着，又倒了杯奶茶喝了，叹道，“这等事确是有违我佛慈悲之心，但有大悲方有大慈，无须多言。明日……事不宜迟，今日晚间你便派兵守住弘宝寺，我要直接取出具足轮，带往田地城。”

田地城（今新疆吐鲁番市鄯善县鲁克沁镇）与高昌、交河两城并称为高昌三大城，乃是高昌国的东大门。大唐兵伐高昌，必定先到田地城。婆师伽在田地城发动曼荼罗阵，自是要让大唐兵再不能西进。但田地城位于高昌以东六十里，一旦曼荼罗阵失控，便是最西面的交河城，离田地城亦不到三百里，只怕亦受波及，离田地城只有六十里的高昌城，城民很可能死无噍类，城池彻底毁灭。

虽然是突厥人，但一想到这个西域有数的繁华大城会毁于一旦，阿史那矩心里还是不知什么滋味。当初他还是射匮可汗亲随时，射匮可汗说起中原繁华，总是艳羡不已。阿史那矩虽然不喜汉人，却也一直赞叹中原人的巧思。不说别个，突厥人吃牛羊肉，无非炙烤蒸煮，这等精烹细作的烧羊肉，便是突厥人从未梦见过的美味。若是高昌毁灭了，将来未必还能再吃得到这等烧羊肉了，因此听得婆师伽竟要这般鱼死网破，他终是说不出赞同的话来。

婆师伽说罢，见阿史那矩没开口，倒也没多想，只道阿史那矩正在斟酌计划。他低低道："吐屯发，今晚兵进弘宝寺，你不要用他们高昌兵，要用你的硬军，以防生变。"

阿史那矩能在高昌对麹文泰颐指气使，固然背后有欲谷设撑腰，但同时身边也有五百长驻高昌的突厥甲士。虽然高昌兵上万，但那是分驻四郡十八县的，高昌城的驻军一共不过一千，其中有五百正是阿史那矩带来的硬军。婆师伽要他动用硬军去围弘宝寺，自是绝不能出差错的意思。

阿史那矩低低应道："是。"但心里却是越发地苦涩。说到这儿，他又道："对了，交河公主这几天回高昌来了。"

婆师伽一怔，诧道："交河公主？这是何人？"

"便是文泰之妹，嫁与呾度设那个。"

呾度设是统叶护可汗之子，现在的活国小可汗。统叶护可汗这一系，在欲谷设到来后分治西域南北，欲谷设称北庭，统叶护一系称南庭。如今南庭被欲谷设打得向西流亡拔汗那，已彻底退出了西域。呾度设已割据活国，终不会认同欲谷设，那么作为活国可贺敦的交河公主，自然也不会与丈夫相左。此人这个时候回高昌，也不知有什么事。婆师伽道：“小可汗没来吧？”

“不曾，就交河公主自己回来了。”

“那想必是省亲。一个女流之辈，不必管他了。”

虽然呾度设肯定对欲谷设怀有敌意，不过毕竟远在活国，交河公主回娘家来一趟亦属寻常，不必多生一事了。婆师伽从座位上站了起来，说道：“我要即刻回去坐关，待一过子时便去弘宝寺，吐屯发你切记发兵。”

武威庄外一战，两个弟子都伤折了，婆师伽虽然脱身回来，却也颇伤元气。这笔账自然以后会算，婆师伽想的却是田地城距沙州还有千里之遥，那法阵纵然失控，以田地城为中心施法未必能影响到那边去。

不能借着法阵将两个太玄观道士一网打尽，终是遗憾。但做完了这件事，随后便再赶赴沙州一趟。婆师伽心底暗暗下了这个决心，这才走出了阿史那矩的住处。

婆师伽因为是国师，因此并不驻锡寺院，而是专门在城东修了一座国师府。就在婆师伽神不知鬼不觉地回府时，一辆马车驰过了国师府前。

那一日在武威庄外，他听得有人在叫着自己“天圣师救命”云云，而随后裴行俭追着那胡须汉过来时，他已经逃出了大周天剑的攻击，并不曾见到来的是谁，因此当马车与他擦肩而过后，婆师伽自不认得驾车的裴行俭。

裴行俭自然也不认得婆师伽，在马车驶过这幢巍峨壮观的府第时，他与一个身上披着大布的胡人擦肩而过时，正在想着这府第到底是什么人的。

门额上，写着“国师府”三个大字。高昌虽然偏处西域，门额上这三个大字却是索靖体正楷。

索靖是敦煌人，传张芝书艺。张芝称“草圣”，索靖亦工行草，而正楷亦工，高昌一带学书的汉人，十有八九练的索靖之体。裴行俭文武全才，也精于书法，后来张怀瓘《书断》中将裴行俭的章草、草书、行书都列入能品。虽是神、妙、能三品中最低一级，但能入《书断》，亦可见非比寻常。

裴行俭自是练过索靖之帖，见这三字险峻坚劲，不觉技痒，伸指在袖中暗暗揣摩着笔路，心道：“就算这等偏远之处，也有如此书家，可惜不知名姓。”

即使对照中原的标准，高昌城也算得一个中等城了，不比敦煌逊色。一想到高昌还远在敦煌以西千里，裴行俭就暗暗惊叹。

世界之大，高昌以西的千里、万里，还会有无数的国度与城邦。大唐的国威，将来到底能抵达多远的地方？

一想到这些，裴行俭几乎要激动得颤抖。他出身名门，少年入弘文馆习文，又随苏定方学武，志向远大，有时也未免有自己生得太晚，未能随贞观天子征战天下之憾。然而此时他想到的，却是这个世界原来如此辽阔，何愁不能建功立业？

高昌城本来也是个八方辐辏，客商云集之地，城中四方都有客栈。裴行俭将马车赶到一家挑着“客至如归”招子的客栈前停下了马车，一个小二急匆匆便出来了，离得老远，见赶车的是个汉人，便叫道：“客官可要住店么？我们如归客栈可是老字号，客房干净，吃食精致，可要住么？”

裴行俭撩起车帘让明月奴出来，一边道：“小二哥，给我开两个房。”

那小二见裴行俭是个汉家少年，车里出来的却是个胡姬，不由一怔，忖道：“这少年定然是哪位世家公子，盗了哪儿的胡姬私奔出来的，真个风流，但怎的要两个房？”只是客人要几个房乃是客人的事，何况多要个房对开店的乃是好事，这小二赔笑道：“是，是，公子请，我给您卸了马，把料喂得足足的，定然不会走了膘。”

这小二极是殷勤，引着裴行俭和明月奴上了楼又进了房。高昌因为干旱少雨，平常房屋大多是泥屋，只有富家方能住上木屋。这如归客栈倒是如假包换的木板楼，打扫得也还干净。

待那小二都安排妥当了，裴行俭给了他几个钱当小账，小二千恩万谢地出去了，裴行俭在门口看着外面没人，这才掩上门小声道：“明姑娘，那明天凌晨丑时动手么？”

明月奴点了点头，走到窗前，指着远处的金顶道：“两位王子便在高昌王宫中，裴公子，你能办到么？”

要将两位波斯王子救出去，必须以迅雷不及掩耳的手段。在路上，明月奴已然与裴行俭将计划都说了。卑路斯与阿罗憾两位王子刚逃出活国，便被活国可贺敦截住。可贺敦乃是麹文泰之妹，当时正要回高昌，便带着两位王子到了高昌城，软禁在了宫中。裴行俭便是要趁夜潜入宫中，与两位王子取得联系，将他们神不知鬼不觉地带出来。

裴行俭眺望了一下王宫的宫墙，估算了一下高度，低问道：“两位王子有多重？”

明月奴淡淡一笑道：“卑路斯王子唐秤一百五十斤左右，阿罗憾王子有一百七十斤吧。”

裴行俭暗暗叹了口气，心道：“这两位王子分量都不算小。”不过便是两三百斤的重物，裴行俭也能单臂举起，要背着王子跃出宫墙，对他来说亦非办不到，只是只能一个个地带出来了。

他想了想道：“宫中卫士，可有什么好手么？”

“听说高昌最强的，乃是天圣师婆师伽，但此人已外出许久，尚未归来。”

听明月奴说起“天圣师”，裴行俭心中便是一动，问道：“是叫天圣师？”

先前他们刚出沙州城，便被五个高昌国派来的胡人追杀。这五个胡人一直在追踪明月奴，迫得她只能在沙州隐藏踪迹，但与裴行俭一战时却是一败涂地，为首的胡须汉子夺路而逃，裴行俭追赶时便听得那人曾向一个“天圣师”求救。但裴行俭追上那胡须汉子后，只见到了两个中原道士，并不曾见到这天圣师，他也就没将此事放在心上，甚至回去后都没跟明月奴说起。此时听明月奴又提起此名，他才回过神来，原来与那两个道士斗了一场的天圣师，便是高昌第一高手。只不过此人败在两个道人手下，想来高明亦是有限。

明月奴见裴行俭若有所思，诧道：“裴公子，你知道这天圣师么？”

裴行俭点了点头：“是，他可能也已经回来了。”

明月奴吃了一惊，问道：“什么？裴公子怎会知道？”

裴行俭将那天之事约略说了，明月奴沉吟道：“原来天圣师那天也去了沙州，难道也是为了我么？”

裴行俭摇摇头：“不似。那天他并不进入沙州城，而且不敌便走，我都未曾见到他。”

那天圣师婆师伽与那两个道士在沙州城北曾恶战过一场，而那两个道士显然完全不知道明月奴的身份，看来婆师伽的目标应该并不是明月奴。明月奴微微一蹙眉头，喃喃道：“那此人究竟为了什么？那两个道士又是什么人？”

裴行俭道：“眼下不必节外生枝，一步步按计划行事，多留心便是。明姑娘，你先歇息一下，我出去查看一下地形，晚间就依计行事。”

婆师伽与他们几乎同时从沙州过来，速度可能还会快一点，因此很可能亦回到了高昌城。但裴行俭胆色之豪，实非常人所能梦见，便是贞观天子的帝宫，他也敢去闯闯，更不要说是高昌这个西域小国的王宫了。纵然天圣师神通广大，他也丝毫不惧。

兵法有云：“夫地形者，兵之助也。料敌制胜，计险厄远近，上将之道也。知此而用战者必胜，不知此而用战者必败。”《孙子兵法》中这一段，苏定方在传授裴行俭兵法时曾三令五申，说乃是重中之重。若不知地形，不败便是天幸，因此裴行俭出手之前，必将地形看得清清楚楚，绝不留下死角。

高昌国因为地处西域，国中胡服已久。当初麴伯雅下诏改换汉服，但积重难返，很多人已不愿再穿汉服。到了现在，高昌成为西突厥藩属，汉服者更已不多了。

裴行俭为人颇为精细，早在沙州就已备好了一身高昌服饰。此时换上了，活脱脱便是个西域英武少年。

出了客栈，沿着大道而行。高昌城的规模虽不算很大，却也相当于中原一个中等城了，格局与长安大致相同。城外有一片连绵不断的群山，山形大为奇特，不生草木，山色殷红，土人称其为火焰山，谓乃是天火所化。街上店铺林立，胡汉都有，大约各占一半，倒甚是繁华。

如果天子所发兵马真个来了，这座矗立于瀚海之上的城池，定会毁于一旦吧？那时这些安居乐业的胡汉人家都将颠沛流离，不得安生。

与长安一般，高昌城亦分外城、内城和王城三层。裴行俭下榻的如归客栈位于外城，进了内城更见繁华。而几道城门的卫戍都有点敷衍了事，盘查得十分潦草，还不及沙州的卫戍。明明大唐要向高昌用兵的消息已流播人口，但不论是兵还是民，都似乎对此不当一回事。

固然是因为高昌倾国之兵不过万余，更重要的一点，便是举国上下，都不认为大唐真能发兵来攻。毕竟高昌与长安相距遥远，中间又有流沙阻隔，大唐如此远征，单是后勤辎重就一定跟不上。

“唐国去此七千里，沙碛阔二千里，地无水草，冬风冻寒，夏风如焚。风之所吹，行人多死，常行百人不能得至，安能致大军乎？”

据说此话乃是麴文泰在臣僚上奏说遮断商道可能会引起大唐向高昌用兵时所回。不管麴文泰是不是真个说过这等话，高昌国众都是这么认为的。尽管他们中很多人并不认同国主遮断商道，得罪大唐之举，不过既成事实，也就如此了，所以没有人去想是不是已将大劫临头。

一路走去，裴行俭心中却越来越是沉重。高昌城自汉戊己都尉以来，经营已有六百余年，而今已是一座周长十余里、城墙两丈许的坚城了。这等规模，在西域实是少有，但裴行俭比谁都清楚，在大唐钢铁洪流一般的兵马面前，比这更坚固、更庞大的坚城，一样不堪一击。

麹文泰真是不智。

在绕着王城走了一圈，心里已然有了底之后，裴行俭不禁冒出了这样一个念头。

天作孽，犹可违；自作孽，不可活。麹文泰也是在高昌割据日久，全然不晓大唐真正的力量是何等可怖。

又看了一眼王城的高墙，裴行俭暗暗叹了口气。那位活国可贺敦也是在竭力挽回这场必败之局吧，她将两位波斯王子带来此处，定然有将他们当成人质之意。只是这等做法，只会引起贞观天子更大的震怒。而明天她发现卑路斯和阿罗憾两位王子失踪了，更不知会何等震惊。

裴行俭想着，便转身向回走去。

此时他站在王城的南面，正待绕过墙角向东回客栈。刚走过这墙角，迎面差点与一个人相撞。

那也是个胡服的少年人，想必也在边走边想着心事，有点心不在焉。两人差点相撞，裴行俭吃了一惊，便待道声歉，哪知一抬头，定睛看清了那人，便是大吃一惊。而那胡服少年也已看清了裴行俭，同样惊得面色大变。

“明兄！”

“裴兄！”

两个人的声音几乎同时响了起来。此刻站在裴行俭面前的，正是在长安大兴寺一别后再无踪影的明崇俨。

五

“是这样啊……”

明崇俨喃喃地说着，酒楼窗外，已是红日西斜，那片火焰山被映得一片殷红，真似燃烧着熊熊大火。

裴行俭看着面前的明崇俨，低声道：“对了，明兄，光福坊大兴寺里的救命之恩，我还不曾向你道谢。”

“这不算什么，我也多亏裴兄才逃过了萧流香的妖法。”

明崇俨说得极是轻描淡写，仿佛这等攸关生死之事无足轻重。裴行俭暗暗叹了一口气，没再说话。

这个曾与自己一同出生入死的朋友现在显得多少有点陌生。而这种感觉，其实在当时他请明崇俨以秘术追查杀害富家公子冯清怡的凶手时就曾有过。那个时候，明崇俨显得吞吞吐吐，让裴行俨多少有点生气。但随后天子发兵围住了光福坊大兴寺，裴行俭请缨闯入大兴寺大殿，在面对妖女萧流香时，意外发现了明崇俨的身影，他这才明白明崇俨不肯吐实，实是不愿自己冒险。

萧流香的妖术凶险之极，裴行俭在千钧一发之际被一个人拉出了大殿，逃得一命。虽然不曾见到，但救了自己的，除了明崇俨再无旁人。但事后大兴寺化为一片废墟，裴行俭以为明崇俨已在那场大劫中与萧流香一同化为了飞灰，暗中也伤心了好几回。

这次没想到能在高昌与故友重逢，他心中实是万分欣慰。然而，明崇俨的神情，却总让他感到一丝陌生。

经历了那么多事，总会变得不一样吧。裴行俭想着，又小声道：“明兄，此事你能助我一臂之力么？”

明崇俨身怀秘术，特别有一种隐身术。虽然这仅是一种幻术，但能够让人在面前看不到自己。要从高昌王宫中救出两位波斯王子，得明崇俨之助，定能事半功倍。但裴行俭向来不喜求人，更别说这是在遥远的高昌城里，若不是此事太过重大，绝不能出差池，这样贸然要明崇俨协助，裴行俭是绝对不会开口的。现在终于开口了，他心里仍是忐忑，想着：“明兄若是拒了我的话……”

他还不曾想到若被明崇俨拒绝了该如何，却听明崇俨道：“裴兄有命，崇俨自当遵从。”

裴行俭没想到明崇俨答应得如此爽快，一时还不敢相信自己的耳朵，但没等他感谢，明崇俨又道：“不过我也有一事相求，还望裴兄能助我。”

裴行俭马上道：“明兄有命，守约当然无不遵从，不知有何事要办？”

“今晚亥时，请裴兄随我去弘宝寺一趟。”

裴行俭一怔。明日凌晨丑时，便要行动救出两位波斯王子，那么至少子时就要出发了，明崇俨居然要自己亥时陪他去弘宝寺。弘宝寺虽不是什么戒备森严之所，但这个时候进去，想来也不是做什么易与之事。裴行俭道：“明兄去弘宝寺做什么？”

“取一样东西。”

裴行俭心里“咯噔”一样，忖道：“明兄是要盗取弘宝寺的宝物么？”

弘宝寺乃是高昌国寺，裴行俭倒也知道，列代高昌王定然赐予寺中许多财宝。他迟疑道："明兄可要取什么东西么？"

"一件灵物。"明崇俨说着，垂下头避开了裴行俭的目光，"裴兄，不瞒你说，崇俨远赴此地，便是为了取到此物，否则我命已不过数月了。"

裴行俭大吃一惊，急道："明兄得了什么病么？我们金吾卫中有位张宝藏老丈，乃是当世名医，另外孙思邈仙翁虽然行踪不定，也可一求……"

原来张宝藏此时已年过七旬，孙思邈更是年逾百岁，乃是当世两大名医。虽然孙思邈很不好找，张宝藏却在朝为官，自不难寻。但明崇俨只是淡然道："多谢裴兄，但我所患，并非是病，除拿到此物之外再无他法。此物弘宝寺秘藏已久，绝不能善求，因此崇俨方才出此下策。裴兄也不必与人动手，万一我被发现，裴兄只消帮我引开寺中僧众注意即可，否则兄只需袖手。前后只需一刻，不会耽误了裴兄丑时行事。"

裴行俭的脸颊有些发红，暗道："真是见了鬼了，明兄居然让我去做贼！"

弘宝寺中的僧众都是方外之人，想来也不该贪恋财物，但就算他们视钱财如粪土，不告而取寺中财物，终是偷盗。裴行俭实在想不到明崇俨居然会提出这等要求，不禁大为迟疑。

明崇俨却也看出裴行俭的顾虑，轻声道："裴兄，你若不愿助我，但请明言即可。"

这回裴行俭的脸更是涨得通红。他向来自诩一诺千金，明崇俨这话虽然说得十分温和，却不啻指着他鼻子骂。他长长舒了口气道："君子一言，驷马难追，我自会相助明兄。"心中却在想着：

"我这般做，可不是动手偷东西。"

见裴行俭答应下来，明崇俨也暗暗松了口气。他其实知道裴行俭这人律己极严，若是先明说了此事，裴行俭绝不会答应，因此才动了些心机。弘宝寺别个尚可，最难缠的便是那僧统，不将此人引开，自己绝不可能得手。只是孤身在高昌城，哪里能找得到一个信得过的帮手？也只有裴行俭可以相助。

虽然答应下来，裴行俭还是觉得脸上有点发烧。他道："好吧。明兄，现在要去看一下弘宝寺么？"

凡要行事，必先将地形调查仔细。高昌王城眼下进不去，但外面的地形裴行俭已经看得仔细。带两位王子从何方出来，出来后又如何出城，他都已经有了一个计划，但弘宝寺却不曾见过。就算要去偷东西，他也得将此事安排妥当。

明崇俨道："是，我带裴兄去看一下吧。"

会了酒楼的钱，两人走出了门。此时快到用晚餐的时候了，酒楼里进进出出的人有不少。因为高昌遮断了长安通过焉耆前往西域的通道，高昌便无形中成了东西行商交会之所，反倒比以往更加热闹了。

走出门，裴行俭看了看天空。这酒楼纯然汉家式样，当垆的却是个服饰艳丽的胡姬，边上几家店铺更浑然是胡人风格了。

看着那个正在与进出的客人调笑的当垆胡姬，裴行俭心中突然一动，小声道："明兄，要不要先见见明月奴姑娘？"

当初明月奴初到长安，因为误会，明崇俨以为她是阉人，与她曾有过一番敌对。但纵然敌对，却终不能无情。后来误会冰释，明月奴更是在张三郎要动手除掉明崇俨时不惜舍身相救。当明月奴离开长安时，明崇俨好些天都魂不守舍。只是这回他说起明月奴也在高昌，明崇俨一直不动声色，仿佛裴行俭说的是个陌生人一般，因此裴行俭忍不住提了这一句。

明崇俨眼中闪烁了一下，轻声道："已然相忘江湖，一切随缘吧。"

裴行俭一怔，心道："什么叫'一切随缘'？你们都来到了高昌城，这还不是最大的缘？"但明崇俨已然这么说，他也不好再多说什么，便道："好吧。"

弘宝寺离王城也并不太远。裴行俭走在明崇俨身后，心中总不自觉地想起当初与明崇俨初识时的事来。那时的明崇俨笃于友道，不惜冒杀身之险，裴行俭与他相识未久，便颇为心折。但明崇俨身上也总似迷雾重重，如今越发显得神秘了。

明兄身上到底发生了什么？

裴行俭心头突然闪过了这么个念头。当初明崇俨虽然精于秘术，毕竟是个儒生，学的是圣贤之道，就算不拘小节，也不会将偷盗寺院之物说得如此轻描淡写。

人总是会变的吧。裴行俭默默地想着，却见前面的明崇俨突然站定了。他连忙也站定了，正待要问，却见前面不远处挑出一角飞檐，甚是巍峨，应该正是弘宝寺，但寺门前却立着数十个突厥士兵。他吃了一惊，低低道："明兄，这是怎么回事？"

释家号称"方便之门长开"，任谁都可以进去参拜，除非是有什么极重要的人物前来，这才会对寺院清场。看这架势，难道是高昌王前来弘宝寺进香不成？

明崇俨微微一蹙眉，也有些诧异，小声道："我也不知，今天应该并无要人前来。"

弘宝寺是高昌国寺，规模在高昌城亦是最大，平时进香的人络绎不绝，所以高昌王等闲并不过来。若要进香，必定提前三日出文书安民，以免临时扰民。明崇俨为了潜入弘宝寺，早将这些调查得一清二楚，早间还见香客在弘宝寺进进出出，按理实不会快黄昏了又突然有要人前来进香之理。他小声道："过去打听一下。"

要打听倒是不难，此时弘宝寺中的香客正在被驱出寺来。那些香客一个个敢怒而不敢言，憋着一肚子气，一出了寺门便在嘴里嘀咕，都不必问，便知道原来是吐屯发前来紧急进香，闲人都被赶了出来。

高昌城的吐屯发，乃是欲谷设派来的突厥人阿史那矩。突厥人也有奉佛的，不过并不算多，这吐屯发也不知吃错了什么药，以前从不进香，现在突然间要来了。只是高昌名义上是以高昌王为尊，吐屯发其实可算太上皇，这些香客也都知晓，因此就算有不满，也不过嘀咕几句便咽回了肚里。

听得是吐屯发前来进香，裴行俭也皱了皱眉。

高昌虽是汉人在西域所立之国，因为在胡地日久，胡风越来越盛。随着欲谷设的崛起，现在高昌国已是西突厥属国，自然什么都得听这个吐屯发的。而这个吐屯发阿史那矩，裴行俭记得老师说起过。先前高昌攻伐焉耆，遮断商道，贞观天子大为震怒，发文斥责，要麹文泰将这个主事的阿史那矩押送长安问罪，而麹文泰回以不逊之辞，更不将阿史那矩交出。现在看来，这阿史那矩在高昌果然是炙手可热，权势熏天。他低声道："吐屯发会不会也想要你那东西？"

这不过顺口一问，但明崇俨的神色却有些异样。裴行俭心中一动，沉声道："明兄，你要的到底是什么东西？还请明示。"

裴行俭为人精细，察言观色，已然断定明崇俨一定也有这个怀疑。这件东西那吐屯发竟然也如此看重，绝非什么寻常宝物，因此说得也严厉起来。

明崇俨犹豫了一下。面对着裴行俭灼灼有光的双眼，他终于将视线闪躲开去，低声道："我想，应该是焰摩幢。"

这名字裴行俭却是第一次听说。他道："这是什么？"

明崇俨看了看左右，小声道："此间不是说话的所在，我们找个地方吧。"

要找个僻静地方倒也不难，以他二人的本领，周围若有六耳，马上就能察觉，但明崇俨还是说得极为小心。待听他说完，裴行俭喃喃道："你说的灵物，便是这焰摩幢么？"

"是。此物乃是龙城七宝之一，有通灵之能。"

裴行俭没再说话。他不是术士，不知道这些灵物到底有什么用处，但明崇俨说过，他的病唯有靠此物方能治好。所以，明崇俨要潜入弘宝寺偷取此物，也是不得已而为之。

一刹那，裴行俭心中再无不满，小声道："明兄放心，守约定全力助你，绝不食言。"

明崇俨知道裴行俭是一诺千金的人。方才自己设计骗得他帮助自己，裴行俭知道了后就算仍会帮忙，心里终是不悦，现在这句却是心甘情愿了。他知道裴行俭有点道学气，让他甘心帮自己偷东西，那是极为难得之事，心里不禁一热，低声道："大恩不敢言谢。"

裴行俭道："但若要成事，还请明兄开诚布公，不要再有隐瞒。趁现在，将此事的详细告与我知晓。"

明崇俨听他这般说，知道裴行俭还在为当初自己对他有所隐瞒而耿耿于怀，不禁苦笑道："裴兄，你知道的越多，麻烦也会越多。”

裴行俭微微一笑道：“我大唐男儿，岂有惧怕麻烦之理。”

裴行俭的口气甚是平静，但话中透出的豪情却如冲霄剑气。明崇俨先是一怔，随即微笑道：“然。”心中却是泛起了一丝久违的暖意。

焰摩幢对他来说，实是无比重要之物。他带在身上的那一片，本是师父极玄子片刻不离的护身灵物。当初在大兴寺，妖女萧流香以血咒催发八生八死魇魔法，行将攻破极玄子布下的结界，极玄子已知无幸，便将这片焰摩幢放在了明崇俨身上。

很久以前，极玄子便给这个弟子下了宫天丹，为的是将来明崇俨功德圆满，有了足够实力便前来接替自己镇守被压制在大兴寺里的天魔。被用了宫天丹之人，必定要听从施术之人一件事，至死不渝。极玄子也觉得让这个本来前途无量的少年一辈子枯守在大兴寺未免有点残忍，到了结界行将被攻破时，恻隐之心不禁一起，便将焰摩幢交给了弟子。本来以极玄子的本领，就算结界被破，天魔遁出，他靠焰摩幢还是能够逃生，但如此一来便再不能对抗，瞬间成为飞灰，倒是明崇俨靠着焰摩幢在千钧一发之际，趁着萧流香被突然闯入的裴行俭刺伤之际带着裴行俭逃出门去。

虽然死里逃生，但天魔还是脱逃了。尽管连袁天纲、李淳风、李靖、张出尘这等绝世高手都不曾发现，但明崇俨身在其中，却是一清二楚。师父在将焰摩幢交给明崇俨之际，还将一封信也交给了他。信中写得也很是清楚，这天魔乃是昔年兰陵萧氏为复国而以禁术咒炼而成，极玄子原名萧流明，亦是兰陵萧氏子孙，咒炼时亦曾参与。只是随着他参修佛道，越来越觉得为复一家一姓而让这世界沉入血海乃是造下了无比之孽，最终下了决心，将天魔封在了大兴寺，并且布下结界，不许术士进入，而极玄子化身老僧，便枯坐在大兴寺镇守。

读着师父留下的这封信，明崇俨心中却是百感交集。师父早就写好了这封信，定是担心他天年已终时，自己尚未有能镇压天魔的实力，还进不了大兴寺，所以才未雨绸缪，写下此事。万没想到自己因为意外解开了师父所下禁咒，提前进入了大兴寺，却还不曾达到这个实力，最终师父罹难，自己也只能任由天魔遁出。

定要收回天魔，重新镇压，以完成师父的遗愿！然而明崇俨知道单凭自己之力，想要办到绝无可能。唯一的办法，还是在这焰摩幢上。极玄子的信中说，焰摩幢其实是四片方为一个整体。这四片黑石梭合在一起，有无上灵力，收回天魔便不在话下。只是极玄子这一片当年乃是远游西域时偶然所得，另三片定然还在西域，明崇俨这才孤身西来，费了千辛万苦也漫无头绪。沙州虽然是西域第一繁华名城，往来之人极多，可问起焰摩幢，顶多就说是传说中的龙城七宝之一，哪有什么人知道真实情形。就在明崇俨绝望得想废然而返之际，意外结识了一位高昌来的雷先生。雷先生得知他要寻找焰摩幢，说自己知道底细，但要明崇俨先消灭了横行西域的巨盗十三虎。

十三虎不是什么奢遮人物，但他们勾出来的米拔鲁却大是了得。更让明崇俨意外的是米拔鲁身上竟然也有一片焰摩幢，这让他重燃了希望。

除掉了十三虎与米拔鲁，雷先生竟然想要干掉自己。失手后，雷先生却是宁可一死也不肯吐实。幸而雷先生想要从十三虎手上拿回的那封信上，就写了焰摩幢之事，明崇俨这才知道原来高昌城弘宝寺也有一片焰摩幢。

竟然有将焰摩幢集齐的希望！明崇俨在看完那封交河公主写给弘宝寺慈恒大师的信后，心中既是意外，又是欣慰。只是到了这一步，那个吐屯发也来掺上一脚。如果阿史那矩真的也想要焰摩幢的话……

明崇俨抬起头，看了看面前的裴行俭。他说得很轻，裴行俭听得更是仔细，见明崇俨抬起头来，便低声道："明兄，这焰摩幢还有别个用处么？"

"先师信中只言，龙城七宝都是灵物，别个也不曾提起。裴兄难道还听说过别个说法么？"

裴行俭道："我还是头一回听说。只是那交河公主既然要给弘宝寺僧统写这般一封信，而这信失了风了，以她活国可贺敦之尊也急急赶来，只怕此物干系极大。"

明崇俨点了点头："是啊，我想也是，但尚不得而知。"心中忖道："裴兄所言不错，难道高昌也有什么人炼就天魔，所以要借这焰摩幢来压制么？"

他们正在商量的时候，在弘宝寺中，却已是如临大敌。

弘宝寺乃是高昌国寺，但此时却已被突厥硬军团团围住。凡是香客，统统逐出寺去，而寺中僧众，也已被硬军拦在了一处，不得随意走动。

虽然高昌乃是西突厥藩属，现在这位吐屯发阿史那矩等如太上皇一般，但吐屯发以亲兵控制弘宝寺，却尚属头一次。此时弘宝寺的监寺德元已是满头大汗，一张脸也涨得通红。

弘宝寺僧统慈恒大师长年坐关菩提无梁殿，寺中事务，都是德元一手负责。德元这人极是精明强干，弘宝寺上下打理得井井有条。但这回却是碰上了不讲理的吐屯发，他实不知要怎么做才好。

眼见阿史那矩大步流星地走向无梁殿，德元只能急急跟在边上。眼见阿史那矩走到无梁殿前就要去推门，他不顾一切上前拦住道：“吐屯发大人，大师一直在坐关……”

阿史那矩的汉话说得并不如何好，见这和尚居然还敢来阻拦，更是着恼，鼻子里哼了一声，正待喝令左右将这秃驴拖翻了，却听得门里传来了一个声音：“德元，请吐屯发进来吧。”

这声音极是柔和，明明隔着一堵高墙，但听来清清楚楚，便如就在身前一般。阿史那矩不由一怔，心道：“久闻慈恒大师乃是得道高僧，看来真个有点道行。”

阿史那矩其实并不信佛，此来也没怀什么好意，但听得这个声音，心底却油然生出一种景仰之情。但他马上一凛，心道：“小心别中了这秃驴妖法！”

心中虽然这么想，阿史那矩却也不再造次，整了整衣冠，在门口道：“慈恒大师，恕阿史那矩失礼了。”

因为僧统发话，德元自是不再阻拦，看着阿史那矩推门进去，心中却是忐忑不安。

吐屯发来高昌城也不算短了，但来弘宝寺进香还是头一回，而且如此突然，怎么都有些不对劲。

高昌国崇佛，这些年来自是以慈恒大师为尊。但随着吐屯发还来了个婆师伽。这婆师伽甚至被封为天圣师，地位已然在慈恒大师之上了。德元打理寺中事务乃是一把好手，但贪嗔之念全然未消。天圣师一来，弘宝寺的地位直线下降，已然让他这个监寺隐隐不满，这回吐屯发为了进香，将寺中香客全都赶走，而进来后也不去上香，反倒直闯僧统清修之所，更是让他不满。不过这些不满他也只能藏在心底，自是不敢表露半分，眼见阿史那矩推门进了无梁殿，德元站在门边不敢动得分毫，心中却在暗暗骂道：“让大师给你点好看！”不过慈恒大师神通广大，要给吐屯发点什么好看，德元却也是想不出来。

在门口等了一会，只听得里面对答了几句。阿史那矩的汉话说得不好，此时改用了突厥语。慈恒当初曾随麹伯雅流亡西突厥，突厥语说得极是流利，与阿史那矩也曾有过一面之缘，因此一答一对，尽是突厥语，德元一句不懂。只是听口气，慈恒与阿史那矩的声音都十分平和，应该并无大事。待见到阿史那矩从无梁殿里施施然走出来，德元此时才算稍稍放下心，忖道：“大概吐屯发就是来进香的，想让慈恒大师为他赐福。”

德元做梦也想不到，此时无梁殿里，一片落叶敲在了正结跏趺坐的慈恒头上。

落叶从头上滑下，沿着僧衣落到了蒲团边。

虽然外表八风不动，此刻的慈恒心中却已如凝成了万丈寒冰。

虽在方外，犹在国中。这八字是弘宝寺代代相传的信条，意思便是奉国犹在奉佛之上。正是因为这八字，慈恒答应了麹叶美的请求。然而这回，吐屯发也提出了相同的请求，更是以国主为条件。

吐屯发虽然说得甚是和缓，却已在赤裸裸地威胁了。慈恒纵然修为极深，此时也已无法再做到心如古井，波澜不起。

接下来该如何？如果不听从，国主无疑会处于危境，便与弘宝寺这八字信条抵触了。饶是慈恒有这许多年的苦修，此时也如羝羊触藩，进退两难。

与慈恒不一样，阿史那矩倒是松了口气。

他最担心的便是慈恒坚持不肯。那时天圣师便不得不用强了，就算能够强行取走，但慈恒在高昌人心目中地位崇高，这等事传出去，只怕会引发骚动。作为吐屯发，阿史那矩比谁都不希望高昌国发生动荡，因为这意味着他再没有这等享受的日子好过，而在欲谷设跟前也定没好果子吃。好在慈恒并不曾明确反对，那多半就好办了，自己只消统领硬军守住弘宝寺，待天圣师一过子夜，出关过来即可。

离午夜还早，阿史那矩在僧房闲坐。高昌一带天黑得晚，但现在终是夕晖渐敛，暮色已临。

正坐得有点无聊，一个亲随急匆匆地从门口进来。一见阿史那矩，这亲随忙不迭上前，先行了个礼，说道："大人，有人要入寺。"

阿史那矩一股无名火生起，斥道："不是跟你说过，今天谁也不许再进弘宝寺么！再说已是这个时候了，还来进什么香！"

"但……那是交河公主。"

阿史那矩一怔。这交河公主乃是活国小可汗咀度设可贺敦，现在正回到了高昌城。她不是寻常人，若是坚持不允她来进香，只怕会节外生枝。想到这儿，阿史那矩压下心头火，说道："我去看看。"

交河公主回到高昌城有几天了，阿史那矩自然知道，但他也不管这等事，因此至今未曾见过。待走到弘宝寺门前，只见天王殿前的灯笼光里，映出了立着的交河公主和两个侍女，阿史那矩心道："文泰的妹子原来也老了。"

交河公主的丈夫咀度设是统叶护可汗长子，阿史那矩当初也在统叶护可汗手下为官，咀度设迎娶高昌王女时他还参与了，那时见麹叶美光彩照人，阿史那矩心里还曾有所动过。但此时的交河公主，分明已是个中年妇人了，再看不到昔日那个娇俏公主的样貌。

在交河公主面前，阿史那矩收拾起平时的跋扈，上前行了个礼道："可贺敦，阿史那矩有礼。"

麴叶美还了一礼道："吐屯发大人今日也来进香么？叶美这几日身体不适，想请慈恒大师赐福，还请大人恩准。"

阿史那矩听麴叶美的声音仍是柔美如往昔，不知怎么心中一软，说道："不知可贺敦要耽搁几时？"

"片刻即可。"

慈恒乃是高昌僧统，佞佛之人认为若能得慈恒为他拂顶赐福，便能百病不生，看来交河公主地位虽尊，亦是如此。阿史那矩暗暗叹了口气，说道："若是片刻，自是无妨，还请可贺敦随我来。"心中只在转念着当年咀度设与交河公主大婚时的情景。

六

高昌国的子时，其实比长安要晚约莫一个时辰。但对于高昌人而言，到了子时，一样更深人定，万籁俱寂。新的一天即将到来，而这新一天里的忧欢悲喜，也暂时可以不去想。

婆师伽将新换上的僧袍整了整，站了起来。经过这数个时辰的打坐，他觉得元气恢复了许多，铩羽而归的沮丧也消除了大半。

无论如何，大唐兵马尚未抵达高昌，事仍有可为。

婆师伽走出了国师府。门口正有两个巡夜的高昌兵卒走过，一见婆师伽这身大红僧衣，两人便退到一旁，毕恭毕敬地行了个礼。

高昌国制度几乎样样模仿中原，也有晨钟暮鼓，禁夜之举。不过禁夜只禁寻常人，自不会禁到天圣师头上。那两个士卒让过了婆师伽，肚里还在寻思着："天圣师这般夜了还要去哪里？"

一路无人，婆师伽走得很快，不到半刻就已到了弘宝寺前。弘宝寺前两个站岗的硬军本来已在打盹，一见天圣师到来，马上打起了精神，向他行了一礼。婆师伽也不理睬这两人，径自进了弘宝寺。

因为说好了一过子时婆师伽便会过来，阿史那矩已然等候在门口了。一见婆师伽进来，他马上迎上前，小声道："天圣师，你过来了啊。"

婆师伽看了看左右，也低声道："慈恒怎么说？"

"僧统已然答应。"

婆师伽本来最担心的，便是慈恒不肯从命。慈恒地位崇高，自己也不能仗势威逼他，因此婆师伽已下了恶取的决心。但没想到慈恒同意了，他心中不禁又惊又喜，脸上还是不动声色，点了点头道："我去见见慈恒。"

婆师伽来高昌之前，慈恒虽无国师之名，却有国师之实，其实他是夺了慈恒国师之位，因此这几年纵然同是佛门一脉，婆师伽一次也没来过弘宝寺。现在慈恒如此识时务，婆师伽也觉得应该礼尚往来，不该太过嚣张了。

阿史那矩领着婆师伽走到无梁殿前，尚未叩门，却听得里面传来了慈恒的声音："天圣师大人。"

婆师伽还不曾见过慈恒，在无梁殿前也没开口，见慈恒居然马上料到了是自己，忖道："这老僧难道是修成了天眼天耳通么？"

佛门有五神通之说，第一天眼通，修成后色界、欲界中一切诸物，无一不照；第二天耳通，能闻一切之声。只是婆师伽道行虽高，也只不过是耳目较常人灵敏一些罢了，并不曾有这等神通。若慈恒真个修成了天眼通、天耳通，他不禁有点忐忑。

推开了门，只见菩提树下，正端坐着一个僧人。这僧人年纪也不是太大，月光映在他身上，显得很是庄严。只是这名为无梁殿的静室，原来只是一个小院，婆师伽也大为惊讶。

对婆师伽来说，身为国师，自然要锦衣玉食，但慈恒似乎心如古井，什么欲望都没有。他走到慈恒跟前，一合十道："慈恒大师，婆师伽有礼。"

慈恒还了一礼道："天圣师，恕慈恒已坐多年，不能起立相迎。"

僧人苦行，有数十年都是一个姿势的。婆师伽听得慈恒说坐了多年，却是不信，心想这等鬼话也就是说说而已，但还是正色道："大师苦行，令婆师伽感佩。此番高昌能逃过大劫，举国上下，皆当深感大师大义。"

婆师伽以一个远来的天竺人，得到欲谷设如此信任，除了他一身法术，还有一半却是这舌绽莲花的话术。只是慈恒似乎对他的言语无动于衷，只是淡然道："天圣师客气了。只是曼荼罗阵发动不易，天圣师若是不弃，慈恒愿效犬马。"

这句话婆师伽却是有点不敢相信。他顿了顿道："大师也要去田地城么？"

"虽在方外，犹在国中。为国主分忧，本老僧之职，天圣师又未曾集齐焰摩幢，老僧自然要走这一趟了。"

婆师伽沉默了片刻，点点头道："如此也好。那即刻启程，大师以为如何？"

慈恒道："一切皆听天圣师安排。只是老僧不良于行，须借车马之力，还望天圣师海涵。"

婆师伽听得差点要笑起来，心想此去田地城有六十里之遥，自然要坐车马过去。这慈恒只怕坐关坐久了，已全然不晓世事，连这等事都要说一声，便道："这个自然。但不知那物现在何处？还请大师指教。"

慈恒道："具足轮与焰摩幢本非凡俗之物，实不应轻现于世，否则必生妖异。这二十年来，老僧将其封入蒲团，以身镇之，不敢稍有妄动，但今日看来唯有破例了。"

婆师伽听得越来越诧异。当年慈恒以具足轮发动曼荼罗法阵，大败叛军，助流亡的麹伯雅复国，这事他也听说过。但具足轮究竟是何等样之物，他也不曾见过，想来有这等威力，必不是个小物。现在听慈恒所言，竟然就封在了他身下的蒲团里。这蒲团径可三四尺，想来那具足轮亦不过这般大，而且扁扁一个，实难以想象竟然会有这般大的威力。他道："原来如此，那婆师伽即刻就安排车马，前来迎接慈恒大师。"

婆师伽本来都做好了恶取的准备，可这件事居然顺利得出奇，他又是意外，又是欣喜，马上出去让阿史那矩安排一架肩辇过来，抬了慈恒出去。本想着慈恒说他已不良于行，只怕要人扶着上肩辇，但肩辇一到边上，慈恒伸手在地上一按，连人带蒲团一同轻飘飘落到了肩辇上。

这一手本事让抬肩辇的两个硬军大为吃惊，全都睁大了眼睛。慈恒却仍是神色淡然，整了整因为跃起时有点乱了的袈裟，说道："走吧。"

这等本事，婆师伽自然也有，但要做得与慈恒一般云淡风轻，却是难了。而慈恒在连人带蒲团跃起时的那一瞬，袈裟下摆飘了起来，婆师伽一眼就看到了慈恒结跏趺坐的双腿。那两条腿已全然如同两根枯骨，竟是半点肌肉都没有了。

原来慈恒说的枯坐二十年，竟是半点都不掺假。婆师伽心下不禁有些骇然，他是做不了苦行之人，也不觉得以数十载苦行换来的神通有什么值得。而慈恒居然真个做到了，他惊骇之下，却也有几分佩服。

想来，虽然立场有别，但高昌若是有难，慈恒也绝不会坐视。这便是他答应此事的原因吧，而他定然也是担心缺少了焰摩幢，曼荼罗法阵能发不能收，会造成大劫，所以才要求同去。

婆师伽的嘴角浮起了一丝淡淡的笑意。他偷学了太玄观的鼎术，借助鼎术，发动曼荼罗阵应该并不难，但要收回法阵，多半做不到。只是他原本就已打定了不惜田地城周遭百里全都陆沉的主意，有慈恒相助，只要将法阵发动起来就行了，纵然收不住，反正自己凭借鼎术，定能安然脱身，别个便是尽数深埋地底亦是无妨，只要大唐大军进不到西域即可。

两个硬军抬起慈恒走出了弘宝寺，将他抬入了一辆已备好的马车。婆师伽倒是不喜坐车，仍是骑了匹骆驼。

走出弘宝寺大门时，婆师伽却也回头望了望这座古刹。月光下，弘宝寺显得宝相庄严，如非人间。

法阵一旦失控，交河城大概还能幸免，高昌城却肯定是逃不过了，弘宝寺也会毁了吧。

婆师伽心底，却也难得地起了一丝惋惜之感。但这一丝惋惜只如水面一叶落下，击出的几丝涟漪，很快就荡然无存了。

婆师伽与慈恒都已离去，阿史那矩率硬军相随。他们一走，弘宝寺僧众才算被放出来。阖寺和尚也不知到底发生了什么事，只知住持居然离寺而去。

自从当年先王复国，慈恒大师重回弘宝寺，二十年未尝离开弘宝寺半步。今晚吐屯发率军围寺，随后天圣师莅临，住持与天圣师一同离去，再迟钝的僧人也知道定然有事发生。一想到国中甚嚣尘上的大唐发兵前来讨伐的流言，他们也都猜到定然与此事有关，一个个又惊又怕。监寺德元见群情汹汹，僧人应有的清净已尽化乌有，反正午夜都过了，索性就让阖寺僧众全都登殿彻夜诵经，也好消消他们的不安。一时间木鱼声声，梵呗切切，诵经之声飘出寺墙。

就在弘宝寺的僧人在诵经的当口，菩提无梁殿外的天王殿檐角，有两个影子一跃而下，落地无声，闪出了弘宝寺，正是明崇俨与裴行俭二人。

明崇俨有隐身术，但这隐身术其实是种障眼法，若是看的人多了，总有人会看出破绽来，因此不能用在人多之处。明崇俨本想趁寺中人少了，便与裴行俭一同潜入寺里，他去寻找焰摩幢下落，一旦失风，由裴行俭出手引开众人。明崇俨事先已经给裴行俭下了风火轮咒，裴行俭武功高强，有风火轮咒加持，寺中就算有未知的高手，也能轻易摆脱，那时明崇俨便可趁机脱身。可哪知夜越来越深，那名为进香的吐屯发居然跟要在弘宝寺安家了一般死活不走，明崇俨大感头痛，却也知道事情已非比寻常。眼见子时越来越近，吐屯发还是不撤硬军，裴行俭再等不下去了。

今晚丑时，便要去王宫救两位波斯王子出来。事先约定，明月奴会安排好接应，再拖下去岂不是让明月奴扑个空？对裴行俭来说，此事才是万不能出差错的，因此他当即跟明崇俨说再不能耽搁，必须马上行动了。

弘宝寺的住持慈恒大师道行不俗，一旦被他看出破绽，隐身术定然无效，因此明崇俨一直在等待时机。可见那吐屯发竟是完全没有离去的意思，明崇俨也是骑虎难下。若裴行俭今晚没有行动，明日再来亦无不可。但丑时裴行俭的行动定然会引发高昌城大哗，明日高昌兵必定会大索全城，自己这个远来之人也一定再隐藏不了行踪。到了这时候，明崇俨亦只有冒险一试了。幸好硬军虽众，却都不是术士，他们注意的只是不让闲杂人等入寺，根本没注意到有人竟然会飞身上了天王殿。也就在明崇俨要准备下去寻找焰摩幢时，婆师伽却入得寺来。

吐屯发和硬军都不是术士，但这天圣师却是个极高明的术士。

这下子将明崇俨吓了个惨，裴行俭虽然不惧，却也不敢轻举妄动。好在婆师伽此来，显然另有心事，并不曾注意到天王殿的屋檐上那些海马嘲风这外，还多了两个石兽。而天王殿就在菩提无梁殿外，明崇俨和裴行俭蹲伏屋檐上，那边婆师伽和慈恒的一番对话全然落在了耳中。

一出弘宝寺，裴行俭看了看周围，小声道："明兄，那焰摩幢不在寺里么？"

方才慈恒就提到过焰摩幢，裴行俭听得清楚。明崇俨却是神情肃然，低低道："焰摩幢便在慈恒身上。"

裴行俭一怔，心想这个难办，没想到慈恒居然随身携带，自己和明崇俨又没有妙手空空的本事，这般如何拿得到？明崇俨要自己帮忙，结果扑了个空。虽然免得自己去做贼，终是对明崇俨心怀愧疚。但他还不曾说，明崇俨道："裴兄，快到丑时了，准备你的事吧。"

裴行俭又是一怔，小声道："那你呢？不去找焰摩幢了？"

"他们去田地城了，还有机会。"

裴行俭心说方才天圣师确实说要去田地城。明崇俨是要追到田地城去，真个是铁了心要拿到此物。他点了点头道："好，那我陪你去田地城转一圈。"

明崇俨却没想到裴行俭居然还肯再陪自己去田地城，不禁大感意外，问道："裴兄，你不是自己还有事么？"

裴行俭道："让明姑娘送两个王子先行，我绕个道，办完了你的事后再赶上他们。"

明崇俨心中又是一暖。裴行俭这等一诺千金，实不亚于古之朱家郭解。他道："走吧。"这句话幸好只有两个字，不然裴行俭便要听出明崇俨话中的哽咽了。

高昌城的王城较诸长安，具体而微。在王城东墙外，有一片小树林。这一带有条小河流入王宫，这条河是宫中日常取水之处，因此百步方圆不许居人，而是遍植树木，正是动手的绝佳之处。

到得林间，裴行俭小声道：“明兄，我先去查探一下。”

虽然这树林里平时都不会有人，却也不得不防。裴行俭行动敏捷，眨眼便已在树林中穿行了一遍，回来道：“行了，现在没人。”

明崇俨此时却有些犹豫，嗫嚅道：“裴兄，那个……明姑娘呢？”

裴行俭一怔，心想你先前还说什么相忘江湖，其实一直挂在心上。他道：“明姑娘赶着车在城外接应。”

高昌城与长安城自不能比，但形制与长安大同小异，一般入夜后关城门禁行。因此明月奴会先将马车趁未禁夜时出去，裴行俭带着两位波斯王子翻城出去后，便可会合脱身。

听裴行俭这般说了，明崇俨抿了抿嘴，却没再说话。裴行俭看了看王城的城墙，说道：“明兄，你的身法没丢下吧？”

明崇俨术法精深，武功其实也相当不俗。只是裴行俭武功非同凡响，在他眼里自是对谁都不太放心。明崇俨道：“不会跟丢你的，进去吧。”

方才吐屯发率军将弘宝寺围了个严严实实，王城中的戒备再严也不会超过弘宝寺了。裴行俭没再说什么，一跃而起，在离城墙最近的一棵树上一蹬，人如一只大鹰，转眼就扑上了墙上。而明崇俨伸手在城墙上一搭，掌上便如涂了黏性极强的胶水一般，人也立时攀上了墙头，只比裴行俭慢了片刻。

明崇俨一上城头，却见高昌王城中鳞次栉比，尽是房屋，轻声道：“裴兄，那两个王子在何处？”

高昌王城形制与长安相仿，规模自是小得多，却也有数座大殿，百余间房屋。虽然已过午夜，一眼望去，却仍有不少屋子亮着灯，也不知哪间屋软禁着那两个波斯王子。裴行俭微微一笑，从怀中摸出个小东西道："幸好明姑娘给了我这个。明兄，要再有劳你的隐身术了。"

他摸出的，却是个小小的竹木制成的蜻蜓。这东西便如寻常小儿的玩物一般，只是做工要精致得多，乍一看，全然和真的蜻蜓一样。明崇俨也不知这有什么用，从怀里摸出符纸和朱砂笔，在纸上画了道符交给裴行俭。裴行俭将这道隐身符带在了身上，伸手将那蜻蜓的机括一拧，向空中一抛道："青蚨子，不要带错了路！"

青蚨传说是一种飞虫，母子从不分离。将青蚨捕来，取母子之血涂在钱上，每次只用母钱或子钱，那些用掉的钱都会飞回来。明崇俨知道明月奴乃是个极高明的傀儡师，这蜻蜓定是她做来寻物的。但传说中的青蚨乃是蝉而不是蜻蜓，明月奴只是因汉籍中的传说而取的名字。

这竹蜻蜓一抛到空中，翻了个身，先打了个转，便翩然向西北方向飞去。裴行俭道："便是那边！"说罢，飞身一跃，便追着竹蜻蜓而去。

明崇俨当初便见识过明月奴的傀儡术，眼前这等细小之物竟然做得如此精致，不禁暗暗佩服，可心底却不知是什么滋味。

裴行俭在王城中纵高伏低，见此间虽然远不及长安的皇城巍峨壮丽，但能在西域建到这等规模，确属难能。只是那竹蜻蜓越飞越慢，自是因为这东西形制太小，机括已然要松了，非得重新拧足了再抛一次不可。正好这时那蜻蜓飞到了一座里面亮着灯的宫楼前，已是摇摇欲坠，他一个箭步上前，一把将竹蜻蜓捞在手中。哪知刚抓在手里，却听得宫楼中忽地传来一个声音：“咦，外间有声音！”

这是个妇人的声音，只怕是高昌国主麹文泰的哪一房嫔妃。而话音未落，裴行俭便听得窗子有拨动窗闩的声响。他吃了一惊，心道：“好快！”

明崇俨的隐身术乃是障眼法，因此若要不被发现，必须定下身形，否则旁人一眼就能看出来了。裴行俭此时正落到房檐上，那扇窗离他不过六七尺远，他将身一伏，凝神定气伏在了瓦上动也不动。也正在这时，窗子打开了。

窗子一开，露出的却是一张男人的脸。这男人年约五旬，神情却是异样地精悍，二目灼灼有光。裴行俭幸好不曾与他打个照面，否则当场就要穿帮。他将身形静静伏在屋面上，心道：“明兄说过，这隐身术只消我不动，他就发现不了我……除非他也是术士，有破法。”

这男人显然并不是术士。开窗向外扫了一眼，已然扫到了裴行俭所伏之处，也不知在他眼里看到的是什么，却定然没发现面前六七尺远的地方伏着个大活人，便回头道：“公主，没有人。”

这时传来了那妇人的声音：“真没人么？想必是猫儿跑过吧。”

窗子关上了。裴行俭暗松了口气，这时才扭头看了看身后，却不曾看到明崇俨的身影，心知明崇俨定然也发现了这楼中有人开窗来看，因此同样伏在了屋面上。他身上也有隐身符，自己这般自然一样看不到他。

裴行俭正待绕过这宫楼，好将竹蜻蜓的机括重新上紧。身形刚一抬，却见前方突然现出了明崇俨的身形，显然明崇俨也刚又出发。他正待追上去，却听得里面那妇人突然道："还有两枚焰摩幢一直不曾找到么？"

在这个地方居然突然听到了"焰摩幢"这名字，裴行俭不由大吃一惊。但身形一个起落，已无声无息地跃到了另一间楼上。眼见明崇俨已经落下他丈许，裴行俭不敢再怠慢，加紧赶了上去，心中却在想着："这两人是谁？他们要做什么？"

屋中的，正是交河公主麴叶美与宗彭。

虽然并不赞同公主动用具足轮的计划，但宗彭也已很清楚，除了具足轮，再没有阻止大唐铁蹄西进的方法了。只是当年的曼荼罗阵差点失控，亦是让宗彭记忆犹新，所以必须将四枚黑石梭找齐了，将焰摩幢拼完整了方能动用。然而人算不如天算，天圣师竟然也在打具足轮的主意，并且不顾一切就要动用。宗彭得知此事后，再顾不得一切，趁夜闯入王城来劝谏交河公主。听公主问起焰摩幢，他道："是，一直没找到那明先生。"

麴叶美叹了口气道："幸好武威庄那枚未曾被婆师伽得去。"

仿佛时光倒流，旧事重演，现在又回到了当初父王复国之时。和那时一样，手头只有四分之一枚焰摩幢，而那一次，慈恒的四个师弟以生命为代价，总算阻止了曼荼罗阵的失控，慈恒也因此而坐了二十年枯禅，以己身来镇住具足轮。

弘宝寺虽然有不少僧人，只是自慈恒的同门尽丧后，再无一人能有这等道行。迫于无奈，慈恒这些年唯有在弘宝寺无梁殿以枯禅镇住这两件灵物，根本无暇去寻找另三片黑石梭。倒是麴叶美手下颇有异人，在得知婆师伽也在寻找焰摩幢时，便知婆师伽定然打了动用具足轮的主意。而还有一片焰摩幢就在沙州武威庄。武威庄是沙州名门索氏世代所居，索氏一门允文允武，实力强劲，没人敢贸然冒犯他们，婆师伽想要动手，亦是得准备个十足。

那封意外失落的信件其实也没写什么太要紧的事，但万一落到了婆师伽手中，自己的计划就要全部败露了。因此麴叶美让大雷先生招募了一个明姓少年异人去夺回自己写给慈恒的信，主要心思全放在招揽陇州太玄观的玄鼎子与赫连玄剑二人抢先向武威庄出手一事上。

虽然两边都得了手，而且蒲昌海边竟然也有一片焰摩幢出现，但这一边却出了意外，大雷先生反而被那明先生干掉了。好在武威庄这一路倒还顺利，太玄观二人并没有食言的意思。

也正是能拿到这枚焰摩幢，麴叶美才算松了口气。然而未曾料到的是婆师伽不顾一切，准备提前发动曼荼罗阵，而且地点就选在了田地城。一旦与两位道长碰了个面，那这枚焰摩幢定会又落入此人之手，因此定要抢先一步与两位道长接上头才是。

婆师伽看样子是不顾一切都要发动曼荼罗阵了，就算会因此毁灭高昌国亦在所不惜。而自己要做的，偏生与婆师伽殊途同归，又不能让曼荼罗阵失控。这几日麴叶美殚精竭虑，人也已老了好几岁。想找齐焰摩幢再发动曼荼罗阵的计划看来已行不通，那就唯有效法上一次的行动，拼尽全力来发动一次曼荼罗阵。

只消不失控，那就是解救高昌这场大劫的唯一办法。但若是失控，高昌的大劫就会变成浩劫，一切都将就此结束。

宗彭也正是看到了这样的结果，当他得知慈恒大师竟然同意与天圣师一同行动，这才不惜冒大不韪夜闯入宫，面见交河公主说个清楚。只是听着麴叶美侃侃而谈，宗彭却是再说不出半个字。

大唐战无不胜的铁骑精兵已迫在眉睫，这一次贞观天子的决心显然再无更改，不灭高昌绝不收手。那么伸头一刀，缩头也是一刀，真如公主所言，唯有冒险一搏了。

听着麴叶美的话，宗彭心中更是冰凉一片，背后也是冷汗涔涔。待麴叶美告一段落，他低声道："公主，难道再无他法了？"

麴叶美顿了顿，低声道："自大将军去后，就再无别法可以挽回。"

当年大将军张雄坚决反对与大唐交恶，但麴文泰自觉能游刃有余，所以连这位为高昌立下再造之功的表兄之言亦不肯听。固然可以说是受西突厥逼迫，但麴文泰当时亦非没有侥幸之心，只觉得与其得罪西突厥，不如得罪大唐。当张雄忧虑而死后，麴叶美也早已远嫁活国，能够劝谏麴文泰一句的人都没有。可以说，今天高昌这灭国之危，麴文泰亦难辞其咎。

"宗大人，事已至此，我们唯有勉力弥补，以求高昌国祚不倾了。"

听着交河公主这句已见颓然的话，宗彭只觉鼻子一酸，泪水几乎要夺眶而出。

大厦将倾，独木难支。然而只消还有一份力，就算只是一根小小的树枝，也得撑一下了。交河公主此刻的心中，也已有着这等决定了吧。

宗彭伏下地来，向麴叶美行了个大礼，说道："公主，宗彭明白了。我即刻便赶赴田地城，从两位道长处取回焰摩幢交给慈恒大师。"

麴叶美道："也好，宗大人，你与我就一同去吧。"

宗彭一怔，问道："公主，您也要去？"

"吾土吾民，吾国吾邦。叶美虽是女流，此身亦属高昌。"

原来，公主有了赴死的决心啊……

宗彭终于忍不住，眼里老泪纵横。他重重叩了个头道：“老臣不才，愿将此微贱之躯，以供驱使。”

就算血肉成泥，亦要挡住大唐，护得高昌平安！在宗彭心中，暗暗发下了这样的毒誓。

七

高昌延和八年，麹伯雅前往长安觐见隋炀帝。当时的长安名为大兴城，虽然国都已迁至洛阳，大兴城乃是陪都，但宇文恺设计督造的此城之壮丽，令麹伯雅叹为观止。回国后，麹伯雅决定在国中全面恢复汉风，王城也依照大兴城的模样改建。只是规模所限，高昌王城大致按照大兴宫所建。大兴宫有宫殿十六座，宫门十座，而高昌王城只有宫殿七座，宫门四座。但饶是如此，对于西域诸国而言，高昌王城已然是壮观非凡了。

王城正中，称为太极殿，左边前为昭庆，后为神龙两殿，右边则是前为承香，后为凝阴两殿。后方则是两仪、甘露两殿。这些名字都是沿用了大兴宫中殿宇之名，只不过要小一些。

在长安，两仪殿为陛下举行内朝之处，甘露殿则是日常读书习字之所。当年麹伯雅设此二殿时，亦存此意，不过高昌因为国小，也没那么多事好议，而麹文泰亦不是手不释卷的好学之辈，几个儿子更是已然长成，这二殿几与冷宫相仿。麹叶美带来的两位波斯王子此时便临时安置在甘露殿内闲居。

波斯大王子阿罗憾，是年二十有三，小王子卑路斯则是十九岁，都正在年少气盛之时。在此国破家亡之际，二人自然心有不甘，但求有一番作为。只是大食兵锋极锐，盛极一时的波斯在大食侵攻之下，竟似摧枯拉朽一般崩溃。在他父子三人心目中，能救波斯这灭国危难的，唯有东方的大唐了。当伊嗣侯带着他们逃到木鹿，因为年事已高，因此让两个儿子继续东行，希望他们能前往长安面见大唐天子，借得战无不胜的大唐兵以求复国。

阿罗憾和卑路斯先到的是活国。活国是当年吐火罗故地，从吐火罗开始，便是大唐属国。如今是小可汗呾度设所据，呾度设也一样奉大唐为主国，对两位王子招待甚是殷勤，因此阿罗憾和卑路斯觉得到了活国等若已到长安一般。可是他们听到了一个意外的消息，位于西域通往大唐的咽喉之地的高昌竟然阻断了通道，摆明了要与大唐为敌，而活国可贺敦正是高昌王妹。

这个消息直如晴天霹雳。阿罗憾甚有主见，让一路保护他们东来的明月奴前往沙州，设法与大唐取得联系。这本是一条好计，但明月奴刚走，活国可贺敦突然说要归宁，同时将他们也带往高昌。

阿罗憾和卑路斯就这样不明不白地被带了过来，到此时已经在高昌住了好几日了。吃住倒也甚是优渥，但他们不知可贺敦到底想做什么，在此间言语又不通，来去的宫女想问都问不成，天天急得跟热锅上的蚂蚁一般。阿罗憾要老成些，还能端坐养心，卑路斯却是坐立不安。此时夜色已深，两人虽是睡下了，却都是辗转反侧，怎么都不能入睡。

正在耿耿不寐之际，耳畔突然响过一阵微细的“嗡嗡”声。这声音他们倒也熟悉，听来颇似蚊虫之色。卑路斯更警醒些，一睁眼，霎时只见一个有手指般大的飞虫从窗外飞来，落到了床头的衣架之上。

卑路斯年少好事，见这飞虫大得出奇，吃了一惊，心道：“高昌的蚊子有这般大么？”

他登时动了个想捉住看个仔细的心思，立时翻身坐起。卑路斯这一路逃亡，日日不在马背，便在车中，筋骨打熬得甚是干练，翻身起来时不出一声，轻手轻脚地走到衣架前，生怕惊动了这小虫子。待到得近前，伸手如电，一把将那虫子抓住。待抓到手中，便是一怔。

这是只蜻蜓，但一捉到手中，便知乃是竹木所制。而这东西他再熟悉不过，正是明月奴的傀儡。

明月奴之父萨西亭，乃是波斯上一代的御用傀儡师。他们这一脉傀儡术精巧无比，既可制作出惟妙惟肖的花鸟虫鱼，亦能制出与真人一般无二的傀儡，而这傀儡更能舞刀弄剑，堪做护卫。这一路东来，觊觎他们随身财物的强贼也碰到过几起，但不是被明月奴以用刀的人傀儡击退，便是用这等细小傀儡击杀。眼前这只竹木蜻蜓当然并非武器，而是指示方位所用。

当初明月奴护送他们东来时，曾将一个小铜盒交给卑路斯，要他时刻带在身边，说只要有此物，她便能知晓两位王子的方位。而现在，放着那个铜盒的衣服便挂在这衣架上。

一瞬间，卑路斯已然回过神来。他抢步到阿罗憾床头，小声叫道："哥哥，明月奴来找我们了！"

阿罗憾正在半睡半醒之间，听得弟弟突然叫自己，他精神一振，翻身坐起，轻声道："真的？"

卑路斯还不曾回答，窗外传来了一个年轻人的声音："确是明月奴姑娘让我们来救两位王子出去。"

这人说的是波斯语。其实高昌城里也有波斯客商，但王宫里却没人说波斯语。突然听到有人用波斯语来救自己二人，阿罗憾又惊又喜，轻声叫道："你是谁？"

窗口轻轻一开，一个人影如纸片一般飘了进来。待得站直，却见是个极是精悍的少年，向二人作了个揖道：“在下大唐金吾卫街使裴行俭。”

虽然阿罗憾和卑路斯都不知金吾卫街使是个什么官衔，裴行俭之名更是闻所未闻，但“大唐”却是他们这些日魂牵梦萦，日日不离心头的词。听得来者竟是大唐官员，毫无疑问，明月奴不辱使命，真个与大唐联系上了，派人前来营救。阿罗憾眼中都要涌出泪水来，说道：“裴大人，您带了几万人马过来？”

裴行俭道：“只有我与一位朋友。”

听得只有两个人，阿罗憾便是一怔。此时却见明崇俨也飞身进了窗，他不由有点惊慌。他兄弟二人年纪虽轻，却都是壮硕大汉，阿罗憾更是生得豪迈。裴行俭虽然比他们矮一点，但看去便精悍之极，可后进来的明崇俨生得齿白唇红，比卑路斯还要矮上半个头，身形足足比卑路斯小了一圈。阿罗憾自觉一手便能将明崇俨举起来，靠这少年要救自己出去，只怕是痴人说梦了，不禁失声道：“裴大人，这位先生便是你朋友么？”

明崇俨听这波斯大汉对自己有不信之意，冷冷道：“阁下虽重，在下却也能举得起来。”

阿罗憾没想到明崇俨也能说波斯语，脸不禁一红，忙道：“恕小王失礼，敢问先生尊姓大名？”

明崇俨也不理他，低声向裴行俭道：“裴兄，便是这两人么？”

裴行俭道：“正是这两位王子。明姑娘给的那个小玩意，也当真神奇。”

明崇俨身怀秘术，但要找个人也大为不易。明月奴做出来的那个木蜻蜓应该并不是凭借术法，却能飞到这两个王子身边，真个大为神奇。他道：“夜长梦多，早点出去吧。带着这两人要出东墙，可不甚容易。”

明崇俨方才说能举起阿罗憾来，裴行俭知道也不是纯属吹嘘。但明崇俨要举起阿罗憾这等大汉，非使出吃奶的劲不可。而他们闯进宫来似不花吹灰之力，可两位波斯王子又没有高来高去的本事，要带他们出去，也有点难，非仰仗明崇俨不可。正有点难以启齿时，明崇俨已从怀里摸出两张黄表纸，又取出朱砂笔来画了两道隐身符，说道：“两位王子，将这符带在身边不要离身。一旦碰上巡逻的，你们只消不动，就没人发现你们。”

长安皇城里有禁卫日夜巡逻，而高昌王城中虽然人数要少许多，却也同样有些侍卫四处巡行。阿罗憾与卑路斯听明崇俨这般说，不禁有些将信将疑。裴行俭小声道：“这位明公子也是明月奴姑娘的好友，他的本事非同一般，两位王子不必过虑。”

明月奴虽然仅是个少女，但她的傀儡术何等奇妙，阿罗憾和卑路斯两人当然清楚。眼前这俊美少年虽说看上去不甚靠谱，但听得是明月奴的朋友，他们顿时放下了心，将符纸放进怀里。

因为阿罗憾和卑路斯没有飞檐走壁的本事，要到城东只能走太极殿后的大道。只是一出甘露殿，便有两个巡逻的侍卫迎面走来。阿罗憾和卑路斯见一出殿门就叫人撞见了，都吓得大惊失色，幸而还记得明崇俨说过的话，两人紧贴在太极殿后墙上一动不动。只是就算不动，这等模样哪会看不到的？眼见两个侍卫打着灯笼越来越近，这两个波斯王子的心都要跳出喉咙口来了。只是这两个侍卫明明就在几人身边走过，其中一个还拿灯笼照了照，离阿罗憾不过六七步远，只要不是瞎子，一眼就能看到。但说来奇怪，那两个侍卫却真个视而不见，提着灯笼便又走了过去。

阿罗憾和卑路斯既是惊讶，又是欣慰，都暗自松了口气。接下来虽然也曾撞见过两次巡逻的侍卫，但靠着明崇俨及时提醒，同样就在那侍卫眼皮子下混了过去。不消多少时候，便绕过了两仪殿，来到了凝阴殿和承香殿之间。

凝阴与承香二殿，住的都是宫中嫔妃和眷属。麹氏人丁并不兴旺，而且儿子都已长成，都各有府邸，不住在宫中了，凝阴殿前冷清清一片。裴行俭却还记得方才在此差点被看破的情景，抬头看去，先前亮灯的窗子已然黑漆漆一片。一刹那，他想起了方才听到的那段话。

在窗外，因为带着隐身符，开窗之人并没有发现自己。但裴行俭听着屋里那一男一女二人的对话，却是心为之惊。

高昌在准备以秘术阻击侯君集将军！

裴行俭见过的秘术，最多的自是明崇俨所施。明崇俨施展的术法极为神奇，不过威力也不过与格斗相仿。当初在与中原偃师门的傀儡相抗时，明崇俨还因为法术对傀儡作用不大，有点手足无措，裴行俭的七截枪却正好大展神威。只是现在高昌想用的秘术显然不是明崇俨所施的那些小法可比，听起来竟然会天翻地覆，甚至让方圆数百里陆沉。

会是真的么？依裴行俭的性子，自是不信这等怪力乱神。但见过明崇俨的秘术后，裴行俭有点犹豫了。因为明崇俨这些术法奇奇怪怪，神异非常。如果高昌真有这等威力巨大无比的秘术，那侯君集将军所率大军就会遭到重创。

王城东墙的里面并没有大树，裴行俭也只有老老实实地攀援而上。只是他武功虽然在明崇俨之上，这等攀爬却不及明崇俨了。不过两个波斯王子见这两个大唐少年竟然能在平坦的墙壁上攀援而下，吃惊得舌挢不能下。这回阿罗憾再无怀疑，心想明月奴的朋友果然也是奇才异能，他的信心也更增了许多。待放下绳索，他与卑路斯一人一根，也攀上墙去。上得墙头，却见将卑路斯拉上来的正是明崇俨。阿罗憾越发惊叹，心想大唐怪不得如此强大，这些人的本领一至于此，如此一个看似文弱的少年竟然有这等大力。

上了墙头，又用绳索将两人放了下去。裴行俭也没想到此行竟是如此顺利，却也全靠了明崇俨之助。一想到这点，他不禁感到有点内疚，轻声道："明兄，多谢你鼎力相助。"

明崇俨却似毫不在意，低声道："下去吧，得出了城才算大功告成。"他说着，将身一跃，大袖舞风，直如鹤翔于空，稳稳落到了地上。裴行俭却是老老实实地从墙头跳下来，落到一半时伸手在壁上一按，止住了越来越快的下坠之势，待落下时便没那么快的速度了。

出了王城，现在便是要从高昌城的东城墙翻出去了。不过城墙并不比王城墙高，有了一回经验，两个王子胆气也壮了许多。

从城上沿着绳索坠下，阿罗憾还不曾站稳，便见有个穿着黑斗篷之人迎了上来。没等他惊慌，那人便行了一礼，轻声道："阿罗憾殿下。"

这是个年轻女子的声音。阿罗憾又惊又喜，叫道："明月奴！是你么？"

这人正是明月奴。她将风帽摘了下来，露出一张白皙如玉的脸，轻声道："殿下噤声！"

高昌城的士兵并无余力守到这等城外来，但阿罗憾这般大声疾呼终是不成。阿罗憾也马上省得自己有点失态了，忙压低了声道：

“是。明月奴，你的朋友救了我们出来。”说着向还在攀下的卑路斯道：“卑路斯，小心！”

卑路斯却是比阿罗憾要精细不少。他一跳下地，将身上衣服束了束，小声道：“明月奴，多谢你了，车在哪里？”

作为王子，这等话平时他也不会说。不过明月奴这般一个少女，殚精竭虑地护着他们东来，这一回更是靠她逃出高昌，卑路斯终是要感谢一声。明月奴道：“奴婢不敢。两位殿下，马车就停在前方，待裴公子下来了，我们便出发。”

此时裴行俭已然从城头上下来了。阿罗憾和卑路斯下来时得拉着绳索一点点攀下来，裴行俭却是单手抓着，人几乎是直直落下，每下落丈许便将手一拽，一下减慢了速度，三四个停顿就到了地面。

明月奴见他下来了，正待上前招呼，却又有一个黑影飘然而下。明月奴大吃一惊，还只道是失了风，有追兵杀来了，裴行俭低声道：“明姑娘，这是明崇俨明兄。”

黑暗中，明月奴眼中忽地闪烁了一下，仿佛是一丝惊愕，也仿佛是欣喜，脸颊上泛起了一丝红晕。同时，明崇俨的眼里也隐隐有一丝亮光闪过。

自从上次明月奴离开长安，也已有两年多了。虽然随后发生了太多的事，明月奴这般一个少女竟然担荷起保护波斯王一族的重任，实是有点力不从心。因此她虽然也曾想起长安这个曾经与自己争斗过，却也维护过自己的俊美少年，但这一缕思绪总是一闪即没，想的更多的是如何保护波斯王一族的安全。只是她万万没想到，居然在离长安七千余里的高昌意外见到了明崇俨，一时竟然说不出话来。

他二人的模样，裴行俭自然落在眼里。虽然裴行俭先前还劝明崇俨去看看明月奴，可现在心里却多少有点难受。只是他生性豪迈，这一丝难受马上就抛到了脑后，小声道："明姑娘，我们走吧，我与明兄还得去田地城一趟。"

要去沙州，自然是向田地城方向。但明月奴已经备好了给养，不需再去田地城补给了。她也不知裴行俭此话是何意，说道："裴公子，就算多一个人，给养也够我们到沙州了。"

裴行俭道："不是给养的事。明兄必须要去田地城一趟，我得陪他前往。到时你与两位王子先赶往沙州，如果我逾期不至，范东留会安排你们前往长安的。"

明月奴听得更是诧异，看向明崇俨道："明……公子，你非要去田地城不可么？"

两人重逢后，这还是明月奴对明崇俨说的第一句话。此时的明崇俨已然没了刚见到时那一丝眼底的明亮，眼前的明月奴仿佛就是个陌生人一般，他淡淡道："明姑娘敬请见谅，这是在下一点私事，不足为外人道也。"

听得明崇俨这句，明月奴只觉心底泛起一阵酸楚。她实在想不到曾经与自己生死与共，还曾经不惜性命还要来救自己的明崇俨竟是如此冷漠，反是当初并不太熟悉的裴行俭现在十分体贴，眼里不禁已有些泪光。

此时她说的尽是汉语，阿罗憾全然听不懂。但看到明月奴竟是泪光隐约，阿罗憾心下一沉，想着是不是有什么意外发生了，让向来镇定的明月奴也慌成这模样。他忍不住插嘴道："裴先生，有什么不好办之事么？"

裴行俭还不曾说话，明崇俨便道："没什么事。两位殿下，快出发吧，省得夜长梦多。"

一旁的裴行俭心里也不知是什么滋味，心道：“明兄到底吃错了什么药，要对明姑娘这样？难道这也是因为他那种怪病？”不过明崇俨和明月奴变得生分了，他心底倒隐隐有些快意，忙道：“不错，快走吧，我和明兄赶车。”

这马车并不大，不过车厢里正好能坐四个人。只是看这模样，让明崇俨和明月奴坐在车厢里，岂但裴行俭不乐意，这两个当事人也会觉得尴尬，所以索性让明崇俨坐到自己边上来。

明月奴将马车停在城外百余步的几株树边。阿罗憾和卑路斯一坐到车里，这才松了口气。待车一开，阿罗憾道：“明月奴，这些天真是辛苦你了。”

明月奴道：“殿下过奖。”

她说得有点心不在焉，心里却是纷乱如麻，怎么都不能平静，只在转念着：“明公子到底是怎么回事？难道……难道他心上有了旁人？”

一想到与明崇俨分别已有两年多。自己与他不过萍水相逢，当初又毅然决然地离开了长安，明崇俨心上在这两年里有了别个女子亦是不奇。只是明月奴明明聪慧过人，镇定自若，这等事上却与寻常小儿女没什么不同。不过要她直接问明崇俨到底是怎么回事，她还是说不出口。

西域一带，道路维护甚难。特别是流沙遍地，一旦起一夜大风，飞沙能将大路都盖没了。好在现在尚无大风，不过每当风吹过来，细沙总是不住扑打在车窗上，簌簌有声。若光听这声音，便如细雨一般，平添了一分凄凉。

因为知道天圣师的人马也在赶往田地城，因此裴行俭没敢走径直通往田地城的大路，而是绕道走距田地城二里外的小路。因为连夜赶路，到了天色熹微之时，已然到了田地城附近了。

西域一带无遮无掩，隔了二里，看得到远处的城池。田地城是高昌三大城之一，又是直通大唐的门户之城，规模并不比高昌城小。裴行俭停下的地方是个小小的绿洲，有一片约莫一亩地方圆的草地，生了十几棵树，马停在这儿可以啃啃青。他停下马车，走到车门边敲了敲，明月奴一推开车门，他道："明姑娘，我和明兄便要出发了。你带两位殿下先去沙州，成不成？"

明月奴看了看周围。这儿是条小路，平时走的人便少，现在更是没人。她道："食水尚有富余，再等两天无妨。可是裴公子，若你们两天后未归……"

裴行俭见她欲言又止，知道她想说什么，微微一笑道："明姑娘，君子一诺，驷马难追。何况明兄之病，必须要在田地城方能……"

他还不曾说完，明月奴失声道："明公子生病了？"

明崇俨精神很好，根本不似生病，明月奴自不曾往这边想。但裴行俭既然如此说了，同样不可能胡说八道。明月奴此时才算恍然大悟，心想怪不得明崇俨对自己冷淡，原来是得了什么隐疾，不忍耽误自己。她已有心要问明崇俨，但看着明崇俨一副事不关己的模样，终是不敢。

裴行俭其实是想明崇俨自己去解释，但明崇俨在一旁还是默不作声，他心底苦笑，忖道："我也真是枉作小人了。"忙道："不要紧，我定能助明兄渡过这个难关的。明姑娘，你能在此等候两天也好，届时我们一块儿回沙州也能有个照应。但两天后我若仍然未归，那你还是马上离去吧。"

他这话，其实隐然是说，自己和明崇俨此去都会有性命不保的危险了。明月奴聪慧之极，岂有听不出弦外之意。她看了看一边的明崇俨，马上转过头来，点了点头道：“裴公子，保重。”这才转头向明崇俨道：“明公子，祝你此番顺利。”

明崇俨此时才从车上跳了下来，伸手抱了抱拳道：“多谢姑娘吉言。”

就算到了此时，他说得还是平平淡淡，甚至有点敷衍。明月奴心中更是难受，心想明公子必是在担心自己的疾病会连累自己，而自己还在怪他冷淡，着实不应该，便柔声道：“明公子，你吉人天相，必有后福。”

说罢，明月奴便掩上了车门。因为若不如此，明崇俨便要看到她眼里流出的泪水来了。

车中，坐在他对面的阿罗憾和卑路斯两人见明月奴突然流泪，心中既是诧异，又是害怕。明月奴方才和裴行俭与明崇俨说的都是汉语，他们听不懂，只道是出了什么意外。卑路斯待听不到外间的脚步声，这才小心道：“明月奴，是不是发生什么事了？”

明月奴拭去了眼角的泪水，强笑道：“没什么，卑路斯殿下，裴公子与明公子要去田地城一趟，我们在此等他们两天。”

卑路斯更是诧异，心想事不宜迟，赶紧到大唐境内方才保证安全，怎的还要在此地停留？但他对明月奴极其信任，心想定是有不得已之事，说道：“那也好。但万一有追兵追来，该当如何？”

明月奴此时已然平静了心态，淡淡道：“殿下，高昌应该已无余暇再来追赶了。”

这回阿罗憾都在为诧异，插嘴道：“为什么？”

“因为大唐征伐高昌的大军很快就要到来。”

而此时，已然离开了足有好几百步的明崇俨突然装作不经意的样子，扭头看了一眼。

他只是借着眼角的余光瞟了一眼那辆马车。虽然做得隐蔽，但裴行俭还是看在了眼里。

既然有情，为何要如此做作。

裴行俭本想这般说一句，但话到嘴边，却道："明兄，田地城快到了。"

明崇俨"嗯"了一声，说道："裴兄，多谢你相助。"

"没什么，此番能如此顺利救出两位波斯王子，全是仰仗明兄之力。"

裴行俭此话倒也不是客套。虽然有明月奴给的青蚨子，找到两位王子不难，但凭他一人之力，躲过王城守卫逃出高昌城，实属不易。靠着明崇俨的秘术，一路有惊无险，这才意想不到地顺利。他顿了顿，又道："明兄，快走吧，若被天圣师抢先了，田地城定会被封闭，再进去就要多费一番手脚了。"

（按：据史载，阿罗憾生于公元616年，卑路斯生于公元636年，竟相差二十岁之多。其父叶斯苛德三世，即中国史书所载伊嗣侯，则是公元637年因波斯王都泰西封被大食所破而失国。后679年，裴行俭护送卑路斯之子泥涅师西行入吐火罗，也就是这故事中的活国，泥涅师召集旧部数千人，在此重号波斯王。有此号召力，想来当时至少也有二十余岁，那泥涅师应出生在650年前后。如果卑路斯真生于636年，大约十四五岁就要生下泥涅斯。颠沛流离之际，未免也有点太不识大体了，因此本文中将卑路斯定为620年出生，大约三十岁生泥涅斯。活国小可汗呾度设，是麹文泰妹夫，西突厥统叶护可汗之子。西突厥一系被东突厥流亡王子欲谷设篡夺后，本支被欲谷设打得不能在西域立足，呾度设无力复仇，因此终其一世都奉行侍唐的政策，从侧面与欲谷设对抗。这里讲他为麹叶美所左右，其实不是史实。）

第四章

曼荼羅之卷

一

作为高昌国第二大城，又是与大唐交界的咽喉之地，田地城的地形实是极为重要。只是与中原不同，此地并无险要可守，因此在听闻大唐雄兵即将前来征讨之时，城中百姓有路子的自是举家奔逃，可九成以上都没什么路，便是逃出去亦是无处可去，唯有硬着头皮硬搪。而天圣师一到，马上紧闭四门，这回便是想逃都没地方可逃了，因此满城都是惶惶不可终日，恍如末日将临。

慈恒撩起车帘，看着外面的一片慌乱，心中突然感到一阵惶惑。他是有道高僧，本不会为外物所动，但弘宝寺乃是高昌国寺，向来以“虽在方外，犹在国中”为信条。眼见高昌民众大难临头，他哪里还能置之度外？不禁喃喃念道：“以诸欲因缘，坠堕三恶道。轮回六趣中，备受诸苦毒。”

这首偈子出自《法华经》，说的便是人轮回六道，便是因为种种因缘，而遭受人间苦毒。

慈恒说得虽轻，一旁的婆师伽却听得清楚，小声道：“以心因缘故，故受生死苦。彼土众生，性空解脱。”

婆师伽所言，乃是《华严经》中所说的一段经义。谓人有生死之苦，都是由自心所造。唯有除去忧憎之心，即是二性空。二性空者，自然解脱。但他此时说这话，其实便是在说这些高昌子民死了反是解脱，不必介怀。

慈恒听得婆师伽竟是如此来解经义，心道：“此人倒也熟读经书，但此等解法，真是魔道。”

若是反驳，慈恒自然能引经据典。可便是驳赢了又能如何？婆师伽仍是要发动曼荼罗阵。而曼荼罗阵若是发动不了，大唐雄兵又将一路破竹而来，长驱直入。

不论左看右看，高昌子民都仍将堕入阿鼻地狱。慈恒心头涌上了一阵凄楚，虽然明知这等大喜大悲于修行之人大是有害，可他仍是无法摆脱。难道，只有真与婆师伽所言一般，只有死才能解脱么？

这时阿史那矩在车外忽然轻声道：“天圣师，已至公府了。”

这“公府”便是田地公府。高昌现在受封田地公的乃是麹文泰的次子麹智湛，虽然在田地公有他的公府，麹智湛一般却长住高昌城，因此田地公府平时都空着。由于公府正在田地城的正中心，因此婆师伽便将此处作为中枢。

马车直接驶入了公府的正堂前。本来田地公府日常由外放的主客司马管理，但阿史那矩一到，马上安排硬军接管公府，主客司马以下所有人等者已被逐到偏院待着，不许出来了。

车已停下，婆师伽道：“慈恒大师，请下车吧。”

虽然此番婆师伽实是霸王硬上弓，半请半迫地将慈恒带到田地城，但此时还是不失礼数。

高昌国因为缺少木材，房屋多以泥沙为之，因此大多建不高，只能是平房。但田地公府却也是不惜工本，用了粗大木材建造，主楼更有三层之多，在田地城里迥出周边之上，看去大是巍峨。而田地公府的四角，正是竖着四根拴马石柱。寻常拴马柱顶多也就一人来高，这四根石柱却高达三丈，几同华表一般，别说拴马了，拴上一群疯牛都挣不脱。

车到公府门口，婆师伽突然道："大将军不曾想到，他做的四处准备，最终还是用上了一处。"

当年大将军张雄借曼荼罗阵助麴伯雅成功复国，但也差点让整个高昌陆沉。事后张雄觉得此事太过危险，因此封禁了具足轮。只是高昌国力孱弱，强邻环顾，终是不能不未雨绸缪，有朝一日万一不得不再次动用具足轮，便不至于手足无措。只是此事极其机密，除了麴氏王族，几无外人知道，连慈恒自己亦只是隐约知道一些，具体在何处并不知情，可婆师伽却是知道得一清二楚，他不禁有点诧异。

婆师伽仿佛猜到了慈恒的诧异，说道："原来大师知道的还不及文泰多啊。"他伸手指了指一根拴马柱道："大将军当时令人秘密在交河、田地、蒲昌、天山四城中，都树起这四相柱，便是为将来启动曼荼罗法阵做好准备。"

高昌国共有五郡十四城，其中交河、田地、蒲昌、天山，乃是除国都以外的最大四座郡城，又正好位于四面咽喉之地。当年张雄在这四城布置，便是打算后世若万不得已要动用具足轮，不论敌人来自哪个方向，都能有所准备。此事实是高昌国之根本，麴文泰却已向婆师伽和盘托出。看来高昌最终与大唐决裂，麴文泰只怕亦早存此心，并非尽在欲谷设威逼利诱之下了。

这一刻，慈恒心中的震惊实较以前更甚。婆师伽却是志得意满。虽然在夺取焰摩幢时他连番吃瘪，两个亲随弟子也已尽丧，可他并不在乎曼荼罗阵能不能安全收回。现在死了心，反倒没了顾虑。

车进了公府，硬军立刻守住了大门。两个硬军以肩辇抬着慈恒上了公府屋顶的平台。这平台上已布置了一个香案。婆师伽将手上的匣子打开了，从中取出了具足轮放在香案上，叹道："若是有人乍一看这具足轮，定然不会猜到这是能改天换地的龙城七宝。"

具足轮其实只有人的手掌一般大，不知之人见到，一定以为是个寻常法器。慈恒坐在了右手边的蒲团上，看着婆师伽将具足轮放在了架子上。具足轮极是质朴，材质非金非玉，也不知是什么，轮中有四根辐条，而辐条正中又有四个孔，但只有其中一个插着一片黑石梭。

这四个孔原本应该插着四片焰摩幢，如此才能招之即来，挥之即去。也正是缺少了焰摩幢，具足轮一旦启动，再想停下来便难了。但婆师伽却毫不在意，将具足轮布好后，淡淡一笑道："慈恒大师，老僧不曾布错吧？"

慈恒心中实是大为佩服。不管怎样，婆师伽这人固然大违出家人清静之旨，但此人道行的确不浅，对启动曼荼罗阵的各项规程极为熟悉。他道："有件事天圣师不可不知。要发动具足轮，以你我之能只怕还有点勉强，未必能够成功。"

"要启动曼荼罗法阵，须有四相之力，所以大将军方立这四相柱。"

慈恒的心中有种说不出的滋味。当年发动曼荼罗阵，自己与四个师兄弟已然竭尽全力。若非如此，也不至于在收住法阵时力有未逮，只剩自己一人生还了。现在婆师伽又要来一次，虽然婆师伽道行精深，自己也较当年又有进益，但仅有两人，又没有焰摩幢，很可能会重蹈覆辙。自己一身的生死自不必介怀，但高昌国却是未能脱难，反要遭到大劫了。只不过他明明知道启动曼荼罗阵要有四相之力，却说得轻描淡写，似乎毫不在意。

婆师伽似乎猜到了慈恒的疑虑，说道：“其实不止你我二人，还有两个助力马上就到。大师精修坚牢地禅，想来自无问题。”

慈恒听得更是惊心，心道：“他还叫了帮手，公主怎的没有料到？”

慈恒最终答应婆师伽的强求，实是因为听了麴叶美之劝。麴叶美跟他说过，无论如何，挡下大唐的讨伐军实是双方都要做的事。但启动曼荼罗法阵，需地水火风四相之力，单凭慈恒一人实是做不到的，若不助婆师伽一臂之力，那根本别想成功启动。听婆师伽说他有两个助力，也就是说地水火风四相都有了着落，那确实能够启动了。

纵然道行精深，但慈恒仍是不禁有点震惊。婆师伽见他如此，更是得意，心想慈恒如此神通，终究还是对自己大感意外了。他倒也凝神定气地在边上坐下，两人都一声不吭，一时间楼上鸦雀无声。

宁静并没有持续多久。也就半刻光景，楼梯口响起了一阵沉重的脚步声。

脚步声极是沉重，粗一听似是个两百斤以上的大汉在走上来。慈恒心中诧异，忖道：“这便是天圣师的帮手？”

慈恒耳聪目明，远超他人，虽然不曾看见，但只凭耳闻，就听得出正上楼来的应该有四人。但听起来，这四人的脚步声竟然都是如此沉重，难道来了四个都是两百多斤的大块头？

就在此时，楼道口已然出现了两个人的脑袋，乃是硬军的装束。这两个硬军却是抬着一个鼎上来的，那鼎也不算太大，看起来总在两百斤上下。慈恒恍然大悟，心知原来是这个道理，自己还只道上来的尽是两百多斤的大汉。

这两个硬军都是神力之士，那鼎虽然沉重，但在两人合力之下，倒也不算吃力。随着这两人上来，随后又有两个硬军抬着另一个鼎上来了。

婆师伽也不起身，那四个硬军将两个鼎放在了香案前后，这才齐齐在婆师伽面前行了一礼，说道："天圣师，神鼎已然就位。"

婆师伽这才抬起头，微微一颔首道："甚好，你们将鼎料送上来吧。"

这四个硬军又行了一礼，齐齐下了楼。此时婆师伽嘴角才浮起了一丝笑意，说道："慈恒大师，我的两个助力到了。"

慈恒道："原来天圣师还会道门秘术，老僧倒是孤陋寡闻了。"

婆师伽见慈恒居然知道自己要用的鼎术乃是道门之术，倒有点佩服，说道："大师真是渊博。"

高昌以佛教为国教，高昌城里连道观都没有，田地城中倒有一座，却也信徒寥寥。慈恒其实根本不知道婆师伽要用的是哪一门道术，只知道门有这等鼎术，亦是姑且一说。见婆师伽承认了，他更是诧异，心想婆师伽身为番僧，长年都在西域，居然连道门的秘术都会，人品不论如何，道行却真个不浅。

这两座鼎都是黄铜所铸。西域一带亦有高手匠人，但这两鼎都铸得并不精致，不过灿然生光，显然是赶工刚铸出来的，因此并不如何修饰。

丹鼎之术，向是道门秘传，慈恒对此自是知之不多，也不知婆师伽要搞什么玄虚。等了没一会，又听得步履响动，先前那四个硬军却是押着两人上来了。

这两人都是平民衣着，一个是汉人，另一个凹眼高鼻，却是个胡人。这两人上楼时惴惴不安，待上得平台，见面前竟是天圣师与国师，两人都大吃一惊，上前拜倒道："天圣师，国师，小人叩见。"

慈恒心中一沉，婆师伽却是哼了一声，那四个硬军两个服侍一个，将两个平民一把揌住，竟是横拖直拽地各到了一口铜鼎面前。那两个平民尚不知是怎么回事，便有一个硬军拔刀割断了他们的咽喉，屋顶登时弥漫起一股血腥味。

纵然修为再高，慈恒也不由惊呼起来。婆师伽却还是若无其事，双手合十，念诵了一段《往生咒》，这才道："大师，这道门之术，与我佛门确是不太一样。"

慈恒心想道门亦是慈悲心怀，哪有这般妖邪。他沉声道："大师，这两人乃是死囚么？"

婆师伽道："本来是想从死囚中寻找，但一个八字纯阴，一个八字纯阳，举国死囚也找不出一个来，贫僧只得求诸里巷了。"

慈恒见他将这等伤天害理之事说得如此心安理得，纵然知道修行之人绝不能如此大喜大怒，可心中还是不能平静，忖道："这等妖人，若不能除之，慈恒枉为释门中人！"

鲜血流入两个铜鼎，那两个平民也已不再挣扎。此时婆师伽站起身，从怀里摸出两个小包，将包中之物倒进了两个鼎中，这才道："将这两口鼎放在东北、西北两柱下，严防死守，不许任何人靠近。"

待铜鼎和死尸都搬了下去，婆师伽这才淡淡一笑，仿佛刚才自己干的只是寻常在佛前进献一束花、一炷香一般，说道："大师，现在便坐等大唐兵马到来了。若斥候所探无误，至迟后日，田地城下便将人马聚集。"他顿了顿，接道："等击退敌军后，收住曼荼罗阵更要拼尽全力，届时，还请大师不要有所藏私。”

慈恒听婆师伽说得胸有成竹，心中更不知是什么滋味。他本来还担心婆师伽没有发动曼荼罗阵的能力，但此人靠着左道邪术，发动应该不难。只是就算成功逼退了大唐兵马，高昌国只怕更要沦为突厥的掌中之物了。

公主，你的计划能实现么？慈恒在心底默默地念叨着，心潮亦是此起彼伏，怎么都不能定下来。

慈恒并不知道，在他与婆师伽到田地城之前，麹叶美就已赶到了，已经与太玄观二道接上了头。

面对着玄鼎子与赫连玄剑二人，麹叶美心中却是不能平静。

她来田地城，为的便是从太玄观两位道长手中取回那一枚焰摩幢。本来她还有点担心这两人会坐地起价，但此事却意外地顺利，玄鼎子与赫连玄剑并不出花样，而是一手交钱，一手交货，将一片焰摩幢交到了麹叶美手上。

中原人原来也有信守然诺的。麹叶美这样想着。她看着手上那片毫不出奇的黑石梭，心里还是此起彼伏。

看了一会，她将手中那黑石梭交给一边的宗彭，小声道：“寿臣先生，是这个么？”

麹叶美精细之极，因为宗姓在西域一带并非大姓，因此她是以宗彭的表字相称，以防被旁人刮入耳中生出意外来。

宗彭一直站在麹叶美身后。他当年在张雄身边曾见过一次焰摩幢，虽然时隔已久，但现在握在手中，这片小小的石梭有种异样的沉重之感。他掂了掂，又合到两掌中，小声道：“是真的，公……子。”

焰摩幢极具灵异，寻常石头这般合在双掌中，马上就会焐热，但焰摩幢却仍是冰冷异常。“焰摩”一词，本是梵语，阎罗幽冥之意，焰摩幢传说便是地藏王案头压魂之物，因此水火不侵。宗彭武功不俗，双掌更是有数十年苦功，寻常石头这般被他合在掌心，一下便能压作齑粉。但此时他已运起了七成功力，这片黑石梭在双掌之间仍是阴寒如冰，坚不可摧，自然定非凡物了。

四片焰摩幢，分则为四，合而为一。只要两片一接触，便如具有极大磁力，立即合在一起，而这正是判断真伪之法。麴叶美本来便准备如此验证，但婆师伽突然提前行动，现在也只能如此了。不过她也知道宗彭当初在大将军张雄麾下号称文武二卫中的“武卫”，乃是大将军的得力臂助，为人也极为干练，口不轻启，言必有中，他说是真的，就肯定不会错了。但道：“多谢两位先生。”说着，从身边取出一叠钱票道：“这是飞钱十万贯，请两位先生过目。”

高昌虽然也铸有“高昌吉利”钱，但因为量少，流通的仍是唐钱。而所谓“飞钱”，即是唐时的汇兑票据。胡汉商人有不少便在高昌交割货款，若全以制钱结算，未必太过不便，因此便出现了这等飞钱，大唐境内各大钱庄都可通兑。（案：飞钱为中唐元和时为解决结算时不便而始创，贞观年间其实并未出现。）

玄鼎子接过来，看了看。这是一万贯一张的飞钱，在沙州便能兑换。他接过来道：“多谢夫人，那我兄弟就此告辞。”

“两位先生，出城时千万小心，天圣师马上就要到田地城中了。”

玄鼎子和赫连玄剑的身形一顿，忽地站住了，几乎同时转过身。玄鼎子低声道：“此事当真？”

麴叶美道：“天圣师是为了施术阻挡大唐兵马，故带了大队人马前来田地城的。令昆仲若不早些出城，到时就得多花一些波折了。”

麴叶美说得很淡。她也知道这师兄弟对婆师伽恨之入骨，一心要除掉他，但上一次在武威庄却让婆师伽全身而退，婆师伽定不会善罢甘休。这一次若让他们碰上头，就会生出无穷事端来，反要破坏她的计划，因此故意这般说，好让他们知难而退。果然，玄鼎子和赫连玄剑眼中生出了一丝惶惑之色，隔了一会玄鼎子方道：“多谢夫人指教，我兄弟告退。”

他二人回到了下榻的客栈，一掩上门，赫连玄剑便低声道：“师兄，夫人说的会是真的么？”

俗话说强龙不压地头蛇。在武威庄，他们虎口拔牙，从婆师伽手中硬将这黑石梭夺了过来，而且杀了他两个弟子，这梁子结得不可谓不深。不过婆师伽本就是他太玄观大仇，梁子也早就结下了，没能一鼓作气拿下他，才是后患无穷。现在婆师伽居然也到了田地城这个边陲小城来，虽然明确并非是特意过来向自己二人寻仇，但一旦撞个正着，肯定不会有好果子吃。赫连玄剑武功虽强，但在武威庄外这一战，纵然苦战得胜，却是让他对婆师伽多了几分忌惮，实不想在这等仓促间再与这妖僧放对了，因此越早走越好。

玄鼎子走到窗前，透过窗隙看了看外面，小声道：“师弟，不要自乱阵脚。”

武威庄之行，是他们西来的第一次大仗。玄鼎子也有点担心那位买家到时会出意外，不过事实证明这买家相当实诚，自己顺利拿到了十万贯的酬劳。

十万贯这个数目，实是有点骇人听闻。唐人张固的《幽闲鼓吹》

卷五中记载了这般一件事，说名臣张延赏在判一大狱时，召属下吏员严厉缉查，第二天见书案上留了个小纸条，上写：“钱三万贯，乞不问此狱。”张延赏大怒，下令加紧追查。不料第二天又出现了一张纸条，上写：“十万贯。”于是张延赏便中止了此案。后来有人问他为何半途而废，张延赏说：“钱十万，可通神矣，无不可回之事。吾惧祸及，不得不止。”

张延赏是中唐人，贞观年间，物价还要便宜些，十万贯更是寻常人一辈子都赚不到的巨额数目。有了这笔钱，在沙州买地重修太玄观，就不是个梦了，师父的遗命也就达成了一半。只不过首先是得有命回沙州才行。

想到这儿，玄鼎子看了看身旁的师弟。幸好来田地城前他们都改换了便装，不然一身道袍，在这儿太过扎眼，只怕天圣师一到就已知道了。即便如此，赫连玄剑还是大为忐忑，直勾勾地盯着玄鼎子，一声不吭。

赫连玄剑武功之强，已罕逢对手，一手七修剑更是兼备术法，神出鬼没，寻常江湖豪客哪个敢来捋虎须？但他在陇州时就一心修炼，几乎足不出观门，对外就远不如师兄圆通，现在碰到这种事也就拿不定主意了。见玄鼎子一直不语，他终是忍不住，小声道：“师兄，事不必急在一时，现在我们身在人家地盘，恐怕要吃亏啊。”

以赫连玄剑的本领，要翻越田地城的城墙实是不费吹灰之力。玄鼎子虽然没这个本事，但他的鼎都不曾带来，只带师兄一人，赫连玄剑自觉亦是不难。现在听得天圣师到田地城里的消息，他马上想到趁夜翻墙遁走的主意了。

玄鼎子正在沉思，听得师弟之言，他也小声道：“庆父不死，鲁难未已。”

玄鼎子说的，乃是春秋时的一个典故。当时鲁国公子庆父专横跋扈，鲁国先后有两任国君都死在他手上。齐桓公派大夫仲孙湫出使鲁国，回来后仲孙湫便向齐桓公说了这八字，意思是若不能除掉庆父，鲁国之难便不会完结。

当初在太玄观中，除了修道，赫连玄剑与师兄常在一块读《春秋》。玄鼎子说了这典故，赫连玄剑自知其意。他沉吟了片刻，低声道："师兄，这次能干掉他么？"

自从陇州太玄观没落以来，他们受师父遗命，一是解决昔年偷学太玄观鼎术，败坏太玄观声名之人；二是重振太玄观声威。此番西来，终于对上了罪魁祸首婆师伽，而且还能得到一大笔足以在此开宗立派的钱财，可以说先师遗命，一举都能实现。然而真正对上了，方知婆师伽这妖僧神通不小，以他师兄弟合力，加上以逸待劳，但武威庄外与婆师伽一场恶斗，他师兄弟二人可谓将压箱底的本事都拿了出来，赫连玄剑的七修剑都被婆师伽破了三柄，仍是让婆师伽全身而退。

除掉婆师伽，和重建太玄观两个目标，都必须完成。在赫连玄剑看来，重建了太玄观，有个立足之地后再谋取另一个方为上策。听得玄鼎子作出了这样的决定，他终是有些忐忑。

玄鼎子点了点头："若不除掉这妖人，就算我们在沙州重建了太玄观，将来亦将永无宁日。"

见师兄眼中放出逼人的寒光，赫连玄剑不由打了个寒战，马上道："是，师兄！"

在他们拿定了主意的当口，麹叶美正出神地望着远处那些鳞次栉比的屋顶。打发走了玄鼎子与赫连玄剑，她却也感到了一阵少有的惶恐。

毕竟，自己就仿佛行走在悬崖边上，稍有不慎，将会堕入万丈深渊。不仅是自己，随着自己堕下去的，将是东西三百里，南北五百里的高昌一国。

“公子，只有两枚，能有胜算么？”

宗彭突然在她身后低低说了一句。麹叶美低下头，神色仍是一如平常，小声道：“寿臣先生，若唯有一条路可走，那不论路上有什么，都只能走下去了。”她顿了顿，又道：“机会只属于想要的人。”

宗彭怔了怔。交河公主这话，在他听来未免有点一厢情愿了。要发动曼荼罗阵，必须有四片黑石梭合成的焰摩幢整体才能保证安全。现在虽然得到了两片，但也不见得比当初那次好多少。就算能击退大唐的征讨，可两败俱伤之下，高昌所受伤害更大。而这样无异于在大唐这头怪物身上狠狠咬了一口，却不能伤及这头庞大的怪物本身，将来大唐的报复定然会百倍千倍地凌厉，高昌举国遭屠也未必不可能，这样子真是拆东墙补西墙了。

虽然这样想，但宗彭很清楚，这等事天圣师会做，交河公主却绝不会做。他道：“公子，恕小人愚钝，未能想通其中关窍。”

麹叶美道：“寿臣先生，启动法阵后，能够阻住天兵么？”

“自然可以。可是……”

麹叶美打断了他的话道：“现在，那位明先生应该已到田地城。寿臣先生，到时就有劳你出力了 。”

宗彭大吃一惊，说道：“他？”

米拔鲁被这明先生所伤，米拔鲁手上的那枚黑石梭也一定就在明先生手上。据麹叶美所言，明先生本身也有一枚。再加上慈恒手上那一枚与现在从太玄观二道手中取得的一枚，焰摩幢的四枚黑石棱已经齐全。但明先生得到了两枚黑石棱后，很可能便直接回大唐去了，他实在不知公主为何如此肯定这人会追到田地城来。

麹叶美喃喃道：“还记得那日你趁夜来向我进谏，曾听得外面有声音一事么？”

宗彭更是吃惊。那天他向公主进谏，求她不要动用具足轮，反被公主说服。而当时公主确曾说窗外有声，但推窗看时自己见外间空无一物，因此觉得多半是宫中养的猫在追赶老鼠时发出的声响，并不曾放在心上。他道：“当时窗外是明先生？”

麹叶美点了点头：“定然正是。”

那天在发觉窗外有异响后，麹叶美虽然不曾看到有什么异样，但还是不放心，因此让人去暗中查看了下软禁两位波斯王子的寝宫，却发现两位王子竟然不翼而飞了。

阿罗憾与卑路斯两位王子虽然都不是等闲人物，但也算不得如何了得。倒是当时护卫这两位王子的那个少女傀儡师，不是个易与之辈。那个时候，麹叶美便派了手下的昭武五兄弟前去追击，本以为手到擒来，但昭武五兄弟竟然如泥牛入海，至今都无消息，也不知到底去了哪里。

那少女傀儡师竟然厉害到这等程度么？麹叶美有点难以置信。固然这少女敢孤身护送两位波斯王子，肯定非同凡响，但昭武五兄弟是她嫁给咀度设时从高昌带去的亲随侍卫，身手亦非泛泛。而且当初那少女傀儡师脱身遁走后，昭武五兄弟一路追赶，迫得她一路东逃，将身边的傀儡都用尽了也摆脱不了昭武五兄弟。接到五兄弟最后一次羽书禀报，说那少女定然逃向沙州，他们会追踪到底，麹叶美也放下了心，心想这等事自己不必多管，待忙完了正事，将来再想办法不迟。然而她万万没想到，一直以为绝不会出事的波斯两王子居然会突然间消失不见了。

真是那少女傀儡师带走的？麹叶美心头一阵烦乱，却也知道这少女绝无这等本事，一定有人在暗中助她。波斯之事，其实与高昌全然无关，但波斯向来是大唐友邦，在这个当口，两位波斯王子实是自己手中可居的奇货，万不得已还能以之向大唐征讨军来还价。然而现在这件奇货已然不在，自己手上只有曼荼罗阵这个筹码了。如果具足轮再出个乱子，就再没有任何转圜的余地了。

麹叶美不禁闭上了眼。她自幼就足智多谋，后来更饱读书籍，心气不让男儿，只觉若不是身为女子，将来执掌高昌的定是自己。而在自己的带领下，高昌必将繁荣昌盛，成为西域雄国。可现在，高昌国却是生死一线，岌岌可危了。

一切，都只能赌在这计划上了。她想着。

宗彭更是惊愕，问道："那夜他来宫中做什么？"

麹叶美耳语般低声道："明先生当初便是在打听焰摩幢而为大雷先生招揽。他已经有了一枚，那么证明他知道焰摩幢乃是多枚合一。此人专程为此而来，绝不会轻言放弃，来宫中很可能亦是为了打听焰摩幢。当他知道天圣师要在田地城动用焰摩幢，绝对会追寻而来。"她顿了顿，忽然抬起头来道："我这所料，多半又中了。"

宗彭闻言也抬起头，却见有个人正急匆匆地向他们走了过来。

这人也是寻常半胡半汉的高昌人打扮，但走到近前，以很轻微的动作向麹叶美行了一礼，小声道："一切如公主所料，目标已入南门。"

一瞬间，麹叶美眼中闪过了一丝欣慰，轻声道："看着他。"

当时在发现两位波斯王子失踪后，全然找不到踪迹，麴叶美也登时乱了方寸。但波斯王子是想前往长安，势必要从田地城这一方经过，因为目标可能并不入城，所以她在城外各个道口都安排了人手来守株待兔。赶往田地城如此急法，一方面自是要抢在天圣师之前，另一方面也是要赶在这波斯王子前面。固然因为人手不足，如果帮助那少女傀儡师的并非明先生，那他们直接回了大唐，麴叶美自是毫无办法。然而方才那监视之人来报，一切真如自己所料，那么正是明先生帮了那少女傀儡师，而且他真个因为听到了自己与宗彭的对话而赶到田地城来了。

冥冥中，上天也在保佑着高昌啊，让自己能抓住这最后的一线生机。

麴叶美想着。待那报信人离去后，她转过头，看向宗彭道："寿臣先生，有劳了。"

宗彭眼前仿佛又看到了运筹帷幄的大将军。当年大将军随先王流亡，颠沛流离，殚精竭虑，与西突厥更是折冲樽俎，屡次过招，最终助麴伯雅成功复国，在西域已然被传为奇迹。

有大将军在，高昌国必如磐石之固。这不仅是高昌人，也几乎是整个西域所公认。而大将军临终前，也已看到了西逃而来的东突厥欲谷设狼子野心，必将成为高昌大患，现在也已被事实证明。

大将军之后，高昌再无名将。宗彭心忧国事，一直为之颓唐。但现在，他已然在公主身上，看到了昔日大将军的英姿。

然而，公主毕竟只是女身……

宗彭心中也不知是什么滋味。佩服，尊敬，怀疑，沮丧，什么都有一点。但他摇了摇头，仿佛要将这一切都丢弃在脑后，沉声道："臣愿效死。"

二

终于抢在婆师伽之前了。

跟着明崇俨走进田地城时，发现城池尚未封锁，裴行俭暗暗松了口气。

婆师伽进了田地城，定然会马上封锁四门，那时再想进城便又要多花一番周折了。而此时天色还早，进出的人也很多。大唐雄兵即将到来的消息已传遍了城中每一个角落，城民能跑的便跑，不能跑的倒是索性不动了，但城里每个人都面带愁容，已根本顾不得旁人。

裴行俭正在打量四周，前面的明崇俨突然站定了。裴行俭也不知明崇俨有什么事，抬头一看，却见有个人竟然挡在明崇俨的面前。

田地城，早在东汉时便已设立。东汉永平十七年，戊己校尉关宠在此筑城屯田，当时称柳中城。后来班超之子班勇为西域都护府长史，便将长史府设于此处。到了如今高昌国时期，柳中城改名为田地城，乃是高昌三大城之一。经营千年，虽然与长安自不能比，但田地城的街道不算窄，并行两辆马车亦是无碍，这人这般挡路，自是故意的了。不等明崇俨开口，那人轻声道："请问，阁下可是明崇俨先生么？"

这人的声音极是沉稳，但隐隐似有一丝恨意。而一听到这人的话，裴行俭心便是一沉，下意识看向明崇俨。

这人的声音，分明便是那天去救两位波斯王子时，偶然听到的在向交河公主进谏之人。

此人能向交河公主谏言此等机密，肯定身份非比寻常。那天仅是隔窗听得，并不曾见到此人模样，现在方知这人是个年约五旬的男子，生得甚是健壮，而站在那儿渊渟岳峙，竟是一派宗匠的气度。虽然两手闲闲垂着，但显然已是箭在弦上，一触即发。

入城时，在城门口要检查是否携带违禁之物，这是通例，城门守吏也往往借此勒索行商财物。但带防身武器在西域一带再寻常不过，而两人中也只有明崇俨带着七截枪，亦是束在了腰间，守门吏只道是条束腰铁链，因此只是随便看了一眼就放行了。此时裴行俭已将手搭在了枪上，却听明崇俨道："阁下是奉公主之命而来么？"

裴行俭并不知明崇俨与交河公主的恩怨，明崇俨心里却是明镜也似。当日在蒲昌海边，明崇俨经过一番苦斗，终于战胜了米拔鲁，那个招揽自己的雷先生却突然想要杀了自己，明崇俨便知后患定然不已。那个时候，最好的办法便是远走高飞，只是黑石梭拿到了两枚，眼见焰摩幢有集齐的可能，他实在不能如此半途而废。在前来高昌时，他其实一直心怀惴惴，特别是在高昌王城中意外听到了楼中交河公主与宗先生的对话，方才知道交河公主也是对焰摩幢势在必得。那个时候，他就知道交河公主一定也会赶到田地城来，而眼前之人定然便是奉了公主之命拦截自己。他脸上声色不动，心中却已在暗暗叫苦。此人看来本领不俗，而且有备而来，肯定还有埋伏。

宗彭见明崇俨一口便道破自己的来历，心中不禁起了一分敬佩，心道：“这大唐少年果然非比寻常，难怪米拔鲁折在他手上。”

他对明崇俨已是深怀恨意，但脸上仍是不动声色，淡然道：“明先生高明，在下正是奉公主之命而来，还请先生拨冗移玉。”

宗彭说话间，有意无意地扫了明崇俨身后的裴行俭一眼。裴行俭只觉眼前似突然掠过一阵凛冽的寒风，心头亦是一凛，忖道：“这姓宗的武功好强！”

于武功一道，裴行俭较明崇俨还高出许多。他也明白宗彭这一眼实是在向自己示威，若是明崇俨执意不从，便是自己会出手相助，宗彭要以一对二亦是不惧。

以裴行俭宁折不弯的性子，宗彭纵然武功再强，他也绝不肯退让半步。但他也明白，若是一言不合，大打出手，就算能击退了宗彭，那明崇俨也别想再拿到婆师伽身边那枚黑石梭了。何况自己还有个护送两位波斯王子回长安的任务，实不能在此与宗彭撕破了脸，因此心中虽然不服，却是垂下了头，避开了宗彭逼人的目光。也就在这时，听得明崇俨道：“多谢宗先生，那请宗先生带路。”

见明崇俨答应了，宗彭霎时亦觉身上仿佛卸下了一副重担，微笑道：“多谢，请随我前往。”

高昌乃是佛国，高昌城的大小寺院足有上百座。田地城中虽然没那么多，却也有好几十座寺院。这些寺院中有些如弘宝寺一般巍峨壮观，但更多的却是连名字都没有的家庙。是姓阴的营建，便叫阴寺，姓索的营建，便叫索寺。虽然这般一来同名的寺院甚多，但这些家庙都是由富户私家营建，也由私家礼拜，外人一般不会进来，倒也不会混淆。

宗彭领着他们去的，正是这般一座家庙。这寺院匾额上只写了一个“和”字，显然是和氏一族的家庙。

一进寺门，里面并不大，就一个大殿与一个小院。这等家庙都是一姓人私用，但这和寺显然久缺维护，院中已是杂草丛生。亏得高昌气候干燥，草木生长甚慢，仅是在地面铺了一层。若是江南一带，只怕杂草已长得人都走不进来了。

在大殿前，有个人正背对着他们，正朝着殿中的佛像合十礼拜。宗彭走到那人背后，小声道：“公主，明先生来了。”

麴叶美转过了身，微笑道：“明先生还带了位朋友过来？”

此人便是公主么？明崇俨当初被雷先生招揽，并不曾见过这个幕后人。待见公主虽然穿着男装，但个头较明崇俨还矮一些，身形纤细，虽然已近中年，却仍有种夺人的英锐之气。

裴行俭见公主问起自己，便上前一步道：“在下裴行俭，见过公主。”

麴叶美的长眉微微一挑，说道：“原来是河东著姓，难怪英气逼人，但不知裴公子是五房中哪一支？”

河东裴氏，正是天下著姓，后来分为五支，称“定著五房”，裴行俭是闻喜人，乃是五房中的中眷裴氏。裴行俭没想到这交河公主远在高昌，对中原大姓也是如此熟悉，油然生了一分敬佩，一躬身道：“在下是中眷裴氏。”

麴叶美叹道：“明公子与裴公子堪称瑶林琼树，自是风尘外物。”

《世说》中有谓王衍“如瑶林琼树，自然是风尘外物”，麴叶美正是引此语来称赞。裴行俭曾在弘文馆就学，文武全才，哪会不知？但麴叶美随口能引《世说》，他更是惊佩，说道：“岂敢，晚生不敢比王夷甫。”

裴行俭却是不知，高昌虽然在西域立国，一直受到柔然、铁勒、突厥各族的压制，不免沾染胡风，但历代国主都是汉人，向来注重文教，国中岂但汉儿修习汉籍不辍，便是定居在高昌的粟特、突厥、鲜卑各族子弟，亦一样自幼修习汉文。到了麴伯雅一朝，更是因为国内生乱，有心复归华风，当时还曾下过尽改汉家装束之议，因为畏惧铁勒而半途而废，但对于文教却是大大加强。麴叶美虽是女子，却也是自幼便饱读诗书，长安专收勋贵子弟入学的弘文、崇文二馆里，有些“粗通文义”的不上进学生，较诸西北边陲的这个半胡半汉血统的女子来，实是要自愧不如了。

明崇俨见交河公主尽说些不打紧的事，心中已有点焦躁，但还是声色不动。麴叶美此时却转向了他，说道：“明公子，我们虽是初见，但也不必赘言，你自长安远来高昌，为的便是这焰摩幢吧？”

她说着，从怀中取出了一个小布包。打开了布包，里面赫然便是一枚黑石梭。明崇俨万万不曾想到麴叶美竟然会如此就将底亮了出来，眼见这黑石梭就在面前，右手下意识便要探出去，但还是忍住了，沉声道：“公主明鉴。”

当和寺的门再次开启，看着那两个大唐少年走出寺门，麴叶美忽然轻声叹了口气，忽然道：“寿臣先生，这座寺院已经荒废了二十年吧？”

宗彭道：“重光元年，和致琅以谋反罪诛，此寺荒废至今，正值二十年。”

这所和寺，当初乃是高昌仓部长史和致琅的家庙。和致琅与麴伯雅也有亲属关系，世代都是高昌贵官。然而在延和十二年，高昌国乱，麴伯雅为叛军所逐，和致琅与叛军干系极深，亦属主谋之一。因此后来麹伯雅复国，和氏一族受到牵连，和致琅遭诛，余族一蹶不振，这座和寺也就荒废了。算起来，重光元年到现在，也正好二十年。

麹叶美看着大殿里那尊已然相当破败的佛像，喃喃道："我还记得小时候曾来过此间，那时这尊锭光佛遍体装金，光耀满室。"

和氏一族，尊的是燃灯锭光佛。因为历代在高昌为贵官，心又虔诚，因此这尊锭光佛遍体都装着金箔，大殿上只点着几盏油灯，便满室生辉，因此麹叶美幼时来田地城，还专门过来拜谒，那时这尊金碧辉煌的锭光佛让这小小的少女印象极为深刻。只是现在佛身装金已荡然无存，定然是和氏一族败落了，家庙无人看管，便有不肖之人来偷盗金箔，让这佛像也变成了如此。

宗彭听公主话中感慨万千，心中也泛起一丝凄楚。他自是清楚，公主并不是仅对这尊锭光佛像而感慨，她感慨的实是高昌国。

高昌自麹氏得国，已经一百四十余年。如果从最早的阚氏算起，则近两百年了。虽然这些年来高昌总是受周边强国所制，柔然强则依柔然，铁勒强则依铁勒，现在西突厥强盛，又被突厥人把持国柄，但不管怎么说，高昌还是西域一大雄国。"事大"二字，便是高昌国在风云变幻的西域始终能够立足的根本。

然而，现在高昌的根基开始被撼动了。固然是欲谷设的狂妄，但兄长的懦弱亦难辞其咎。现在骑虎难下，高昌国的命运也来到了最后关头，只有抓住一切可能的机会了。

麹叶美看着那尊锭光佛。通体被挖得斑斑驳驳的，哪里还有当初的半分宝相庄严？倒似堕入轮回的恶鬼一般。她低声道："寿臣先生，你以为这两个大唐少年如何？"

宗彭道："皆非池中之物。"他犹豫了一下，又道："但那位明先生，却有点古怪。”

麴叶美并不转头，仍是看着那尊奇形怪状的佛像道：“你也察觉了么？他方才居然想动手了。”

方才麴叶美将那枚黑石梭亮出来时，宗彭一下发现明崇俨眼中闪烁了一下，竟是有动手强抢之意。

明崇俨手上已有两枚黑石梭，宗彭自是知道。但焰摩幢共有四枚黑石梭组成，明崇俨就算抢了这一枚，亦是不全，反而与交河公主也结成了死仇，实是自绝后路。此人孤身来到西域，而且解决了雷先生，绝非碌碌之辈，肯定不会想不到这一点，但竟然真会起抢夺之心，实是让他大感意外。好在明崇俨还是压下了这等冲动，听公主说到了最后。

麴叶美却还是有些迷惘。明崇俨这人精通术法，本领非凡，而且深谋远虑与心细如发兼而有之，实非等闲之辈，可临事竟然远不及旁边的那位裴公子镇定。

难道自己看错了人么？如果明崇俨真个虚有其表，只怕会担不起自己计划中那一角了。

麴叶美暗暗叹了口气。事已至此，现在也已是箭在弦上，不得不发了。好在，明崇俨就算没有自己所想的那般高深，但只要他的修为足够就行了。而且，他既然会沉不住气，就肯定更加经不起这个配齐焰摩幢的诱惑。

一切，就在这两天里见真章了。她想着。

而此时的裴行俭与明崇俨离开和寺已有数百步了。虽然已经完全看不到和寺的踪影，裴行俭还是回头看了看，又看了看一边的明崇俨，小声道：“明兄，她给你的是真的么？”

明崇俨下意识按了按前心，说道：“是真的。”

他并没有跟裴行俭说过，自己已经有两枚黑石梭了。当从公主手中接过那枚黑石梭时，明崇俨实是完全不敢相信。

从米拔鲁手中夺得一枚时，明崇俨可谓使唤出了浑身解数，险些命丧当场。在他想来，还有两枚黑石梭，想要夺得不知得付出何等代价，但这第三枚竟是如此轻易，而且最后一枚也已有了明确下落。也就是说，当年师父苦寻了一生，都只找到四分之一的焰摩幢，自己一趟西域之行便能找寻齐备，体内的魔种将再不能为祸。这一刻，明崇俨仍是有些不相信乃是真的。

裴行俭皱了皱眉，小声道："那你还要留在田地城么？"

明崇俨道："裴兄，你若是要走，便先走吧。"

明崇俨也知道裴行俭只盼能早点送明月奴与两位波斯王子回沙州去，只是答应了助自己夺到落入婆师伽手中的那枚焰摩幢，这才冒险陪自己进入田地城。但现在自己已经得到了一枚黑石梭，裴行俭要走也无可厚非。

裴行俭抬起头，看了看天空。天空有些阴沉，不过西域很少下雨，今天应该也不会。他小声道："明兄，我当初认得你时，你年纪还要小几岁，但遇事镇定自若，向不惊慌，让我甚是佩服。只是，方才那公主拿出焰摩幢时，我竟然察觉到你有出手抢夺之意。"

明崇俨的心头猛然一震。他方才确是突然生出此意，但随后麴叶美居然将黑石梭送给了自己，因此他自己都已不觉得了，却不知已落到了裴行俭眼中。突然间，他有些不安地道："真是这样啊……"

裴行俭转过头，小声道："明兄，恕我直言，较诸当时，明兄的心气浮躁了许多，是因为你的病么？"

方才交河公主拿出焰摩幢时，若不是马上说明要交给明崇俨，明崇俨很可能便会动手抢夺了。若是以前的明崇俨，绝不可能做出这等事来。裴行俭当时便大为吃惊，此时更是如骨鲠在喉，不吐不快。

明崇俨却是听得遍体生凉，心里只在默默地念叨："真个如此么？真个……真个如此啊！"

明崇俨乃是诗书世家，自幼读的便是儒书，向来文质彬彬，谈吐风雅。但他身怀魔种，当初这魔种未曾激发，对他影响也不大，然而大兴寺一战后，魔种终于解脱了禁制。明崇俨也觉察到自己道行深了许多，还暗自有些窃喜，心想天道酬勤，苦修终得成果，但有时也觉自己有些控制不住自己。特别是在蒲昌海边与米拔鲁交上了手，回头想想，当时米拔鲁其实屡屡退让，自己却一直毫不给对手留余地。本来并不需要冒这等风险，可还是走到了最后的鱼死网破。当局者迷，旁观者清，原先明崇俨自己并不曾觉察，但被裴行俭一说，他只觉如冰水浇头，不由打了个寒战。

裴行俭见明崇俨突然间有些怔忡，认得他以来，竟是从未见过，心头不由闪过了一丝怜悯，心道："明兄是术道中人，他们这一脉总是高深莫测。"

大兴寺一战中，作为出征的金吾卫之一，裴行俭曾自告奋勇，闯进了被封印的大殿。虽然仅是惊鸿一瞥，但在那一瞬间，裴行俭看到的乃是难以置信的景象。

术士的激斗，全然不同于武士。裴行俭武功虽然高过明崇俭，但明崇俨那种奇异术法也总是让他瞠目结舌。虽然并不清楚底细，但裴行俭已觉察到了明崇俨身上种种变化，当初那个温和而坦率的少年现在越来越显得城府深邃，难以捉摸，而明崇俨自己身罹奇疾，可能便是因他所修术法而引起。只是一直不好问，现在才终于问出了口。

明崇俨的脸色已是阴晴不定，心中更是如惊涛骇浪一般。也就在此时，大道尽头突然有一骑马快跑而来。

那是个腰挎马刀的胡骑，手中擎着一杆小旗。快马扬鞭，竟然就在街道上疾驰。好在总算不曾跑得太快，街上行人纷纷闪避。裴行俭见明崇俨仍是有些怔忡，生怕他与那胡骑撞个正着，又惹出事来，忙将他拉到一边。

刚拉着明崇俨走到路旁，边上门里一个老者忙招呼他们道："两位小哥，进来歇歇吧，小心让军爷撞着了没处说理。"

这老者乃是个汉人，须发都已白了，生得慈眉善目。在西域一带，寻常人也就活到五十来岁，这般年纪的老者甚是少见。裴行俭忙拉着明崇俨进了门，也就是这时那胡骑已然从门口疾驰而过。

看着那远去的胡骑，老者叹道："又封城了，唉，是大唐兵马到了么？"

裴行俭心知定是婆师伽到了，所以才封城，侯君集将军统率的大唐兵马离田地城还有数十里，应该是明天才能到。他也不和那老者多解释，说道："多谢老丈。"便要与明崇俨出门。那老者倒是好心，说道："两位小哥，你们想必是大唐人吧？眼下先不要出城，封城的乃是突厥硬军，他们是不讲理的，见你们是大唐人，只怕会当你们是细作，捉将官里去。"

对裴行俭和明崇俨来说，就算封了城，要翻墙而出亦是易事。只是听那老者说得惊魂未定，裴行俭心里也大是不好受，心想高昌的寻常百姓又犯了什么错了，要如此担惊受怕地遭到无妄之灾。

就在这时，耳畔突然响起了明崇俨的声音：“裴兄。”

裴行俭转过头，只见明崇俨额头已尽是冷汗，仿佛刚狂奔了十七八里地一般。他忖道：“原来明兄的病这般严重了。”小声说道：“明兄，你这病不要紧吧？”

明崇俨抹去了额头的冷汗，苦笑道：“那天，我们听到的交河公主与那宗先生密谈，是说婆师伽想借秘术来阻挡侯将军兵马吧？”

那天他们急着去救出两位波斯王子，听到的话其实并不多，后来交河公主又察觉到外面有异响，让那宗先生开窗来看，随后两人便离开了。但就是听到的那些片言只语中，说的正是婆师伽想发起秘术，阻挡大唐兵马，而交河公主他们应该是希望阻止婆师伽所为。裴行俭道：“是啊，我听着也是此意。”

明崇俨道：“那么公主并不曾骗我们，她是不想高昌与大唐兵戎相见。”

方才交河公主将焰摩幢交给明崇俨，说的正是此意。高昌根本不能阻挡大唐天威，这一战其实是被西突厥欲谷设硬推上了架。

开城而降，高昌王麹文泰纵然不能再为藩王，亦不失长安王侯之分，而高昌国祚仍有延续的希望。毕竟贞观天子仁厚，连曾经让天子大为羞辱的东突厥颉利，贞观天子亦能饶过了。明崇俨破坏了婆师伽的秘术后，还能得到婆师伽手中的那枚黑石梭。交河公主定是这样想的，所以才将自己这枚黑石梭交到明崇俨手上。

裴行俭道：“正是如此。明兄，你会依计而行么？”

明崇俨点了点头：“也唯有如此，方能打断那妖僧的妖法。”

这一瞬，裴行俭心头涌起一股暖意，心道：“我只道明兄的病让他性情大变，其实明兄还是以前那个明兄，并不曾变啊！”

彼时的明崇俨心性善良。裴行俭曾听朋友高仲舒说过，当初认得明崇俨，便是因为高仲舒夜归时遇到妖人装神弄鬼，险些丧命，是明崇俨见义勇为，拔刀相助。后来的大兴寺之战，明崇俨已然知道了内情，亦是生怕裴行俭涉险而有意不告诉他。而现在明崇俨说的，首先是要打断婆师伽的妖法，这正是当初那个明崇俨的品性，让裴行俭亦是大为感动。他小声道："明兄，守约愿助你一臂之力，拿到那枚焰摩幢。"

就在这时，一群孩童跳着舞着地跑了过来。

这些小孩有汉有胡，衣着也是各色不同，胡汉皆有。但田地城这等胡汉杂居之所，却是通行汉话。年长之人学汉话不甚灵便，这些小孩却是都说得很好。现在城已封闭，他们出不了城顽耍，也只有在城里乱跑了。一边跑，一边还在唱着不知从何处学来的谣曲：

"高昌兵马如霜雪，汉家兵马如日月。日月照霜雪，回首自消灭。"

"高昌兵，刀如霜，枪如雪。"这是高昌军中常唱的凯歌，便是孩童也会唱，只是现在却改成了这样。而现在侯君集将军的大军离城已不足百里，就是这一两日间将兵临城下，城中之人自是岌岌可危，定是有人将凯歌改成了如此。而这些孩童却是不知歌中之意，还唱得如此欢天喜地，却不知城民听了，心中更增忧虑。

三

高昌国中有火焰山，传说乃是日落之地。每当日落，国中必定差人上城擂鼓吹角，否则日落于西海，海水尽沸，如果没有鼓角之声混耳，这响声会将城中小儿都震死。

这等传说自是荒唐无稽之谈。西域一带，早晚温差极大，有“早穿皮袄午穿纱，围着火炉吃西瓜”之谚，亦是属实。白天热如酷暑，到了太阳一下山，远处的火焰山映得真如火烧一般时，却一下凉了下来，到得暮色来临，若有人在野外露宿，真有可能会被冻死。

这一天的田地城，都是在惊慌中度过的。大唐兵到来的消息一日数至，但每一次都只是谣言。不过谁都知道，这谣言再晚上一天，就定然成为事实了。而天圣师与国师的到来，虽然让城民多少安定了些，却也并没安定多少。天圣师与国师确实神通广大，但俗话说“秀才遇到兵，有理说不清”。圣僧遇到兵，也一样有理说不清的，不论天圣师还是国师，只怕都不能阻止大唐势若铁流的兵锋。

站在田地公府的顶层上，婆师伽不时向东边望去，又时不时踱上几步。他虽然也名为神僧，此时却总是坐不长久。每当一坐下，身下便如同遍布针芒。

已经到了这等时刻，谁也坐不安稳了吧。刚这样想，婆师伽眼角却瞟到了一边的慈恒。慈恒亦是端坐在蒲团上，泥塑木雕般岿然不动，仿佛一切都与他无关。

暮色已临，但城中却是越来越喧哗。婆师伽到得田地城后便将四门封闭，而大唐兵马来到的消息却是时不时传出。其实现在还留在城里的，多半是没法子跑路之人，本来就只能硬扛，但田地城因为与大唐地界相邻，已多年不受兵灾，现在却马上要被攻打，城民自是惊慌失措，惶惶不可终日了。

暮色中，一个突厥硬军急匆匆跑上了公府顶层来，到得楼道口，便伏下道："禀天圣师大人，大唐兵已距城三十里！"

三十里的距离，行军的话不到两个时辰了。如果是白天，只怕在城头都看得到远处那黑压压的队伍影子。婆师伽却是精神一振，站定了道："好！让吐屯发大人严守府门。"

那硬军士兵答应了一声"是"，却大为忐忑。大唐雄兵将至，田地城仅有五百个硬军。虽说硬军向来自视极高，但再狂妄也不敢面对大唐数万雄兵。何况大唐此番派来的主将是侯君集，担任行军总管的则是阿史那社尔。这阿史那社尔乃是东突厥王子，当初曾担任东突厥拓设，与欲谷设一同统率各部族。东突厥灭亡后，阿史那社尔曾趁西突厥内乱发兵来袭，攻占了西突厥的半壁江山，西突厥人对这位同族王子实大为忌惮。而阿史那社尔在与薛延陀攻伐失利后曾借居高昌，对高昌地形颇为熟悉。现在阿史那社尔已成唐将，而主将侯君集则是灭亡了东突厥与吐谷浑的卫公李靖之徒，突厥人对这两人已有本能的畏惧。此时这两人所率的十万大军已兵临田地城下，天圣师居然轻描淡写地说了一句"严守府门"，这硬军自是胆战心惊，答应了个"是"后，终究忍耐不住，说道："天圣师大人，大唐兵已是全军在此。"

婆师伽冷冷一笑道：“大唐全军又怕什么。纵然千军万马，也进不了田地城半步！”

那硬军见婆师伽说得如此信心十足，也不敢再提异议，只是连声答应，退下楼去。

待这士兵一走，婆师伽便大声叫道：“来人，送慈恒大师下楼。”

先前抬肩辇的两个硬军一直等候在公府的楼上，听得天圣师招呼，连忙抬着肩辇上得楼来。待肩辇放在慈恒身边，婆师伽向慈恒道：“慈恒大师的坚牢地与嚩野吠禅功深不可测，地风二柱便有劳大师了。”

慈恒也不抬头，淡淡道：“天圣师独立承担水、火二相，才是真正的深不可测。”

婆师伽却听得出慈恒话中有些言外之意，微笑道：“岂敢，但为高昌，婆师伽愿肝脑涂地。”

曼荼罗法阵的四柱，正是地、水、火、风四相。嚩野吠是佛门的风天真言，坚牢地自是地天。

当年慈恒与四个师弟各持一相，其中修拙火定的两个师弟功力较浅，两人合力，四相轮转，这才得以发动曼荼罗阵。但在收住曼荼罗阵时，因为只有一枚黑石梭，只得拼尽全力，最终唯有慈恒一人生还，而腿筋亦因此而断，从此不良于行。不过慈恒也是因祸得福，这二十年枯禅坐下，不仅坚牢地天禅功已是深厚无比，后修的嚩野吠禅亦是非同凡响。只是慈恒的修为本来就已不弱，加以二十年枯禅，婆师伽这般一个来历可疑的胡僧，竟能与慈恒抗衡，也确是了得。

那两个硬军抬起慈恒下了楼，却是走向公府南墙。墙外两侧，也与北边一样有两根拴马石柱。只是东北、西北两根石柱前都放置了一口血鼎，因此都有十余个硬军把守，而东南、西南两边却是空无一人。

看来慈恒还是较我更强一点啊。

看着那两个硬军将肩辇放在了南墙下，婆师伽暗暗叹息了一声。

婆师伽的唯我独尊咒堪称绝学，但这门咒术源出天竺，与他偷学的太玄观鼎术本不是一途，用了唯我独尊咒便用不得鼎术，用了鼎术又用不成唯我独尊咒了。

太玄观鼎术，被列为不传之秘，其实也是良有以也。太玄观固然是名门正派，观中代代都是清修之士，但此派有一个秘密，便是创派祖师乃是出自黄巾军。

道家始创于汉末，当时分为太平、正一两派。正一即是绵延后世不绝的天师道，太平道却是张角、张宝、张梁三兄弟所传。因为汉末太平道聚黄巾军起事，被朝廷视为叛逆清剿斩杀，从此绝传。太玄观这祖师逃出生天后，却仍不甘心，一心仍想再次起事。但随着汉末天下大乱，曹孟德有诗曰："白骨露于野，千里无鸡鸣。"生民百不遗一，太平道徒更是被斩尽杀绝，哪里还召得到信徒？因此蛰伏于太玄观中苦修，只待寻找机会再次举事。

那创派祖师是死人堆里爬出来的，心中不平之气郁郁勃勃，渐渐便走向邪道上去了，那五毒鼎和血鼎正是因此而来。有一日正在苦修血鼎，待杀一头黑狗取血之时，见那黑狗所生的小狗偎依母亲不去，眼中含泪，登时如冰水浇头，大彻大悟，从此不再生杀戮之心，专一为周边乡民医病疗伤。

太平道初始与正一天师道大同小异，亦是丹鼎符箓。几代一传，已再无人知这道法高妙、医术精通的太玄观乃是太平道的传承了。

只是那鼎术中的五毒鼎和血鼎之术却也传了下来，但被历代观主列为禁术，向不许修习。待婆师伽盗取了太玄观鼎术，又以此灭了卧虎刀秦氏一门，外人只道是太玄观不肖子弟所为，纷纷来向太玄观问罪，玄鼎子与赫连玄剑的师父方知本观这两门禁术也遭外人所窃，这才破例让玄鼎子修习，要他和赫连玄剑尽余生之力，定要除掉这窃鼎术之人。而婆师伽习得此术后，亦觉目标太大，因此向来不敢轻用，偶尔一用，非得将知情之人全部灭了口才行，这许多年来一共才用了两次，因此才瞒得如此严密。

现在，却是不得不用第三次了。

婆师伽束了束腰带，双手忽地捻了个诀。

婆师伽平时用的都是佛门密法，宝相庄严，这才极得高昌子民尊崇。但其实婆师伽真正精通的，乃是天竺咒术，再就是偷学的太玄观道术，正宗的佛门密法反而功底不厚，水天火天二禅更是浅薄，因此此时他用的，乃是道家捻诀。

道家捻诀，与佛门手印，虽然颇为相近，却也有许多不同。婆师伽此时所用，正是他窃得的太玄观秘术。

手中捻诀，脚踏禹步，婆师伽这般一个胡僧用出这等正宗道门秘术，自是大为不伦。任谁也想不到，如今高高在上，被称为圣僧的天圣师，当年却是个偷学了中原秘术，打家劫舍的强人。

天色渐暗，田地城里仍是一片慌乱。大难将临，偏生又不准出城。其实现在出了城亦是无处可去，若是遇到乱军，被一刀砍了亦没处说理，只能躲在城里瑟瑟发抖。有胆大的说天圣师与国师都来到了田地城，定能化险为夷，但更多人觉得，就算天圣师与国师法力无边，却也敌不过大唐锋利的长刀，神骏的战马。本来高昌国民主要是汉人，通行的也是汉话，总觉得背后有大唐这个大靠山，高昌也能沾光在西域混个风生水起，可偏偏就是同属汉人一脉的大唐来灭高昌，让这些既是高昌人，又是汉人的民众大感惶惑，实不知到底怎么会弄到这般田地。

在公府东北角约莫三十多步外的一个巷子里，玄鼎子与赫连玄剑正站在巷子拐角处望着田地公府。

这儿其实并不是个埋伏的好地方，因为离公府太近了，好在田地城虽然是高昌三大城之一，但一共也不过数万人口，因为兵祸将至，又逃出了不少人去，这条巷子已是冷冷清清，一点声息也没有。而硬军将田地公府守了个水泄不通，对外面却不甚上心。反正更要紧的是北面的那两口血鼎不能出乱子，南墙外就几乎不管了，只是偶尔才过来巡逻一趟，不让闲杂人等靠近。

天色已暗，虽然并不能看清公府顶层的情形，但这等情形，瞎子也知道公府中定然有要事在办。赫连玄剑小声道："师兄，那夫人所言，看来是真的了。"

他们二人自幼都在太玄观学艺，其实都不是甚通世事之人。玄鼎子还要好一点，赫连玄剑却真个是两耳不闻窗外事之人，所以两人都有一身不俗本领，在江湖上却无籍籍之名。

玄鼎子道："那十万贯的飞钱都是货真价实，应该是真的。"

有了十万贯，重建太玄观已不在话下，因此师父的两个遗命，也就只剩了除掉婆师伽一个了。他二人因为长年修道，做事终是不能不择手段，不然他们在武威庄设伏时也不会多花一番气力先行将武威庄索氏一门先行搬移出去了，也正因为如此，这一路西行，与人交往每每上当，因此麴叶美信守然诺，付了十万贯时，他们都有些喜出望外。现在因缘巧合，有了向婆师伽下黑手的机会，可事到临头他们还是有些忐忑。

赫连玄剑道："那要如何向那妖僧下手？"

玄鼎子喃喃道："静观其变吧，但不知他们要做什么。"

麹叶美先前与他们说婆师伽要在田地城里施展妖法阻挡大唐兵马，但具体什么妖法，他们也是不知。不过婆师伽率硬军浩浩荡荡入城，封锁全城，接管了田地公府，乃是有目共睹，定是要在公府里施法了。玄鼎子与赫连玄剑若是要正面与婆师伽放对，其实全然没底，更别说还要几百个硬军，因此只有暗算。但看来看去，还是不曾找到施暗算的方法。

赫连玄剑道："师兄，要不，我找机会潜入府中去看看？"

玄鼎子想了想后，犹豫了一下，这才点头道："也好，但定要小心，等天黑之后吧。"

与赫连玄剑不同，玄鼎子修的乃是鼎术，至于格斗身法基本一窍不通。田地公府里驻满了突厥兵，他根本没有潜入其中的本事。但赫连玄剑修的是剑术，武功不俗，借夜色之助，应该能瞒过突厥兵的耳目，看看婆师伽到底要做些什么。玄鼎子说着，又轻声道："就这样办吧。身为大唐人，于公于私，我们都该阻止这妖僧施妖法！"

玄鼎子这话说得义正辞严，掷地有声，赫连玄剑本来有点慌乱的心思也平静下来。他道："是，师兄。不过……"

赫连玄剑话没说完，玄鼎子也知他的意思。赫连玄剑的七修剑被婆师伽拗断了两柄，未及重修，现在威力已不足七成了，玄鼎子也没把惯用的铜鼎带来，真要对付婆师伽，他终究没什么信心。

玄鼎子沉声道："虽万千人，吾往矣。"

这句《孟子》中的话，玄鼎子平平说来，却有股异样的豪情。赫连玄剑的神情也为之一振，说道："是，师兄。"

在玄鼎子与赫连玄剑师兄弟最终拿定了主意的一刻，裴行俭与明崇俨其实就在他们南边不远处的另一条巷子里。

裴行俭小声道："明兄，公主所言便是这根柱子吧？"

明崇俨喃喃道："怪不得每个屋角都设了一根。"

拴马柱，一般就在正门旁设上几根，田地公府这样在四角各施一根的，当真极其少见，而且作为拴马柱，那四根石柱也是高得出奇。裴行俭并不通法术，听明崇俨这般说，便低声道："那公主说的不假了？"

"这四根石柱应该与施法有关。但到底是什么目的，仍有可疑。"

裴行俭一怔，诧道："你觉得公主会骗你？"

明崇俨将眉头一蹙："现在终是不知。"

在和寺，交河公主跟他们说天圣师要在田地公府施展妖法，便是借助那四根拴马石柱。最后一枚黑石梭便在婆师伽手上，只要破坏他的妖法，到时交河公主会派人协助他们杀入公府，取下婆师伽性命，那枚黑石梭便归于明崇俨所得。

明崇俨千辛万苦来到西域，为的便是集齐四枚黑石梭，组成这焰摩幢。为此目的，明崇俨真个是一往无前，从无退缩，可现在到了最后关头，他倒是犹豫起来。裴行俭道："明兄，你觉得公主的话不甚可信？"

明崇俨喃喃道："世人皆不可信。"

这话一出，明崇俨马上省得裴行俭多心，忙道："裴兄，当然不是说你。"

裴行俭其实真有点不悦。他丢下了明月奴与两位波斯王子的正事前来相助明崇俨拿焰摩幢，为的便是那句承诺，明崇俨却说什么世人皆不可信，自然是说裴行俭也不可信了。但见明崇俨亡羊补牢，马上找补了一句，神色也极少有地出现了一丝惶恐，他心头一软。

最初，明崇俨仅是要他帮助在弘宝寺盗取一枚黑石梭，甚至没让他下手，只让他到时引开正主。但这事却越来越滑向不可预知的方向去了。现在势成骑虎，却也知道了婆师伽在策划施妖法阻挡大唐兵马的计划。作为大唐军人，虽然此事并不是自己的职责，但裴行俭也觉义不容辞。他小声道："明兄，自然。那到时我给你开路，杀入公府之中。"

麹叶美先前对他们所授的机宜，亦正是如此。麹叶美说她会派人阻挡硬军，让明崇俨冲上公府顶层拿下婆师伽。交河公主的手下，定不会是易与之辈，只是婆师伽手下有五百名硬军，尽聚在田地公府中，亦不是容易对付的。不过有了裴行俭出手，就再无失算的可能了。

虽然自承不相信世上任何人，明崇俨心中还是有一丝感动，可脸上还是完全看不出来，只是淡淡道："多谢裴兄。"

裴行俭见明崇俨到了此时仍是仿佛全无感情一般，心底却是一酸。刚认识明崇俨时，他脸上还要多一分稚气，举止从容又不失性情，可现在的明崇俨总仿佛隔着一层纱幛一般，神色也总如此冷漠。

那是因为明兄所说的心疾吧。裴行俭想着。但愿集齐了焰摩幢，当初那个性情中人的明崇俨能够回来。

田地城里的城民已是慌作一团，而三十里外，正在前进的唐军中的侯君集在座车中给自己倒了一杯葡萄酒。

葡萄酒在长安也有，不过难得喝到，而且经过了长途跋涉，多少有点酸腐气。而此间的葡萄酒，却是清甜润滑，有种早晨的露水气息。

在后世的传说中，侯君集因为姓侯，所以说他长得尖嘴猴腮，有高来高去之能。其实侯君集长相虽然不是粗豪那一路，却也不是尖嘴猴腮的模样，倒是方面大耳，颇有几分威武之气。

侯君集，先世本姓侯伏侯，祖父乃是北周时名将侯植。

身为将门之子，侯君集自幼便谙熟枪马，只是不擅弓箭。后来入贞观天子为秦王时的天策府，玄武门之变时，更是与长孙无忌等五人列为功勋第一，乃是贞观天子多年的亲信。

如果侯君集早岁还只是以一个猛将的面目出现，那么贞观九年就大为改变。这一年他随李靖平吐谷浑时，见到李靖用兵如神，吐谷浑慕容氏虽有精兵强将，但在李靖的麾军攻击下简直不堪一击，侯君集叹为观止，还专门向李靖求教，谓以中年之身习万人敌，不知可否。那时李靖的回答是子牙八十未遇，亦不为迟。侯君集听得此言，便大礼参拜，奉李靖为师，愿学兵法。也就是从那时候起，侯君集一改当初不学之气，下帷读书，学问大进，乃至以行伍出身而转任光禄大夫、吏部尚书这等文职。此番重为冯妇，受封为交河道行军大总管，携行军总管阿史那社尔一同出征。

作为蕞尔小国，侯君集自然不把高昌放在眼里。特别是出沙州后，一路因为还没遇上什么高昌的大城，此次行军真个称得上长驱直入，全然不遇抵抗。高昌子民本来大多是汉人，便是胡人，因为邻近沙州，亦与汉人大同小异了，因此看到大唐兵马，他们并无抵触，反倒有前来劳军的。这一切更让侯君集踌躇满志。听阿史那社尔说，前方就要遇到第一座高昌的大城田地城了，侯君集还是不以为意。

十万唐兵，便如一道洪流。别说田地城，便是高昌国都，亦不能挡住大唐铁骑。唯一可虑的，便是高昌的盟友，西突厥欲谷设。

欲谷设本是阿史那社尔一样的东突厥王子。但与阿史那社尔不同，东突厥灭亡后，欲谷设遁入了西突厥，经过数年经营，居然反客为主，执掌了西突厥的权柄。在听得了大唐向高昌用兵的消息后，欲谷设马上放出了要救援高昌，与大唐决一死战的风声。

与孱弱的高昌兵相比，西突厥的甲骑不是能轻易对付的。武德九年，东突厥颉利可汗曾率军突进到离长安仅四十余里的渭水便桥边，再进一步就要攻入长安，灭亡建立未久的大唐。那一次还是秦王的贞观天子率侍中高士廉、中书令房玄龄等六人骑马至渭水边，隔着渭水斥责颉利背约，让突厥诸将大为惊叹，因此颉利答应与大唐结盟后退军。

便桥斥颉利，虽然有惊无险，但东突厥的强盛也让贞观天子引以为忧。正是因此，贞观三年，国力已强的大唐派出李靖、李勣两大名将率十万大军讨伐东突厥，以解决这心腹之患。

李靖和李勣都堪称大唐的绝世名将。征东突厥要出动到这等级别的人物，可见天子对东突厥的重视。而征高昌和西突厥出动到自己，那么在天子心目中，自己的地位已直追李靖和李勣这两位名将了吧?

侯君集的心中已升起一种前所未有的感觉。虽然一直是天子的亲信，但他自知履历上缺乏战功。固然也有灭吐谷浑这等功绩，但那时自己仅是作为副将建功，这一次却是主将，算起来，还是第一次。

贞观十三年十二月出师，算起来，从长安出发已是半年前的事了。那么今年年底前，一定可以凯旋还朝，向天子缴命。

侯君集仿佛看到了自己手缚麴文泰，向天子献俘的情景了。有了此功，那自己也能正式与李靖、李勣、河间王（李孝恭）、江夏王（李道宗）这些名将并列了。

就在这时，车外响起了一阵马蹄声，随之便是一个响亮的声音：“侯将军，斥候来报。”

侯君集放下了酒杯，撩起车帘，车外有一骑与他的座车并驾而行，马鞍上端坐着一个中年汉子。虽然穿着唐军甲胄，但卷发虬髯，乃是个胡人。

这正是侯君集的副手，交河道行军总管阿史那社尔。与坐车行进的侯君集不同，阿史那社尔一直骑马而行。漫长的行程劳顿，阿史那社尔仍是神采奕奕。

侯君集其实并无礼贤下士之风，但阿史那社尔身份大为不同，他也不能怠慢，打起精神来道：“社尔将军，有何事相禀？”

“禀侯将军，据斥候来报，欲谷设的兵马已转而回归，不曾前来。”

这一瞬，侯君集心中也不知是什么滋味。当他出师后，听得欲谷设摆出了要与自己决一死战的架势，他多少也有点忐忑，却也有种“终于要建立不世之功”的兴奋。而现在，斥候探得的情报却是欲谷设临阵脱逃。现在的高昌势已是孤立无援，任自己处置了，但灭高昌的同时又降伏西突厥的愿望，却再不能实现。

侯君集的心底升起了一股怒意，沉声道：“社尔将军，传令下去，全速前进，天明前务必要拿下田地城！”

此时夜已渐深，按理也是让长途行军的队伍打尖休息的时候。侯君集此命，却是不再休息，准备一鼓作气，拿下田地城了。虽然劳师不远征，乃是兵法中所提，但兵贵神速，同样是兵法要旨。

阿史那社尔并没有多说什么，只是答道："遵命。"

他身为行军总管，乃是军中的第二号人物，但担当传令之职时，完全没有什么怨言。而随着号令传下，浩浩荡荡的大唐兵马更是加快了速度，直如奔腾的钢铁洪流，向西而行。

夜渐深，星月无光，而刀刃上闪烁的寒光，却堪比天上的繁星。

四

作为僧人，婆师伽除了不得已，才会打坐，但此时他却已有好一阵时候不曾起身了。

万事俱备，只待时刻来临。而硬军士兵时不时出现在楼道口，传来斥候探得的最新情形。

三十里。二十五里。二十里。十五里。十里。

随着大唐军离城的距离越来越近，间隔却也越来越短。虽然在打坐，婆师伽还是在暗自吃惊。

大唐雄师，名不虚传。只以为劳师远征，会成强弩之末，但实际上以这样的速度行军，还能越来越快，显然大唐军的实力远不曾见底。无怪能够威压宇内，四夷宾服。

五里。四里。三里。二里。

当硬军报上来大唐军离城只有二里之遥时，声音都有些颤抖了。

这些硬军都是精挑细选的强者。但再强的强者，面对压倒性的实力差距时，一样会绝望而害怕。说硬军悍不畏死，也只有在敌手不如自己的时候，现在大唐十万雄师正汹涌而来，就算钢铁也会被碾成齑粉，他们自然也会害怕。

婆师伽忽地站了起来，那硬军下意识地向后退了退，险些从楼道里摔下去。婆师伽却连正眼都不曾看他，只是道：“知道了。”

还有两里。这是一个一蹴而就的距离，只要片刻间，大唐兵马就会如狂潮一般直涌入城来，将这座田地城整个淹没。但这也是曼荼罗法阵发动后可以波及的距离，现在发动法阵，这支洪流般冲来的大军就会如同进入两扇飞速转动的巨大磨盘中一样，尽数化为飞灰。

现在，就看慈恒是不是真会先发动地之柱。婆师伽想着。

曼荼罗四轮，正是地水火风。此词在梵语中原本是攒摇乳酪成酥之意，地轮色黄，其形方；水轮色白，形为圆；火轮赤色，为三角形；风轮则是半月形，色呈黑。此四轮发动，震撼天地四大，摧毁世间万物。但借助不全的具足轮与焰摩幢发动曼荼罗法阵后很可能就此失控，根本无法收住。不过在婆师伽心中，这也不是什么大事，东西三百里，南北五百里的高昌就此永远化作一片鬼魅都无法苟且的绝地，他亦不会在意的。

就在此时，西南边那一角的拴马柱上，突然有一道电光冲天而起，射入云霄。

慈恒成功了！

一见这电光，婆师伽心中便是一喜。显然慈恒已然激发了地之柱，现在便是水、火、风三柱依序发动，便能发动曼荼罗法阵了。

天上阴云密布，这道电光没入天空中，却在云霄间穿行，隐隐似游龙夭矫。此时天色虽然已经不早，但大唐兵已经就在城外，连蹄声都能隐隐听到，城民哪里还敢安心睡觉？几乎所有人都在惊慌失措地等待。而突然有道电光从城中向天激射，此等异相霎时所有人都看到了，他们也不知发生了什么，只道天生异象，定然有事发生，一时间有人便大声惊叫起来。一传十，十传百，田地城又不算大，一共就两三万人而已，顿时全城都已传遍，四处都在惊呼，刹那间这座城池就似提前堕入了鬼域。就在惊叫中，又有一道电光冲天而起。

这四相柱是当年张雄助麹伯雅复国后，为了将来有可能动用曼荼罗法阵而立下的。外面虽是石柱，其实当中都穿着一根铁芯，入地足有丈许，因此几如生根。这第二道电光，是从西北角那根上射出的，这根石柱下正放着一具血鼎，边上还有几个硬军在守卫。血鼎极为重要，天圣师交代过，绝不能让闲杂人等接触，硬军亦是恪尽职守，哪敢怠慢？一直守在石柱边中，连只老鼠都不让靠近。方才公府西南角上突然冲出一道电光，位置离这硬军有好几十步，他们也不知发生了什么事，心下虽然好奇，却也不敢擅离职守，因此仍然笔直地立在原地。就在此时，只听得那口装满了人血的鼎中突然间“咯咯”有声，仿佛钻进了什么活物一般，他们大为吃惊，可又记得天圣师说过绝不能触碰，因此仍然只是在一旁看着，也不敢接近。

那口血鼎是在田地城新铸未久，本来甚是光亮，现在却黯哑无光，里面更是如同煮沸了一般，让鼎都在不住作响。突然间，从鼎上突然直直冲出了一条血柱，其细如指，冲到了四尺许后“啪”一声落下，溅得鼎上与拴马柱上都是血痕。也就是这时，从那石柱上，突然喷出了一片蛛网也似的电光。

在干旱少雨的西域，难得有机会看到闪电，而如此近距离的电光更是见所未见，闻所未闻。那几个守卫的硬军还在诧异，石柱上喷出的电光突然间暴长，立时将他们吞没其中。也就是一刹那的工夫，这几个硬军已然被电殛成了一具具焦尸，而石柱上则与先前一般笔直冲出了一道闪电。

西北角的这根石柱，正是四相柱中的水之柱。若是有人以本身功力施法，自然直接从柱顶射出一道电光直冲云霄。但血鼎的威力虽算能够抵得上一个法术高强的人，但毕竟与人不同。本来从柱身喷出的电光亦有其局限，离远点就不会有事，但婆师伽为了以防万一，这一点一直不向那守卫的几个硬军说明，以致水之柱发动时，守卫的几个硬军遭到池鱼之灾，立被电殛成焦尸。

水之柱位于田地公府的西北角，下一个自是轮到东北角的火之柱了。也就是水之柱喷出电光后没多久，火之柱下的血鼎亦是一般无二，喷射出一道血柱后，那条石柱亦是放出电光。此时火之柱旁守卫的几个硬军自是全然不备，而就算他们全神贯注地戒备，也毫无逃脱的可能，同样一瞬间成了几具焦尸，而火之柱上，同样一道电光直直冲入云端。

水火两柱都发动了！

在公府顶上，正在作法的婆师伽一阵狂喜。

也只有鼎术，能在隔开如此距离的情况下，同时发动两柱。慈恒要发动地、风两柱，却只能在两柱间移动了。不过这两柱之间隔了水、火两柱，应该有足够的时间。而风之柱一旦发动，曼荼罗法阵就会激活，马上田地城外的千军万马就要成为遍地焦尸，大唐再强，也绝不会在十万大军全军覆没后还有胆再次前来。

何况，就算真有这个胆，大唐军也不可能再踏入田地城了。因为田地城周遭近百里，都将成为一片寸草不生、再无生物的死地。

婆师伽嘴角浮起了一丝笑意。欲谷设的大军在最后关头转而撤退，没有和先前所说的那样前来田地城迎战唐军，正是接到了婆师伽的密报。

曼荼罗法阵会失控，田地城周围百里将成人天绝境。这样的结果，对欲谷设来说其实也不是很满意，因为这样一来等如自己也少了一块领地，不过相较而言，解决掉十万大唐军马，所得还是远大于所失。

现在，就等最后的风之柱发动了。单凭慈恒一人之力，他就算功力高绝，亦不可能收住曼荼罗阵。等慈恒满怀希望地回到这高台上来时，自己已经与阿史那矩在曼荼罗阵尚未大成时就全速西撤了。

这便是婆师伽的全盘计划。现在，就看慈恒是不是真个中计。

发动了水火两柱，婆师伽也感到了身心大为疲惫。他的修为虽强，但要独立发动曼荼罗阵亦是绝无可能。本来最为担心的就是慈恒坚持不肯，那他怎么都再找不到一个能与慈恒匹敌的帮手了，不过慈恒终是同意了。不过婆师伽是以与慈恒一同收住曼荼罗阵的承诺让慈恒同意的，这句话婆师伽从一开始就没打算兑现，因此只消风之柱一发动，婆师伽就马上准备跑路，再不顾这烂摊子了。

大唐如何，高昌如何，都随他们去。天圣师独挡大唐十万雄兵，千秋万代后，在西域都将成为一个传奇吧。

婆师伽眼前，仿佛看到了欲谷设手握雄兵，称雄西域，而自己成为突厥国师，在这片土地上呼风唤雨的情景。

突厥人信奉佛法的并不多，因此婆师伽虽得欲谷设信任，却也只能外放到高昌来当个天圣师。不过经过此事定然不同，突厥人一定会出现大批信徒，自己成为突厥国师亦非不可能了。

也就在他心怀忐忑，又暗自窃喜的时候，最后一根风之柱上忽地有一道电光射出。

前三根石柱上射出的电光都是笔直地射入空中，没入云霄，但这一道却是有点歪斜了，多少显得有点乏力。不过随着这道电光一入云中，天幕上立时银蛇乱窜，云端仿佛一下子活了起来。

西域一带雨水虽然不多，但每年总会有几天打雷闪电。但此时这情景，却与寻常的暴雨天大大不同。天空中夭矫纵横，尽是银色电光，就在田地城之上，将整座田地城都映得雪亮。此时城民中就算再迟钝的，也已觉察到异样了。

这等事不知是祸是福，也不知谁起了个头，有人便高诵佛号，以求佛祖保佑。随之信奉拜火教的求阿胡拉马兹达保佑，信奉天地日月的就求天地日月。不过高昌人大多信佛，因此佛号声越来越响，一时满城皆是，蔚为奇观。

原来慈恒的道行并没有想的那样深啊。

婆师伽多少有点意外。慈恒得享如此大名，而且确是道行深厚，但激发地之柱与激发风之柱时却颇为不同，应该是功力减退的原因。不过好歹曼荼罗阵已经发动了，自己也该趁早走人，省得曼荼罗阵失控后，自己也要落得个玉石俱焚的下场。

婆师伽打定了主意，便要向楼道走去。只是不待他迈出一步，突然有一只手贴到了他的后腰上。

田地公府内虽然有几百名硬军，但婆师伽施法时严令阿史那矩约束硬军，不得命令不许上这顶层来。现在突然有人伸掌贴到他后腰要穴处，虽然不曾发力，但婆师伽已感到了那人掌心劲力鼓动。若是劲力一吐，自己定然当即吐血。他在高昌乃是说一不二的身份，从来只有他暗算人，算起来在武威庄外遭人暗算还是头一次，没承想在田地城也遭到了暗算，顿时心头一凛，又惊又惧，还不曾说话，却听得身后那人道：“天圣师。”

这竟是慈恒的声音！

婆师伽实是做梦都不会想到慈恒竟会暗算自己，一时间身子仿佛堕入了冰窟中。慈恒激发了地风两柱，一定相当伤元气，而且风之柱刚被激活，慈恒应该还在公府的东南角，怎么会神不知鬼不觉地出现在自己身后了？婆师伽越想越怕，竟然身子都有些发抖，喃喃道："慈恒大师，竟会是你。"

虽然婆师伽不是什么正人君子，但他亦知道慈恒乃是有道高僧。这等人，定然说一不二，绝不打诳语，因此慈恒答应了去激发地风二柱时，婆师伽这等多疑之人亦完全没起疑心。可他万万想不到，慈恒竟然会起机变。

慈恒一手按在了婆师伽后腰，人却还是端坐在那蒲团上。他双足虽然并未残废，但因为长年打坐，行走已经相当不便。可即便如此，仅以双手按地，人就似陆地飞腾，比常人还要迅捷。听得婆师伽认出了自己，慈恒轻声道："天圣师，恕慈恒犯了妄语戒。"

婆师伽只觉慈恒掌心似有一股热气鼓荡，现在自是对自己毫无损伤，但自己若有什么异动，他劲力一吐，马上就能封住自己的躯干了，不禁颓然道："慈恒大师，原来你早有图谋，婆师伽已是一败涂地，但不知你到底意欲何为？"

虽然看不到慈恒的脸，但婆师伽也感到后腰上那股热气鼓动了一下，慈恒显是心绪有所触动。婆师伽心中一凛，忖道："糟了，惹恼了他，他要动杀手了！"

其实婆师伽真是以小人之心度君子之腹了。慈恒乃是有道高僧，其实他根本不愿如此来暗算人，就算对婆师伽也是不愿。但此举已关系到高昌的存亡，纵然再违背本心，亦不能不做了。不过虽然暗算了婆师伽，慈恒仍是慈悲为怀，怎么都做不出来痛下杀手之事。只不过婆师伽却是暗算起人来一做就做绝的人，自然觉得慈恒一恼定要向自己动杀手。他心下一沉，已再顾不得一切了，双手在胸前一叉，随即左手向天，右手向地，左脚提起并在了右腿边。

这正是唯我独尊咒。

唯我独尊咒乃是天竺咒术中的一种，与佛门的金刚不坏身法异曲同工。但金刚不坏身乃是王道，心意一动，身法立至；唯我独尊咒却是不然，必须持印诵咒，然后才能施行。而且施唯我独尊咒总要有一定的时间，虽然婆师伽道行极深，还终究仍要片刻来施法。在这般距离之下，有这么一点完全不设防的时间，等如将性命交到了敌人手上。婆师伽是觉得慈恒要动杀手了，总之是个死，因此不得不拼一拼。

慈恒并不知婆师伽有这唯我独尊咒，但一见他这样子，也知定是在施法了。婆师伽能得欲谷设信任，将高昌之事全都委于他处置，自非弱者，慈恒当然知道“当断不断，反受其乱”之理，待要催力制住婆师伽，但心头却是一颤，这股力量竟然催不上来。

对慈恒来说，这般暗算人，已是极大违背了他的本意，再要下杀手，就算知道婆师伽将要反击，他还是做不出来。

也就是这般一顿，慈恒便觉手掌贴住的婆师伽后腰突然间如同化作了铁石一般，竟是坚硬冰冷，力量已透之不入。他心中又是一沉，便知不好，婆师伽已一足立地，陀螺般疾转了半圈，一掌便击向慈恒前心。

婆师伽道行不浅，而唯我独尊咒更是他的绝学，此时拼着受伤也要出手。慈恒从未与人相斗过，婆师伽却向来杀人不眨眼，论出手之狠辣，两人实不可同日而语。这一掌击在慈恒的前心时，有如排山倒海。慈恒亦没料到婆师伽在这等情形下还会铤而走险，就算他真有金刚不坏之身也是经受不住，“咯”一声，肋骨已被击断了一根，纵然有数十年禅功，嘴角亦是流出了一缕鲜血。

婆师伽这一掌击中慈恒前心时，却觉臂上传来的反震之力让自己五脏六腑都仿佛要移位，人已站立不定。他施唯我独尊咒时，只有一只右脚立地。这一足哪里还能立得稳脚跟，被震得在地上拖行着倒退了尺许，但另一只左脚仍不敢放下。

虽然得手，婆师伽却更是惊心，也不知慈恒到底已修到了何等神通。武威庄外，他以唯我独尊咒激斗玄鼎子与赫连玄剑的鼎剑合一，虽然不敌，却也废了赫连玄剑的两支七修剑，还全身而退，并未受伤。这一次出其不意，可击伤了慈恒后，自己竟似被反震受伤，让他添了分惧意，却也生了杀意。只是不待动手，慈恒一探手，又按到了他前心。

按住婆师伽后腰时，慈恒并不曾用力，但这一掌按下时，婆师伽便觉仿佛有一道热水直浇上自己前心，暖洋洋的倒也舒服，只是浑身竟是酥软无力，就算用了唯我独尊咒亦是无济于事，提起的左脚也不由自主地放了下来，双眼更是懒洋洋地只想闭上。却听得慈恒叹道：“天圣师，恕老僧又犯了嗔戒。”

慈恒乃是高昌国师，那是何等修为，从来都是无喜无嗔，不沾半点烟火气。然而这一声叹却是感慨无限，而婆师伽亦觉慈恒掌下的力道比方才少了一分圆融，却多了三分霸道，心中更是一寒，忖道：“这老僧真要下狠手了！”

佛门有谓，贪嗔痴慢疑乃是五毒，欲修佛者，必先除此五毒。慈恒数十年苦行，已是五毒俱除，心境空明。但弘宝寺有“虽在方外，犹在国中”之训，慈恒也不得不为高昌国而行此计。凡是用计，本身便是诡道，这个“疑”字自不能除了。而婆师伽如此残忍，不但平民要杀，便是硬军的性命也不在他心上，慈恒再有佛心，此时总有了一丝嗔念。而为了高昌国的危亡，已再顾不得修行，这个“痴”字似乎也脱不掉了。至于贪欲与傲慢，慈恒虽然不知自己现在有没有沾染上，但五毒已有三毒，这一世苦禅等如水中捉月，已成画饼，因此慈恒这一声叹已全然没有当初那种清静心，已是百感交集，与常人没什么不同。方才婆师伽觉得慈恒要下杀手，其实是以小人之心度君子之腹，但这一回慈恒却真个再不会容情。

婆师伽再不敢造次了。田地公府里有五百名硬军守备，若是叫上来，慈恒有三头六臂也挡不住，可真到了这一步，慈恒也定然率先一掌就将婆师伽给毙了。想清了此节，婆师伽颓然道：“慈恒大师，我真没料到你竟然会有这等机变。但不知大师究竟意欲何为？”

其实慈恒要的是什么，婆师伽很是清楚。具足轮没有完整的焰摩幢，曼荼罗法阵就只能发而不能收。现在这曼荼罗阵已然启动，马上就会蔓延开去，到那时一失控，已经兵临城下的大唐远征军首当其冲，自是难逃一劫，而自己不及时逃遁的话，也非得陪葬不可了。但自己向慈恒说过，只要竭尽全力，就算焰摩幢不全也能收住法阵，就与当初那一次一般。只不过那一次慈恒的四个师弟为之丧生，婆师伽却是绝不肯拿自己当代价的。此时婆师伽说得有气无力，似是已然沮丧无比，其实却正打着另一个主意。

意外遭到了慈恒的暗算，就算用唯我独尊咒亦未能摆脱，但婆师伽仍留着最后一手，便是那两尊血鼎。

婆师伽以血鼎激发了水火二柱，但血鼎的真正用途却是伤人。只是现在再想发动血鼎，婆师伽道行纵高，亦是心有余而力不足。加上方才强运唯我独尊咒还是没能摆脱慈恒，他已是心有余悸，不敢贸然出手，因此说得似乎特别沮丧，其实却在拼命调理内息，只盼着早些凝聚起力量，好第二次发动血鼎。

此时在田地公府大厅里的阿史那矩却已然如同热锅上的蚂蚁一般坐立不安了。

婆师伽说要在田地城发动曼荼罗阵，阿史那矩心知这也是不得不然，但曼荼罗阵有九成会失控，依他的本意，自是早点离得越远越好。不过婆师伽乃是欲谷设亲自下令行事，自己若是临阵脱逃，这辈子也别想再去见欲谷设之面了。好在有这五百名硬军，想来天塌下来也有人顶着，因此，就算心中害怕，阿史那矩还是硬着头皮来了。现在天空中电光闪烁，法阵定然已经发动，按理天圣师应该马上撤离田地城了才是，可到现在也没见婆师伽下楼。而雪上加霜，有硬军来报，守在外面那两口鼎前的几个硬军竟然都出了意外，现在已无人再敢去守那两口铜鼎，而天圣师却还是没声息，阿史那矩自是坐也不是，站也不是，在大堂中出出进进足有十几回。每一次一走到外面，看到头顶的天空中有电光在阴云里穿行，仿佛随时都会有个霹雳当头劈下来，阿史那矩就为之心悸。到了屋里，偏生又静得和死了一般，一样让他忐忑不安。思前想后，他总算下定了决心，忖道："不管怎的，直接去问问天圣师吧，他要出了意外晕过去，我还傻乎乎留在此间为他陪葬。"

总算拿定了主意，但阿史那矩还是有些发怵。虽然身为高昌国吐屯发，便是麹文泰也得听他的使唤，但在婆师伽跟前，阿史那矩仍然不敢轻举妄动，要让他独自上去，万一婆师伽着起恼来翻脸不认人，终不是玩的，因此便想出去，将守在外间的硬军统领叫一个过来，陪自己上楼去。这样天圣师就算翻脸，也有个人可以出气了。

他拿定了主意，正待起身出去，眼前忽地一暗，却是一阵风卷了进来，将大堂上的两支牛油烛火都逼小了。

牛油烛粗如儿臂，便是点上一晚都不会熄。忽地一暗，阿史那矩眼前亦是一花，相应的屋外因为有电光闪烁，反显得亮了许多。也就在这明暗交替的一瞬间，阿史那矩看到有个硬军出现在门口。

硬军乃是突厥军精锐中的精锐，与寻常军队最大的不同便是军纪严明。突厥军大多军纪涣散，但这五百硬军要坐镇高昌，是阿史那矩的底气所在，因此军纪之严，不亚于大唐精锐。看守那两鼎的硬军士兵都已出了意外，化成一具焦尸，但别个硬军纵然害怕，仍是坚守在公府中，未得命令，绝不擅自行动。看来人步履稳重轻捷兼而有之，大不寻常。突厥人精擅骑射，不过硬军中有十来人的一小队人颇擅格斗，被称为“金雕手”，是阿史那矩精选出来作为亲兵的，来人定是“金雕手”中的哪个，见此情形惴惴不安，又恃着乃是亲兵，所以冒死前来请示吧。

阿史那矩想着，不由直了直腰。

虽然坐立不安，但在属下面前，绝不可失了吐屯发的脸面。只是没等他摆开架子，听得那人道：“吐屯发，别来无恙。”

虽然这人说的是突厥语，但硬军中绝无人敢如此跟阿史那矩说话的。阿史那矩心中一沉，沉声喝道：“你是谁？”一手已然按到了腰刀柄上。他虽然没有十分的本领，但突厥人自幼便习练骑射，阿史那矩虽然在高昌国养尊处优，倒也不曾全然丢下。何况现在顶上有天圣师，外面有硬军，阿史那矩倒也不怕有什么毛贼闯进来。

风过去了，牛油烛又亮了些，映出了来人的脸。一见此人，阿史那矩便是一怔，期期艾艾地道：“宗……宗先生！”

虽然穿着硬军的军服，但来者乃是高昌国武卫宗彭。

在高昌国，阿史那矩这个吐屯发等如太上皇一般，麴文泰也得对他言听计从，但也有几个人不太买他的账，其中之一便是这宗彭。

宗彭官职也不甚高，但名声却是极响，因为他是当初大将军张雄的两大亲随之一。在先王麴伯雅因内乱而逃亡后，高昌国人都觉得麴氏王脉定已中断，高昌已然改朝换代了，哪知在张雄一力主持下，麴伯雅竟然成功复国。而且复国后的这些年，大将军殚精竭虑，高昌国国势反较内乱之前还有所增长，因此国中对张雄之尊，还在国主之上。如今张雄已然过世，文卫汜功甫也不在了，国人爱屋及乌，对仅剩的宗武卫大为尊崇，只盼这位大将军硕果仅存的爱将能与大将军一般，在这危亡之秋挽狂澜于既倒，让高昌能够再次中兴。正是有这等风评，虽然宗彭不买自己的账，但没与自己顶着干，阿史那矩也就不去招惹他了。可这个时候宗彭突然出现在田地公府里，外面的硬军全然没被惊动，定是有所图谋。

一瞬间，阿史那矩脑海中便已闪过了好几个猜测。宗彭在高昌有这等名声，还有一点便是这武卫本领非凡，当年在大将军麾下为将，真个勇冠三军，便是向不服人的硬军，对这宗武卫亦大为佩服。如果宗彭现在是要来刺杀自己的，阿史那矩再看得起自己，亦是没半点自信。他颤颤地道："宗大人，你……你可是来杀我么？"

因为生怕自己大声唤硬军进来会惹得宗彭着恼，马上痛下杀手，阿史那矩这话已压低了声音。但宗彭却只是躬身一礼道："吐屯发，寿臣此来，只为向大人指一条生路。"

五

当远处田地城上的夜空突然出现了一道闪电，明月奴便吃了一惊。她翻身从车座上跳下，举目望着那一边。

田地城出事了！只是明月奴并不知道这一切与明崇俨和裴行俭有没有干系，他们现在是否安全。不过天空中游走的银蛇越来越多，越来越密，却一直都只在田地城上空，这景象看着透出一股诡异，定非好事，明月奴心里不禁忐忑不安。

她年纪虽轻，但见识广博，人也聪慧无比，不论遇到什么事都不会惊慌失措。然而，那只限于自己身上。现在却是朋友遇到了异样，她怎么都镇定不下来。

夜已深，车中的阿罗憾与卑路斯二人都已沉沉睡去。不急着赶路去大唐，他们其实都有些不解，但这是明月奴做的决定，他们虽然都是魁梧少年，对这个年轻的御用傀儡师却极是尊崇，心知这少女比自己兄弟俩可是有见识多了，因此明月奴要留在这儿等，也就一直等在了这里。不过卑路斯睡得很是警醒，不似阿罗憾那样倒头睡下便鼾声大作。在明月奴从前座跳下车时，微微的颤动将他惊醒了。他从座上撑起，撩开车帘向外望去，先是看见明月奴正立在车前望着远方，顺着她的目光望去，只见田地城的上空竟是电光闪烁，亮光都映到这边来了。卑路斯大吃一惊，叫道:

“出什么事了？”

听得卑路斯的声音，明月奴转过头，见卑路斯从车窗里探出脸来，忙过去行了一礼道：“卑路斯王子，天还早呢，您在车里歇息吧。”

卑路斯哪里还睡得着，指着那边道：“明月奴，那儿是田地城吧？这是怎么回事？”

看这样子，田地城正面临着一场前所未有的暴风雨。按理他们的车子停在田地城二三里远的地方，这场暴风雨无论如何都会影响到这里来，然到这边仍是静悄悄的无声无息。何况西域原本少雨，别说现在这残冬季节，就算下雨也不可能打雷闪电，现在这样子，绝对非比寻常。卑路斯纵然是个不甚明晓世事的少年，也知道定然出事了。

明月奴道：“大概，是明公子与裴公子所为吧。”

她这话说得并不如何肯定。前两年在长安，她与明崇俨与裴行俭都有过接触，知道裴行俭不会术法，这等事绝不会是他做的，而明崇俨的本领，似乎也到不了这等偷天换日的境地。可如果那是敌人所为，那明崇俨与裴行俭就必定遇到了极难对付的强敌了。

明公子、裴公子，你们一定要平安回来啊……

明月奴正这般想的时候，田地城上空中忽地一亮，却是电光猛然间大盛，竟似在城头上交织成一张银线编就的罗网。这道罗网更是从云霄间垂下条条银络，直挂到地，每道电光都是经久不散，远远望去，就如一张极大的银丝叵箩扣在了城头一般，将整个田地城都掩了个严严实实。

世上的闪电无论如何都不会这样子的。明月奴的脸色一下变得煞白，卑路斯也惊得呆了，失声道：“明月奴，这……这又是怎么了？”

明月奴转过身道：“卑路斯王子，请问您能赶车么？”

卑路斯道：“这个当然会。我随父王东来，好多时候都是我赶的车。”

卑路斯这话倒也不曾吹牛。他幼年在泰西封王宫中养尊处优，自然也不会去赶车，但随伊嗣侯东逃，这一路颠沛流离，自己赶车那是常有的事。卑路斯正值少年，人其实也聪明，学什么都快，现在赶个车丝毫不在话下。

明月奴道：“情况有异，请王子马上带着阿罗憾王子向东北方向前行，若发现事态突变，就请继续前进。”

田地城那边的情景实在太诡异怕人了，卑路斯听得明月奴要自己赶紧离开，心里实是一百个赞成。正要答应，却想起了什么，问道：“那明月奴你不一块儿走么？”

“我要在此等候明公子与裴公子。”

卑路斯本来已准备穿好衣服到前座赶车了，听得明月奴这话，却又停下了，说道：“这样啊……那我也在这儿等好了。”不待明月奴诧问，他又道：“若是我们先走了，那等两位公子来时，明月奴你与他们就得走好几里路才行，不如我和阿罗憾与你一起等好了。”他说着，便缩回了车里，再不出来了。

明月奴心想卑路斯所言倒也不错。如果明崇俨和裴行俭逃出了田地城，定然已精疲力竭，若无马车接应，再赶数里路确是太过辛苦。只是她倒不曾想到卑路斯还有这等勇气，暗暗叹了口气，又看向了田地城方向。

此时的田地城，已然被这张电网团团罩住。

虽然一直在车中小饮，但侯君集总不可能发现不了这等异象。

但他只是探头出来望得一眼，便又坐了回去，并不下令停止行军。

大唐军纪极严，不下当初的秦人。李靖就尝言：“乱军引胜者，言己自溃败，非敌胜之也。是以武侯言兵卒有制，虽庸将未败；若兵卒自乱，虽贤将危之，又何疑焉？”说的便是军纪严明，就算由庸将带领，也不一定会败。而兵卒自乱的话，就算将领有才干，亦极其危险。侯君集向李靖学兵法，这一点更是牢记在心，因此此番远征，大军虽众，却是阵列整齐，号令严明，未得命令，自无人敢止步。

侯君集想的，自是见怪不怪，其怪自败，高昌人越是用妖法，自己就针锋相对。邪不胜正，以大唐无坚不摧的兵威，一点妖法吓不倒人，前锋趁势攻城，一鼓作气，便将这小小的田地城拿下了。但又向前行了没多久，马车忽地停住了，而前方竟传来一片惊呼之声。侯君集在车里险些将一杯酒都泼了，他将杯中余沥一口饮尽，从车中探出头来喝道：“来人！出什么事了？将乱军之人押到我车前！”

依侯君集的意思，既然有人胆敢冒大不韪扰乱军心，那么就将这个乱军之人当场斩了，以其颈血来震慑三军。但马上，有士兵向他飞跑过来，一到车前便跪下道：“侯将军，田地城被电网拦路，前锋过不去了！”

侯君集更是着恼，喝道：“胡说！妖法尽是障眼法，不过炫人眼目……”

他话还未曾说完，一骑已如飞而至，正是阿史那社尔。

作为侯君集的副将，阿史那社尔却没有侯君集那样在车中饮酒打发时间的雅兴，他一直在队伍中前后视察，以防不测。田地城上空的云层里出现电光，他自是早已发现，心中已是惴惴。待看到电光大盛，竟然如垂地的罗帐般将田地城罩了起来，阿史那社尔心知不对，火急赶到队伍前锋。

阿史那社尔来得恰是时候。因为未得止步的命令，唐兵前锋仍在依原计划向田地城全速前进，要趁势攻城。也就在最前方的唐兵抵达城下，见田地城头居然连一个守兵都没有的时候，他们更是信心满满，便要开始准备器械攻城。

大唐工匠，冠绝天下。侯君集为此番征战，更是做足了准备。再经碛口跨过大漠之前，唐兵便造好了数十辆巢车。

巢车高达五丈，唐兵立于车上，已高过城头。以此车攻城，诚如巨石压卵。也就在唐兵开始在田地城下布置巢车，准备攻城的时候，天空中的电光突然激泻而下，在东门外组成了一道密密的电网。

这等事，便是做梦都想不到。唐兵想的还是高昌兵会不会埋伏在城内，待己方攻城时对方突然杀出，打自己一个措手不及，可做梦也没想到竟然会有闪电从天而降。只不过一瞬间，离城最近的几架巢车遭到波及，立被击得粉碎，而巢车边未能及时逃开的唐兵亦遭电光殛灭，尽化焦尸。

唐兵都是身经百战的勇士，在战场上就算面临刀枪加于身亦是凛然不惧，可这等情形既是从未见过，亦完全没有防御之术，虽然遭到不测的唐兵也就数十人，却让唐军尽都胆寒。而电网更是丝毫没有减弱的迹象，反倒似越来越激烈，再有敢冲入者，定是一碰就成焦炭，因此再没人敢上前了，纷纷向后退去。可唐兵未接到止步之命，后面的队伍仍在不断上前，立时人挤人，挤作了一团，前锋顿时乱作一团。幸亏阿史那社尔及时赶到，以他行军总管的身份下令前锋整队退下，才算暂时稳住了阵脚。可后军未得命令仍在前进，到时仍会军容大乱，不可收拾，因此阿史那社尔火急赶到中军侯君集车前，要侯君集下令止步。

侯君集虽然自视甚高，但他也知阿史那社尔本是东突厥王子，自幼领兵，亦是将才。让全军停下，待听得阿史那社尔说城下竟出现这等奇事，侯君集已是惊得面容变色。只是他到底亦是时之名将，虽惊而不乱，说道："社尔将军，你随我到前方看个究竟。"

尽管在这里已能看到田地城的异象，但侯君集终究还是不甚相信，心想：一犬吠形，百犬吠声。阿史那社尔若是夸大其辞，被高昌妖人的障眼法吓退了，那自己这个行军大总管也算是栽到家了，因此必要亲眼看个仔细不可。

这回侯君集再不能好整以暇地坐在车上，自有亲兵为他带来了坐骑。他骑在马上，与阿史那社尔一同向前锋走去。待到了离城还有两百步远处，已然能够看清眼前的景象了。

远远望过来，也就是有电光自云间挂下。但离得近了，方知那些电光竟然已似水流，整个田地城仿佛被电光形成的瀑布所遮盖。电光入地，立时无形，可云中的电光却源源不断，完全没有止歇之意。侯君集本来觉得一点障眼法无关紧要，只消铁骑前行，必能让这妖法冰消瓦解。可看这样子，妖法哪里会消除，就算千军万马不顾一切往前冲，都会如泥牛入海，尽皆消灭。

"这是什么妖术啊！"

侯君集喃喃地叹息。阿史那社尔小声道："侯将军，社尔当初听得，高昌前代国主麴伯雅复国之时，靠的乃是一种法阵，亦是如此，有电光从天而下，任是金铁玉石皆不能挡。依社尔所见，定是高昌重施故技。"

阿史那社尔本是东突厥王子，设帐于漠北。当初薛延陀作乱，阿史那社尔屡败，曾西入西突厥。而薛延陀追击而至，阿史那社尔力不能支，曾遁入高昌，依附麹文泰，五年前才降于大唐，成为唐将，因此对高昌旧事颇为熟悉，贞观天子也正是因为这个原因让他来担任侯君集征高昌的助手。侯君集虽然不是从善如流之人，可阿史那社尔更是迎娶了衡阳公主的驸马都尉，侯君集对任何人怠慢也不敢怠慢了阿史那社尔。听得阿史那社尔这般说，他皱起了眉道："难道这妖术就不能破么？"

阿史那社尔道："侯将军，欲谷设只怕早有此谋，所以他弃浮图城而走了。"

浮图城位于田地城西北大约两百余里外，乃是西突厥重镇，当年阿史那社尔率部逃入西突厥，夺地千里，就驻在浮图城，待薛延陀尾随而至，攻破了浮图城后，他只好继续往南，依附高昌去了。如今西突厥已被欲谷设所占，欲谷设一直在浮图城布有重兵，目的便是与高昌犄角相应，共御唐兵。但就在昨日，阿史那社尔派出的斥候来报，浮图城守兵竟然弃城而走。当时阿史那社尔也以为欲谷设是惧怕唐兵势大，但此时想来，欲谷设其实早已打好了这个以妖法阻挡唐兵的主意了。

侯君集道："那就是说，这妖术有可能会不分敌我，玉石俱焚了？"

阿史那社尔迟疑了一下，说道："是。"

阿史那社尔依附麹文泰时，就听说过前王复国之事。在高昌人口中，却是大将军英明睿智，以法术击败了叛军。而那种法术毁天灭地，世间无物可以阻挡，尤其是高昌人说起来更是浮泛夸饰，难以置信，不过阿史那社尔依附高昌时，张雄还在世，阿史那社尔曾亲眼见过张雄。虽然当时的大将军已是病体支离，但仍看得出昔年的雄武，因此阿史那社尔知道此事不会有假。只是张雄已然去世，居然还有人能用这等法术，阿史那社尔却也始料未及。

听阿史那社尔约略说了，侯君集却是沉吟了半晌。阿史那社尔见他一直不说话，不免有些焦急，说道："侯将军，此事非同小可，定要早做定夺。"

田地城是进入高昌的必经之地，若是绕城而走，小股商队倒还可以，但数万大军，却是绝无可能。就算历尽千辛万苦到了高昌城下，只怕损兵要有三成以上了。何况将田地城抛下不管，随后欲谷设很可能会派兵以此为据点抄了唐兵后路，那时十万大军就会成无源之水，无本之木，全军覆灭于此也不是不可能的。因此无论如何，征高昌就必要先夺田地城。可万万没想到进入高昌后的第一座城就有这等异事，现在侯君集的决定已然决定了全军的命运。

侯君集当然清楚自己肩头的担子。他看了看田地城头，沉声道："社尔将军，飘风不终朝，骤雨不终日。妖术虽然狠毒，但依我之见，绝无长久之理。"

阿史那社尔虽然不曾读过《老子》五千言，可这话浅显，他也明白。侯君集这话他倒也无法辩驳，毕竟人力有时而穷，妖术是人施的，当然不可能无休无止。他道："侯将军，那就在此整顿么？"

侯君集点了点头："让全军就地扎营，埋锅造饭。"待让传令兵颁下将令，他又嘟囔了一句道："老子就不信那妖人能施几天的妖术。"

侯君集不信这个邪，而此时在田地城中央公府顶层上的婆师伽却已冷汗涔涔，心知即将大事不好，再不脱身的话，曼荼罗阵就将失控，到时想逃都逃不掉了。只是他要害被慈恒所制，慈恒若是一发力，婆师伽心脉都会被震断，当场就完蛋。只是慈恒身上虽然透出杀意，却还是不曾发力。

对于婆师伽来说，这般吊在半空更是难受，倒不如给个痛快。他还在拼命调匀内息，只待能早点凝聚起一些力量，可就在此时，楼下突然传来了一阵喧哗。

那是硬军在撤离田地公府。

突厥兵战力颇强，但向来缺乏军纪管束。相比较起来，硬军乃是难得的异数，军纪相当严明。婆师伽隐忍到现在，正是因为还有硬军做后盾，大不了来个一拍两散，同归于尽，可他万万没想到硬军居然未得命令就撤离了，按理，却是要自己向阿史那矩下令后，才会离开的。婆师伽大吃一惊，已顾不得了，便要喝止，哪知刚一张口，却觉一股热力从胸口直涌上来，岂但浑身软软的，连叫出来的力气都没了。

这正是慈恒的坚牢地禅功。

慈恒在弘宝寺的菩提无梁殿坐了二十年禅，与人交手的本领荒废了许多，但坚牢地禅功却练到了极处，乃是弘宝寺有史以来的第一人。他以暗算制住了婆师伽要害，若要杀他，其实已是举手之劳。可就算三毒萦心，慈恒毕竟是有道高僧，怎么都做不出举手杀人这等事来。不过要制住婆师伽，还是游刃有余。婆师伽本就为了血鼎耗力许多，被慈恒内力一逼，喉咙口只能发出几声低沉的喘息，哪里叫得出来？眼看着硬军蜂拥出门，一个个争先恐后，唯恐落单，他更是着急。但越是急，就越使唤不出力来。正在又气又急时，耳畔传来了一个女子的声音：“天圣师，唯识时务者，方为俊杰。”

随着声音，楼道口出现了两个人影，前面一个正是麴叶美，宗彭便站在她身后。麴叶美身着男装，越发显得英姿飒爽。婆师伽一下惊呆了，喃喃道："可贺敦……"

在婆师伽心目中，麴文泰是个眼高手低、软弱无能的窝囊废，他这个嫁给了咀度设的妹妹更不足挂齿。虽然知道麴叶美近期归宁，就在高昌，但婆师伽根本没去注意这个人。然而看到麴叶美出乎意料地出现在了田地公府，婆师伽才意识到自己错得有多离谱。

怪不得慈恒会答应自己所请，那一定是交河公主设下之计。而慈恒能够暗算自己，定然也是交河公主安排了另一个人去激活风之柱，自己那时还只道是因为慈恒功力不足，暗自在窃喜。

一母同胞，竟会如此不同。婆师伽现在便是后悔都来不及了，被慈恒困住后，根本动弹不得。可身体虽动弹不得，心思却比平常还要清楚。

交河公主绝不会容许高昌国陆沉，她其实是将计就计，一箭双雕，先利用自己逼退大唐军，然后再收住曼荼罗阵，以此为筹码去向大唐谈条件，这样高昌就能生存下去了，同时又搬掉了一直压在高昌头上的西突厥。

这才是交河公主真正的计划！

婆师伽心头已不知是什么滋味。他一直自诩足智多谋，以为自己将高昌玩弄于股掌之上，交河公主不过是个回娘家来打点秋风的无知妇人，此时方知交河公主的智谋胜过他不知多少，被玩弄于股掌之上的只是自己。

婆师伽一张脸白了黑，黑了白，但麴叶美却仿佛根本没看到他，只是向着一边道："明先生，您还不现身么？"

这话便是慈恒都大吃一惊。他道行之深，尤在婆师伽之上。先前依麴叶美之计，只激活了地之柱后，便潜回公府顶层来，心里还有点忐忑。虽说麴叶美跟他说过，有人能够替他激活风之柱，可慈恒还是不甚放心。激活四柱，方能发动曼荼罗阵。可假如四柱都激活不了，就算找齐了具足轮与焰摩幢也是无济于事。但也就在他潜回顶层时，风之柱也被激活了。正是见此情景，婆师伽放下了戒心，方才被他一举制住。可就是他都不曾发觉公府顶层居然还会有人，而他很清楚，麴叶美根本就不曾修过神通。

难道公主是在使诈么？但慈恒也不明白这等使诈有何用处，不过从顶层的东北角上，忽地出现了一个人。

那是个齿白唇红的少年。虽然是高昌人通行的半胡半汉的穿着，但穿在这少年身上，却是说不出的潇洒俊逸。慈恒长年苦行，本已不染尘心，但此时也不禁想到自己少年时亦算得颇为英俊，却远远比不上这少年。

这少年正是明崇俨。他以隐身术藏身在顶层东北角时，正见到慈恒暗算了婆师伽，婆师伽突然反击仍未得手。见这二人的本领，明崇俨也不禁心悸，心知以自己之能，较此二人都还有些距离，只等在一旁静观其变，过后坐收渔人之利，好夺取最后一枚黑石梭。可突然被麴叶美叫破，他下意识便现了身。不过一现身，明崇俨立时回过神来，心道："我是上了这妇人的当了。"

隐身术虽然不过是种障眼法，但一时间也能瞒过人们的耳目。何况此时田地公府里一片混乱，根本没人会注意到屋角有异样，交河公主心再细，亦不会真个发现了自己。不过她定是料定了自己定然会到此处来，所以才出言相诈。倒是自己被她一诈，便乖乖上了钩，不仅仅是关心则乱，而是心中的魔种吧……

天空中闪电闪烁，明崇俨立在屋角的螭吻上，直如风中之柳，看似摇摇欲坠，却又稳如泰山。他心中远没外表这般潇洒，但还是平静如常地道：“夫人，恕在下失礼。”

麹叶美却也不知明崇俨心中有若惊涛骇浪一般，看他镇定自若，却是大为佩服，心道：“明先生诚今世人杰，想必早已看破小女人之计了。”

明崇俨道：“岂敢，在下只有在依夫人之言对东南角那根拴马柱施法后，方才发现上了夫人的当了。”

在和寺中，麹叶美向明崇俨言说婆师伽在田地公府施展妖法，用的乃是四角那四根拴马柱。明崇俨若能抢在婆师伽施法完毕前抢先施法摧毁东南角那根石柱，那婆师伽必遭妖法反噬，便可拿到他手中那枚黑石梭了。

这等事，明崇俨自不会轻信。但眼见西南、西北、东北三根石柱上依次冒出电光，在空中交织成一片，他已不得不信，便就在东北石柱射出电光后，以北帝四圣剑向那根石柱发起攻击。

北帝四圣剑乃是明崇俨如今最为强力的攻击术法，当初在蒲昌海边与米拔鲁恶斗，米拔鲁有一枚黑石梭，还有驭尸的法门，明崇俨差点斗不过他，最后不得已使出这四圣剑，这才以绝手杀了米拔鲁。现在以此术对付一根石柱，在明崇俨想来定能将其摧断两截。然而当天蓬、佑圣、天猷、翊圣四剑齐射到那石柱时，石柱中却仿佛有极大的吸力，将四道气剑尽数吸入，岂但不断，竟然也和另三根石柱一样从顶端喷出电光后，明崇俨才知道自己是中了计了。好在中计归中计，他本人倒不曾受伤。但明崇俨哪里忍得下这口气，何况最后一枚黑石梭他势在必得，而田地公府里已乱作一片，明崇俨便以隐身术潜入进来，当时无一人发觉。

待看到婆师伽与慈恒相拼，麴叶美突然出现在楼道口，明崇俨心中已是明烛也似，心知自己是被麴叶美利用了。此时这几句话虽然说得口气平静，但眼里却隐隐有怒火冒出。

麴叶美也已发觉了明崇俨的怒意，却也有点惊愕，心道："这位明先生如此本领，怎么会如此沉不住气？"

麴叶美是从小雷先生的感应中知道明崇俨的真实本领的，本来觉得有这等本领之人，必定城府极深，正好入自己彀中。可先前在和寺中自己刚拿出一枚黑石梭，明崇俨就有抢夺之意，现在竟然又似要动手。这等冲动法，实与明崇俨的本领大不相符，麴叶美再有识人之明，也实不明白眼前这少年到底是何等人物了。不过已到了此时，明崇俨越冲动，那便死得越快。她微微一笑道："明先生，恕小女人确不曾说实话。眼下曼荼罗阵已成，此阵在此，十万雄师等如草芥。但若不能及时收回，方圆百里都将陆沉，还请明先生将那三枚黑石梭完璧归赵，以拯万民，不然动起刀兵，反为不美。"

她说得很是客气，但语气却是不容置疑，到最后更是直接威胁。明崇俨心想这妇人居然还敢出言威胁，慈恒虽然听他，但困住婆师伽便大为不易，麴叶美自己既无术法又无武功，身后那宗彭武功不凡，但不见得有什么术法，真不知她有什么底气说什么"动起刀兵反为不美"？明崇俨强压着怒意道："夫人，那就恕崇俨失礼。"

他说着，右手已捻了个灵官诀，正待默诵咒语，身后忽地传来了一道尖厉的破空之声。

六

那是一支箭。

这箭速度极快，定是强弓所射。但箭速再快，明崇俨亦是霎时就察觉了，他一侧身，只待分光捉影，抓住这支箭矢，但刚一侧目，才发现箭并不是射向自己，而是射向了慈恒。

这支箭极是强劲，慈恒的右手正按在婆师伽前心，左手忽地向身后一扬，不偏不倚，食中二指一下拈住了那支飞矢。这箭又快又急，但慈恒拈来却是轻描淡写，毫不着力。只是刚拈住这支箭，又有十来支箭向他激射而来。

射箭的，正是硬军中的金雕手。这十来个金雕手都有百步穿杨之能，但毕竟还有些区别，这几人其实是一同射向慈恒，但箭矢飞出还是有点先后之别。也就在箭雨之中，传来了阿史那矩的吼声：“救出天圣师者，重重有赏！”

麹叶美本已在准备对付明崇俨的攻击，却没想到是慈恒遭了箭射。她心中一沉，心道：“没想到吐屯发居然还有这等舍生取义之心。”

能指挥金雕手的，自然只有阿史那矩。先前麹叶美让宗彭对阿史那矩威胁利诱，说婆师伽已然遭擒，为活命当尽快逃出田地城去。阿史那矩当然知道曼荼罗法阵失控后是个什么样的结果，他与婆师伽本来就已准备逃出城去了，现在婆师伽又落网，曼荼罗阵行将失控，阿史那矩权衡之下，定会带着硬军逃走。在看到硬军争先恐后地逃出田地公府后，麴叶美也不再怀疑。可她亦万没想到阿史那矩竟然会将计就计地要救出婆师伽。

其实阿史那矩也并不全然是舍生取义。宗彭告诉他婆师伽已为慈恒所制时，阿史那矩又惊又惧。但本来应该离去的时候，婆师伽却毫无声息，看来宗彭所言定然不虚。只是在阿史那矩心目中，婆师伽学究天人，神通广大，他首先想到的便是若是自己临阵脱逃，天圣师一旦脱身回来，非将自己抽筋剥皮泄愤不可。反正手上还有几百名硬军，可贺敦就算安排下人手亦不会有这么多，岂可不博一博以求翻盘？正是这般想的，因此硬军其实并不曾逃走，而是将田地公府守了个严严实实，以防麴叶美还有接应，阿史那矩自己则带了十几名金雕手围在楼上，以强弓攻击。

突厥人向以骑射见长，金雕手更是强中选强，就算不能说个个有万夫不当之勇，亦是等闲十余条大汉近不得身。此时天空中电光闪烁，倒是将楼顶亦映得清清楚楚，这些箭矢虽然有快慢，可尽都射向了慈恒。若是高昌人，便是麴文泰要他们射慈恒，亦未必有几个人敢。但突厥人信佛的不多，对他们而言，慈恒这个高昌国师实与寻常人没什么区别，既然吐屯发有命，将这和尚射死了，便是大功一件，必有重赏，因此个个奋勇，将十成的本领都拿了出来。

这十来支箭密密麻麻，既速又强，他们只道慈恒眨眼间就要变成一个刺猬。只是眼见慈恒将手中夹住的那支箭舞成了一道圆环，“当当”有声，那些箭竟被他尽数敲落，连一支都不曾射中。

金雕手用的都是强弓，在这样的距离射出，力道已不啻长枪直刺。但慈恒只以一支箭矢拨动，竟在一瞬间将十来支箭尽都挡开，这等手段便是婆师伽亦大为钦佩，心想慈恒得享大名，不仅神通广大，其实武功亦是极强。只是就在慈恒左手拨打箭矢之时，婆师伽只觉慈恒右手的力量松了一下。

以慈恒之强，终是一心不能二用。金雕手个个都非庸手，射出的箭极其强劲，慈恒看似拨打雕翎举重若轻，其实却并没那么容易。也不过一瞬间，按在婆师伽前心的右手劲力刹那间松懈了一下。

婆师伽何等人物，本来慈恒的右手按在他要害之上，力量将吐未吐，他已不敢轻举妄动，但一察觉到有异，脚尖一点，霎时便退出了丈许远，已站到了顶层的边缘。

一脱出慈恒的压制，婆师伽欣喜若狂。此时他只消往楼下一跃，虽说离地足有两丈来高，但这点距离对他而言只若拾阶而下。不过婆师伽也知道自己若是直接跃下，慈恒肯定会追击过来。他对慈恒已是心有余悸，知道这个和尚说是不良于行，但坐在蒲团上却比寻常人还要敏捷，说不定自己落地时便重被慈恒制住了。

一不做，二不休！

在婆师伽脑海中立时闪过了这念头。他虽然也是个僧人，却从无慈悲之心，有的只是杀人越货，做事就做绝之念。本来并看不起慈恒，现在方知慈恒的功力实在他之上，更增了斩草除根的想法。

杀了慈恒！旁人便不在话下了。

婆师伽想着。他并不认得明崇俨，而且明崇俨显然要向麴叶美动手，自不必多管，他的注意尽在慈恒身上。

“乾玉辟毒，振适罗灵。八仙秉钺，上帝王灵。太玄落景，七神冲庭。黄真耀角，焕掷火铃……”

婆师伽口中极快地念诵着役万灵咒。道门以此咒役使灵物，但婆师伽乃是僧人的身份，自然轻易不敢显露。这些年来，唯有当初受了驴子沟胡大牙的礼聘，去灭凉州秦家时方用了一次。秦家是卧虎刀传人，武功高强，人丁也兴旺，但在婆师伽的血鼎之下毫无还手之力。也正是那一次后，甘凉道上有个胡人会太玄观秘术一事就传开了，婆师伽亦不曾想到秦家居然有那么多友朋，都一心要为秦家复仇，因此在甘凉道立足不住，这才西出阳关，进入了西域，后来投靠到欲谷设手下。便是在西域，他也极其小心，用过几次血鼎亦从未被人发现。有一回被一个牧人偶尔窥见，婆师伽直追了二十余里，终将那牧人灭了口。不过到了这时候，婆师伽也已经顾不得会不会走漏风声了，本来就为发动曼荼罗法阵而专门铸了两口鼎，现在自是要用起来。

婆师伽偷学了太玄观鼎术，也不曾修太多法咒，用得最多的便是这段役万灵咒，因此念得极其熟练，此时已念到了“吾佩真符，役使万灵”两句，接下来便是“上升三境，去合帝城，急急如律令。”这段役万灵咒便已完满。就在这时，只听得慈恒和麴叶美都惊叫起来：“不要用！”

麴叶美神色已是惊惶失措，而慈恒向来镇定自若，泰山崩于前而不变色，但他心有三毒，禅功已破，现在亦没比麴叶美好多少。只是在婆师伽眼中，他们是看到自己马上就要施法而心中惊骇，更觉得意，忖道：“现在才知道怕，已经晚了！”嘴唇一动，将最后三句念了出来。

太玄观鼎术，五毒鼎和血鼎都难免伤损失灵，就算用的是牲畜之血，亦大违慈悲之道，因此被定为禁术。婆师伽此时用的是水火血鼎，用了六阳六阴两个活人之血，更是凄绝惨厉，已完全成为邪术了。随着他的咒语念毕，东北、西北两根拴马柱下的血鼎同时如同沸腾了一般，里面的血液直喷出鼎口，将两根拴马柱都染得殷红一片，石柱顶端更是如喷泉般，电光激射而起，两道光柱直射云天。

婆师伽已是破釜沉舟，准备拼死一搏了，因此全然不留余地，这两道光柱比先前激发水火二柱时射出的电光还要粗。只是以血鼎术而言，血雾应该向这边涌来，护住婆师伽自身，再攻向旁人才对，但此时哪有血雾？倒是冲天而起的那两柱光柱里带有一些血色。

婆师伽连催了两下力，仍不见血雾飘来，心下大急，忖道：“难道长久不用，竟是不灵验了？”

五毒鼎散出的毒雾便能让人中之即倒，血鼎的血雾更为厉害，沾上人身后，立将身体化成血泥。此时田地公府中还有不少人，阿史那矩更带着几百名硬军为救他而竭尽全力，这个时候用血鼎，难免要让硬军亦受池鱼之灾。可是婆师伽只求成功，哪管其他，想到的就是将眼前这几个敌人尽数消灭，至于硬军要损失多少，他全然不顾。然而想归想，今天的血鼎与以前大大不同，血雾一喷出鼎口，亦被那两根石柱尽数吸入，半点都过不来。

见法术无灵，婆师伽不禁愕然。而头顶的天空中那些电光却更是仿佛疯了一般，刹那间活跃了数倍。

婆师伽摸不着头脑，但慈恒却是心急如焚，因为他很是清楚，这正是曼荼罗阵失控之相。

曼荼罗，《大日经》中有谓：“梵音曼荼罗，是攒摇乳酪成苏之义。”天竺传说上古之时，提婆诸神与阿修罗一同搅动乳海，以求长生不死的甘露，曼荼罗一语正由此而来。法阵以此命名，便是说此阵有如搅动乳海一般改天换地之能。也正因为曼荼罗阵有这等至上之力，发动不易，收束更难，必须要借助龙城七宝中的两样方能圆满。尤其是一旦发动，法阵之内若有人施展其他术法，都会被曼荼罗阵吸入。所以方才明崇俨现身，与麹叶美说得僵了，恼怒骗了自己，便想施法攻击，麹叶美却并不担心，便是知道明崇俨一旦施法，其实攻不到自己，只会被曼荼罗阵吸走。而婆师伽虽然知道了曼荼罗阵的发动之法，却只是个半瓶醋，并不曾真个见过法阵发动后的模样。他又对慈恒大为忌惮，将两口血鼎尽数激发出来，此时曼荼罗阵有了这等外力引入，立时突变，云层中的电光火蛇飞速乱窜，看去几乎要爆炸一般。

明崇俨并不明白这些关键，婆师伽在施法，施法后天空中就成了这般模样，他只道那是婆师伽有意所为。眼看着空中的电光跃跃欲试，只待下击，明崇俨心头一凉，暗道："不知裴兄逃出去没有……"

在用了四圣剑后石柱并不倒下，反而向天顶吐出电光，明崇俨便知自己上了当。这个时候，他不忍再要裴行俭因为自己而遭池鱼之灾，便让裴行俭赶紧离开，马上带着明月奴与两位波斯王子赶回沙州。裴行俭武功非凡，何况有自己给他的风火轮咒甲马符，虽然不能长久，但短时间里比最神骏的快马速度还快，想来定能及时赶到城外明月奴停车的地方，带他们到安全之所。现在眼见情形不对，明崇俨却又想起了此事。只是他有点惊愕地发现，自己首先想到的竟然不是裴行俭，而是明月奴。

从两年前明月奴离开长安起，明崇俨便决定就此忘记此事。此番在高昌意外重逢，再见到明月奴时他也总觉得已经淡然，快要形同路人了。但就是这个当口，明崇俨才知道自己的记忆深处，原来还是有明月奴这个人在。

即使是越来越难以控制的魔种，也无法让我忘怀吧。

在明崇俨心头闪过了这样一个念头。现在明明应该面对眼前这突变的情况，可他一直在胡思乱想，竟是完全无法让自己静下来，只是兀立在屋角，仿佛一切都与自己无关。

他这一副超然物外的模样，却是让麹叶美觉得莫测高深。她向来以神机妙算而自诩，但当初不曾料到手下的赵天奇会误劫了自己的信使，后来又料错了明崇俨的精细，方才更是料错了阿史那矩，一时间她亦是有些茫然，实不知自己到底还料错了什么。但不管还料错了什么，她知道现在已经到了生死攸关的一刻了。

这一点，慈恒比麹叶美更清楚。因为眼前这一切，几乎是在重演二十年前的一幕。

那一年慈恒与四个师弟协力，第一次发动了曼荼罗阵，将叛军主力逼退。但曼荼罗阵却未能与预料的一样收住，天空中雷电交轰，恍如要天翻地覆一般。不仅将叛军吓得面如土色，便是麹伯雅也吓得体似筛糠。

那一次慈恒也已经在后悔了，却是四个师弟义无反顾，冲入法阵之中，以己身将四相柱逆转。那时慈恒见天空中的雷电被四根石柱倒吸回地底时，才算松了口气，但也就此发下了一个誓言，便是要竭尽自己一生，绝不再动用曼荼罗阵。然而阴差阳错，这个誓言最终还是打破了，现在已经没了四个愿意牺牲自己的师弟，但还有自己。

慈恒几乎都不去多想，左手一按地面，蒲团便如云团一般载着他疾飞向婆师伽，速度竟较强弓射出的劲矢还要快得一分。也几乎是一眨眼的工夫，已来到了婆师伽面前。

此时的婆师伽已是一脸愕然。他只道使出血鼎术后，血雾立时在田地公府的顶屋上笼罩起来，除自己以外，上面的其他人尽要被血雾蚀成血泥。可是已是全力施为了，分明血鼎也有响应，却根本没看到半点血雾。就在惊愕之际，眼前一花，却是慈恒已到了面前。

慈恒的本领之强，婆师伽已然深知。虽然在惊愕之中，下意识地挥掌打去。只是慈恒虽然足不能行，却比双足完好的婆师伽更快，婆师伽右掌推出，慈恒左掌一下接住，随即右掌击向婆师伽前心。此时婆师伽已无计可施，唯有挥左掌硬挡。

“啪啪”两声，四掌触到一处。因为间隔太短了，两声几乎连成了一声。也就在四掌相接的一瞬，天空中一道电光劈下，将婆师伽与慈恒罩在当中。几乎同时，头顶这片罩住了田地城的遍布电网的云边，无数道电光檐溜般飞流直下，落向地面。刹那间，田地城的东边已被一道电光组成的高墙阻断了。而电光仍在不住落下，向南北两边飞速蔓延。

此时是侯君集率唐兵抵达田地城下，正要搭巢车准备攻城的一刻。东城的城民已然在城头上看得清城下唐兵的面容，一个个吓得快要昏过去了，只盼唐兵破城后不要屠城，哪晓突然间天降闪电巨墙，竟然将唐兵与田地城隔开了。他们并不知这是曼荼罗阵即将失控的迹象，只道是天法师与国师合力以法术守城，终于见效，显然这次浩劫马上要化险为夷，有些人已然欢呼起来，不少人便向城头靠去，想看个究竟。只是刚靠得近些，突然那电光巨墙中有闪电逸出，几个离城外太近的城民被一下击中，连叫都没能叫出一声，便如一尊在烈日下晒得没半点水分的泥塑般被电殛得粉碎。

这情景顿时将在城头看热闹的城民吓呆了。此时他们才知道这电光巨墙是六亲不认的，哪管是唐兵还是高昌人。而电光全无衰减的迹象，波及的范围却在扩大，向里更比向外还要快。再这样下去，唐兵还能后退来逃过一劫，田地城里却很快要被电光殛成一片焦土，再无一个活物了。

终于，片刻前的欢呼变成了惨叫。落下的电光越来越多，那道电光巨墙则不断延伸，已然快将半个田地城都围起来了。等到这道巨墙将田地城彻底围住，也就是这座城池毁灭之日到了。

再迟钝的人也终于发现了这个可怕的前景。现在东门处已尽是横飞的电光，电流不住从城头雉堞掠过，空气中尽是焦臭。现在东门处的城民已经顾不得一切，拼命向西逃去，人人都只剩下一个念头，便是抢到电墙合围之前逃出田地城去。此时就算再有人封死四门，他们亦不管了。

这个时候，也正是慈恒与婆师伽四掌相对的一刻。

电光落下时，慈恒已知自己定然挡不了多久，但这也已是拖延时间的唯一办法。在曼荼罗法阵中施法攻击，力量尽会被法阵所吸收，让这法阵更快失控，因此他此时其实是以自己毕生所修的禅功来逆转法阵，将云端的电光引下，由自己与婆师伽来导入地底。

这也是当初慈恒四个师弟舍身收住曼荼罗阵的办法。现在若是同样有四个人，并且四人都甘愿牺牲自己，这样每人在一根石柱前，说不定仍可将电光引下导入地底。只是现在只有他一人，并且这一次的曼荼罗阵更被婆师伽的血鼎所激发，威力较昔日更大，就算四个师弟复生，多半已不能成功了。

即使不能成功，亦要竭尽全力。

慈恒心头闪过的，就是这样一个念头。因为心念悸动，慈恒的禅功已破，实大不及平时，但悲天悯人之心却尤较平时更甚，喃喃念道："波罗密满足，净性觉智慧。胜心得成就，故号名为佛。"

这是西域高僧鸠摩罗什所译《佛说千佛因缘经》中的一段偈语，"波罗密"即是"到彼岸"之意，谓修行者由此岸之生死苦恼，而达彼岸之涅槃安乐，即称"波罗密满足"。慈恒坐了二十年枯禅，只觉禅法难修而易破，每每不敢有丝毫懈怠。但此时电光闪烁，向他头顶劈来，慈恒反觉如醍醐灌顶，大彻大悟。

也许高昌将会灭国，但如日中天的大唐，将来也会有灭国的一天。为争一时之安泰，而造无穷杀劫，这才是永世难赎的罪孽。

慈恒已甘愿舍身以救大难，但婆师伽哪里有这等慈悲心？他双掌被慈恒抵住，电光激射而下，吓得魂不附体，心道："糟了！"

这道电光劈下，自是神魂皆灭，身化飞灰。此时婆师伽倒是心境清明了许多，心想慈恒这秃厮是不惜一死，可自己却仍然心有不甘。但此时电光马上就要劈到，逃是根本逃不开了，惶急之下，婆师伽只来得及提起一足，双眼一闭。

天竺咒术，分为声、形、意三种。声咒最为简便，与密教、道家的符咒十分相似，形咒便要不易一些，而意咒最难，号称"意至咒亦至"，如此可称通神。婆师伽的咒术已然修到极高，但一直未能突破意咒。只是在这生死顷刻间，随着心念一动，也不曾念咒结印，唯我独尊咒竟然刹那间使出。

"咣"一声巨响，一道韭叶形的巨大电光直直落在婆师伽与慈恒头顶，一刹那将他二人映得周身雪亮，真个如同丈六金身现形。只是如此一来，田地公府这幢主楼哪里还承受得住？几如被巨斧当中一劈，立时裂成了两半。麴叶美根本不会武功，只觉脚下一空，人已然要摔下去，正在惊慌，却觉一条坚实的手臂揽住了她的腰，宗彭在她耳边道：“公主，得罪了。”人已轻飘飘落下。

这道巨大的闪电将主楼一下劈成了一片瓦砾，麴叶美离婆师伽和慈恒所在的地方还有个十多步，并不曾被电光波及，但婆师伽与慈恒两人本来就站在平台边上，下面阿史那矩领着金雕手几乎就在他们脚下，这道电光劈下，不仅将楼劈碎，楼下空地上那十余个金雕手竟是一下被劈死了七八个，剩下几个亦是遍体焦黑。阿史那矩倒是站在金雕手后面，并不曾直接被闪电劈中，可鼻翼间只闻到一股闪电过后的臭味，眼前一黑，一股热浪涌来，将他震得坐倒在地。

完了！

此时的阿史那矩心中哪里还有翻盘的心思。与婆师伽不同，他是亲眼见过上一回曼荼罗阵差点失控的情景的，当时把他吓出了一身冷汗。可那一次他离曼荼罗阵甚远，哪像现在一样就在阵中心。此时他又悔又惧，心道：“管他娘的天圣师！可汗要怪罪了由他吧！”也顾不得还有几个仍在挣扎的金雕手，翻身起来便向门外狂奔而去。

守在田地公府的硬军是被阿史那矩强逼着才仍守在府中。天空中电闪雷鸣，是他们从来都未曾见过的异象。先前守鼎的同伴出事，他们已经在暗中传说，只是迫于无奈，没敢临阵脱逃。现在那道巨大的闪电将公府主楼一劈两半，崩塌下来后，硬军中终于发出了一阵惊呼，再严的军令亦约束不住他们了，纷纷向门口冲去，生怕落后了便要与那几个金雕手一样被殛成焦炭。也只一瞬间，田地公府里便是一片混乱。岂但是公府内，公府外亦是人如潮涌，就算无处可去的城民，这回亦不敢再留在城里硬撑，只盼着能早一点逃出去也是好的。

在瓦砾废墟之中，婆师伽睁开了眼。

两耳尽是哭喊，天空中闪电不时劈开夜空，远处垂下的电幕更是越来越密，几乎不留半点空隙。只是婆师伽自己，却是奇迹般完好无损。

原来我功力已到这般境界！婆师伽不禁又惊又喜。以意念一动就使出的唯我独尊咒，竟然成功扛下了曼荼罗阵的反噬，那么完全有可能逃出这绝危之地的。

定了定神，婆师伽正待辨别一下东南西北。此时他倒还记得西边乃是生路，不过也不必多去辨别了，此时外面的人流尽在向城西狂奔，田地公府乃是这次异变的中心，这些人避之唯恐不及，硬军更是与阿史那矩一起逃得人影都不剩一个，只剩下几个奄奄一息的金雕手逃不掉，躺在瓦砾堆里有进气没出气。婆师伽正待转身向西而去，眼前忽地一黑，却听有个人沉声道："天圣师，走不得。"

这正是宗彭。

因为麹叶美完全没有武功，因此宗彭一直护卫在她身边。方才慈恒引来电光下击，他护着麹叶美从倒塌的楼上跃下，倒不曾受伤，只是心中却是冰凉一片。

慈恒这般做，自然是知道曼荼罗阵失控了。他是以最后一搏来争得一点时间，希望还能将曼荼罗阵收回。因为四枚黑石梭其实已经聚齐，要解除这场浩劫还有一线希望。然而慈恒已化飞灰，自己又只有一身武功，并不会术法，现在唯一可以依靠的，只有这天圣师婆师伽了。

七

婆师伽平生，只有两样事看得最重，一是富贵，另一样便是自己的性命。

若是没了性命，那富贵也就没了意义。正是这样想的，所以婆师伽可以拿性命做赌注去求富贵，但如果真个要丢掉性命时，富贵也可以放在一边了。现在成功阻住了大唐的讨伐军，在可汗面前已立下了奇功，富贵自是到手了，现在更看重性命。就算慈恒还在，两人合力确有收住曼荼罗阵的可能，婆师伽也绝不肯冒这风险，更别说慈恒已化飞灰，这副千钧重担，婆师伽是绝不肯独立挑起来的。一见宗彭阻住自己的去路，他连句话都不多说，伸掌拍向宗彭前心。

在曼荼罗阵中不能以法术伤人，婆师伽现在才知道。不过就算不用法术，他本身武功亦是极强。虽然遭了闪电当头一击，但以唯我独尊咒扛了下来，而且那道闪电绝大部分都是由慈恒接住的，因此此时虽然脑袋还有点晕，出手却仍是极快。只是他出手虽快，可每一掌都被宗彭接住。每接一掌，婆师伽更是被震得浑身发颤，几乎不敌，骇然忖道："这宗大人好强！"

宗彭与米拔鲁是师兄弟，但米拔鲁其实是习武不成，转而修习术法，宗彭却是长年浸淫于此，尤以掌力称雄。当初在大将军麾下，文卫氾功甫足智多谋，武卫宗寿臣力敌万夫，名声赫赫。而婆师伽来高昌任吐屯发后，宗彭对他从来不事逢迎，婆师伽自然也对他知之不详，仅知道这位宗大人本领高强，到底强到何等地步，却是全然无底。现在才知道，宗彭虽然不会法术，但这身武功已足以傲视西域，难怪会有这等威名。

接到第三掌上，婆师伽越发没了信心。其实就算婆师伽全无伤损之时，纯以掌力比拼，也未必拼得过宗彭，而宗彭有所顾忌，手下已留了点情。婆师伽眼见硬军已逃得一个不剩，天空中的闪电又开始纵横交错，垂下天幕，仿佛即将把田地城一片尽殛为齑粉，更觉害怕，心想再不走，便要与田地城一同陪葬了。也就在这时，婆师伽看到了那边的交河公主。

田地公府的主楼倒了，但大门还在。从大门口，正闪进来十余个人。这些人并不是硬军，定是交河公主安插的人手了。只不过她手下并没有出类拔萃的好手，硬军守在府中时，他们根本进不来，现在硬军逃散了，这些人才能进来。虽说交河公主属下的忠勇都不容置疑，但她长年在活国，要找一些甘愿为高昌不惜牺牲之人，就已极其难得，因此这些人本领都很是一般。不过纵然一般，声势却一下大起来了。婆师伽想到此处，趁着宗彭又向自己推来一掌，身形一晃，一下便晃过了他。

这是婆师伽的神行咒。他这路神行咒与明崇俨的风火轮咒异曲同工，瞬间能将速度提高数倍，因为并不是攻击性法术，因此在曼荼罗阵中仍能使用。而宗彭方才正在凝神聚气与他对掌，只觉婆师伽的掌力一掌不如一掌，正想一鼓作气，一下擒住他，逼他全力施为收住曼荼罗阵，却没想到婆师伽竟会施法从他身边一闪而过。待他转过身去，却见婆师伽已冲向了麴叶美，不禁大吃一惊，心道：“糟了！”

交河公主此计，本觉有慈恒镇场，绝无失手之虞。而此计前半段其实也正是如此，婆师伽已然落入了掌握。然而人算不如天算，慈恒竟然灰飞烟灭，曼荼罗阵更是一发不可收拾。再被婆师伽逃了，那一切也就完了。

无论如何，都要留下他！

宗彭想着。他也知道公主身边这些护卫平平无奇，不然她也不至于连十三虎这些人品低劣的沙盗也要招揽了。只是他掌力虽能盖过婆师伽，速度上却是不及，更别说婆师伽还用上了神行咒。他刚转过身，婆师伽已堪堪冲到了麹叶美身前。

此时的麹叶美心中却也百感交集，不知是什么滋味。

她所做的一切，只有一个目的，就是让高昌国能够活下来。所以发动曼荼罗阵只不过是一个手段，为的是增加与大唐谈判的筹码。毕竟，夹在强大的西突厥与更强大的大唐中间，高昌能用的筹码并不多。这本是个难如登天的目标，但在麹叶美的运作下，已几乎要实现了……也仅仅是几乎。现在慈恒不在了，婆师伽又要不顾一切地逃跑，就算挡住了大唐兵马，可高昌全境陆沉，又有什么意义？

一刹那，麹叶美竟是心如死灰，以往的运筹帷幄已荡然无存。眼见婆师伽向自己冲来，她本就没有闪避的本领，索性就站立在那儿动也不动。

她也知道婆师伽绝不会留自己的性命，顶多就是拿自己当盾牌阻挡宗彭的追击。一旦脱身，肯定要拿自己开刀。

纵然死了，亦是以身殉国。列祖列宗，恕叶美无能了。

麹叶美闭上了眼。但就在眼睛刚要闭上的一瞬，一道黑影疾闪过来，挡在了她的身前。

为麴叶美挡了一击的，正是明崇俨。

田地公府楼倒塌时，明崇俨正站在屋角。他的轻身功夫比宗彭还要好得多，人轻飘飘落地，便是灰尘都没沾上他衣服几点。而他一落地，便见到宗彭闪到了婆师伽身前，两人转瞬间对了三掌，婆师伽便绕过了宗彭冲向了麴叶美。

对麴叶美，明崇俨既有敬佩，也有恐惧。这般一个中年妇人，竟然能够将那么多奇才异能之士要得团团转。虽然她说雷先生是因为她许自己的重酬而起意想杀了自己，但明崇俨现在已然知道，定然还是在骗自己。

这位交河公主深谋远虑，草蛇灰线，尽都有其目的。而明崇俨也直到现在才知道，她真正的目的，便是要阻挡城外的大唐兵马进发。所谓的天圣师妖术，其实交河公主自己也在全力协助。但不知怎的，明崇俨却怎么都对这妇人恨不起来，因为只觉她所做的一切，自己易地而处，同样也会做，而且只怕做得更绝。而见到婆师伽冲向麴叶美时，明崇俨却是连想都不承想，便一个箭步冲了出去。

方才他已准备向麴叶美施术攻击，却被婆师伽抢了先，这才知道在这里用不了法术，还在暗自庆幸。但此时已全然忘了此事，见到婆师伽如疾电飞驰，他手中捻诀，一下用出了风火轮咒。一用出时才省得不能施术，但没等他后悔，人已然冲了出去。而一冲出去，方知原来风火轮咒这等增加己身能力的法术还是能用的。

风火轮咒与天竺神行咒异曲同工，明崇俨站立的地方离麴叶美更近一些，本身身法却较婆师伽更高，这段距离瞬息即至，一下便挡在了麴叶美跟前。

人已到位，明崇俨只觉浑身发热。风火轮咒实是要看人本身的承受程度，因为速度如此之快，身体与空气摩擦，便会发热。若是不顾一切地冲下去，最终会无火自燃，化作焦炭。当初汉时擅此术的费长房便因此而死，还被人讹传为他是失了驭鬼符，才被鬼物所害。明崇俨内力颇深，但以如此高速疾驰，仍会感到身体火烫。但他也顾不得这些，伸手印向冲过来的婆师伽前心。

婆师伽并不认得明崇俨。明崇俨现身时，分明已准备向麹叶美动手，在他看来也是与交河公主有隙，却没想到他会阻挡自己。此时二人身体几乎要相撞，婆师伽也不知明崇俨底细，但见他是个齿白唇红的少年，心想这等人纵然强极也是有限。不过狮子搏兔，犹用全力，他现在只想将交河公主擒为人质，让宗彭投鼠忌器，便可安全逃出去了，因此再不留手，右拳直直击向明崇俨前心。他本身的武功就很强，这一拳更带着以神行咒前冲之势，力量越发强悍，而且相距不到三尺，明崇俨便是要闪也闪不开。

明崇俨冲出来时，其实自己脑海中一片空洞，但觉交河公主这般一个妇人，婆师伽竟向她出手，便直接挡到了麹叶美身前。甫一站定，便觉婆师伽的拳力势不可挡，明崇俨并不以力量见强，硬碰硬只怕会吃亏。可已到了这个时候，闪开已来不及，若闪不开，身后的交河公主必会遭殃。霎时他一咬牙，深吸一口气，将双掌挡在了前心。

“啪”一声，婆师伽一拳被明崇俨挡住，只觉身体为之一震，心中暗惊，忖道：“这少年居然不比宗彭弱！”

其实以拳力论，明崇俨远比不过宗彭。但明崇俨也知道若是挡不住，这一拳只怕要将自己击得五脏移位，口喷鲜血，当场爆体而亡，因此已是用出了浑身之力。饶是如此，就算以双掌缓冲，明崇俨还是感到周身都受拳力震荡，两腿一软，左脚已站立不住，屈了下来，差点成为半跪之势。他心想若是真跪下来，面子丢了个干净不说，这妖僧肯定得理不让人，马上接着出拳，那自己仍是抵挡不住，因此咬了咬牙，硬是又站定了。

站是站定了，但一瞬间明崇俨已觉周身都是无力。自大兴寺一战后，他功力大进，已然难逢对手，在蒲昌海与米拔鲁一战算是最为艰难，可最后还是大获全胜。然而面对婆师伽，居然连一拳都接不下了，这让明崇俨既觉屈辱，又是愤怒。但婆师伽却根本不给他间隙，右臂一振，右臂再次击出。

寻常人出拳，一拳既出，必须收回后重新蓄力才能再次击出。婆师伽这路拳术却非中土所传，乃是天竺的瑜伽术。瑜伽术练到极致，人身柔软如面条，几能无所不至，因此第二拳立刻就到。明崇俨接了方才一拳，被震得还不曾站稳，这时哪里还能再去伸掌接？但他虽然生得文秀，性情却刚强之极，心想：“纵接不住，我也不退！”一时也没想为什么非得护住麹叶美不可，只想到了麹叶美是个中年妇人，终不能眼生生看着她死在婆师伽拳下。

以瑜伽术出拳，方位极是奇诡，但力量却难免要减弱一些。婆师伽也是情急，他若凝神聚气地出拳，明崇俨定接不住第二拳，只怕肩骨都要被打裂。但此时这一拳打在了明崇俨肩上，明崇俨被震得浑身又是一颤，却仍是站住了不肯跪下。

婆师伽心下大急，心想宗彭马上就要冲过来，自己再收拾不了这少年，就要遭前后夹击了。他猛吸一口气，右臂又是一振，仿佛软面一般一甩，第三拳便要击出，耳畔忽然传来一声断喝：“看枪！”声未至，枪影先至，一抹黑影从明崇俨肩头掠过，直取婆师伽前心。

突厥人最为精擅的便是骑射枪马，硬军中便有不少好手。但婆师伽从未见过有人能将长枪使得如此出神入化，竟是比人声还要快，震惊之下，拳已不能再击出了，只来得及吸了口气，将左足一提。亏得他已在意咒这一途上大有突破，唯我独尊咒意念一动，已然上身。但这一枪来得如此之快，力量也大得异乎寻常，刺在了婆师伽左肩上，婆师伽根本抵挡不来，身体立时如陀螺般滴溜溜打转。

这一枪岂但出乎婆师伽意外，明崇俨也大吃一惊。因为发枪的，正是裴行俭。

见到事态不妙，明崇俨让裴行俭先行离开，免得蹚这浑水遭受池鱼之灾，但裴行俭显然并没有离去，而是一直隐身在后。当发现明崇俨处境危急时，裴行俭这才冲出来解围。而裴行俭向来光明磊落，从不愿暗算人，这一枪是情急之下为解救明崇俨而发，百忙中他仍是先行呼喝了一声，临到头来亦将枪尖偏了一些，扎在了婆师伽肩头。

婆师伽的唯我独尊咒用出，体坚如石，不下于慈恒的金刚不坏。只不过就算慈恒有金刚不坏，亦在曼荼罗阵的反噬之下被殛为飞灰，婆师伽的唯我独尊咒亦不能真个抵挡一切。七截枪是裴行俭的随身利器，枪头磨得极为锋利，而裴行俭运枪更是深得乃师苏定方的真传。

在后世的故事中，苏定方被说成奸佞一流，其实他乃是盛唐李靖之后，可与李勣并称的绝世名将，武勇则堪与秦叔宝、尉迟敬德二人鼎足。当初号称铁矟矛天下无双的幽州总管罗艺，反叛大唐后被苏定方讨伐，罗艺自恃武勇，要与苏定方斗枪，结果败在了苏定方的九尺龙吟枪下。裴行俭是当初被称天下第三条好汉的裴行俨幼弟，又得明师教诲，枪术已有出蓝之势，这一枪到处，只觉如中巨石，反震之力极强，但也将婆师伽震得打转，肩头已然带伤。

唯我独尊咒被破，对婆师伽而言亦是第一次。他使出此咒时，连太玄观二道的鼎剑术也没能破了他，可裴行俭并无法术加持，单凭本身力量攻破了他的护体法咒，虽说伤势并不算重，可婆师伽所受震撼非同小可。

能击伤肩头，就一样可以击伤身躯。唯我独尊咒对这个使枪少年来说，并非不可攻破的铜墙铁壁。婆师伽身体打着转，心中已是越来越骇愕，如此一来更加停不下来了。待转到第四圈上，却觉左手腕一紧，有人拉住了他，这转动之势立时缓了下来。但没等他欣慰，便听得宗彭沉声道："天圣师，你不要再不识趣！"

宗彭此时也已然动怒。他一开始就反对动用曼荼罗阵，便是因为害怕会失控，是交河公主说服了他，他也赞同除此以外再无别法可以阻挡大唐兵马。然而公主的计划已然出了大差错，作为主心骨的慈恒大师也已不在，现在整个高昌国都已危在旦夕，婆师伽居然还想临阵脱逃，全然不顾这后果，宗彭已然忍无可忍。

裴行俭一枪击伤了婆师伽，却见又有个人将那番僧擒住。他不愿乘人之危，便退后一步，走到明崇俨身边，扶起他道："明兄，你怎么样？"

明崇俨方才被婆师伽一拳打得遍体生凉，现在还有些发抖。这一拳也让他清醒了许多，心知天下英雄，岂在少数，自己终究还是浅薄了。听得裴行俭问他，便强撑着站直了道："没什么事。裴兄，你怎地没走？"

裴行俭心想临走时明崇俨神色已是恍惚不定，天空中又有这等异象，自己虽然关切明月奴他们，终究还是放不下明崇俨，这才一直潜伏在左近。直到硬军四散奔逃，他闯入公府，正看到这天圣师打向明崇俨，明崇俨已全无还手之力，这才出枪解围。不过这样一说，他也怕明崇俨面子上会挂不住，便道："我是担心这情形，明姑娘他们会受波及，所以留在了这里。明兄，要如何才能让雷电停止？"

天空中的闪电仍在云层里不住穿行，四壁的电墙已如瀑布般垂下，现在裴行俭再想出去，亦是不可能了。而这道电墙还有不断加大范围之势，也不知何时才是尽头。明崇俨有些茫然地看了看天，说道："我也不知道……"

麴叶美的声音突然从一边响了起来："裴先生，明先生，这是曼荼罗阵，已然到了失控边缘。若再不能解决……"

麴叶美这话还不曾说完，另一边的宗彭忽地闷喝了一声，而一道红影忽地冲天而起。

那正是婆师伽。婆师伽当然也知道曼荼罗阵马上就要失控，他可没有宗彭这等"虽千万人吾往矣"的仁心，想的只是若不快逃，就真个逃不掉了。他中枪后又被宗彭擒住，本已经束手就擒，可一听得交河公主也在说曼荼罗阵即将失控，婆师伽再也忍耐不住，不顾一切，右手成刀，切向自己的左腕。

婆师伽突然出手，宗彭只道他要暗算自己，已然浑身一凛，攥住婆师伽左腕的手也握得更紧，趁势一拧，要叫婆师伽负痛之下动弹不得。只是宗彭也没料到婆师伽竟然会挥掌斩自己的手腕，两人同时用力，"嚓"一声，婆师伽右掌如刀，竟将自己的左腕切断了。

毒蛇啮手，壮士断腕。这本是一句寓言，宗彭却没想到婆师伽还真有这等决绝之心。只觉手中一轻，婆师伽已脱出了他的掌握，一跃而起，便飞身向门外冲去。

婆师伽已然用了神行咒，能赶得上他这速度的，唯有同样使用风火轮咒的明崇俨或裴行俭。但明崇俨给裴行俭那道符方才裴行俭要救明崇俨时已用掉了，而明崇俨此时尚未从婆师伽一拳的震击中恢复过来，哪里还能用得出法术？眼见得只是瞬息间，婆师伽已冲到了麹叶美身前。

若是交河公主被他拿下，投鼠忌器，便再难奈何这番僧了。此时麹叶美身边那几个护卫见状已冲了过来，只是他们忠勇之心可嘉，论本领却是大大不够，别说来不及阻挡，便是能挡，以这几人的微末本领，又如何挡得住势同疯狂的婆师伽？只见婆师伽如同一朵红云，堪堪罩到了麹叶美头顶。

此时婆师伽身上尽被血染，已然满是血腥，哪里还有半分天圣师的宝相庄严，只剩妖异恐怖。而婆师伽心中，也有着若不能脱身，亦要将这交河公主一同拖入地狱之心。

此次计划，婆师伽亦是算度已久。因为不必顾忌高昌国存亡，何况还有阿史那矩的硬军做后盾，在他看来十拿九稳。可他万没想到交河公主竟然将计就计，步步都走在了自己头里。现在已到了这个时候，逃走的可能已相当微渺，但婆师伽还是不想放弃，仍要试试。

宗彭见到婆师伽马上就要罩住交河公主，急得目眦欲裂。他虽然并不长于身法，但武功高强，速度也是不慢，一个箭步便冲向麹叶美。只是刚一冲去，却见婆师伽在空中忽地一折，竟然空中转向，直向墙头飞去。

这番僧仍是想逃！

宗彭已是目瞪口呆。婆师伽已落入了他手中，却因为一大意，又让婆师伽逃走。现在更错判了这番僧的意图，再想追，定然追不到了。他正在惊慌之际，却见一道黑影夭矫而起，飞向了扑向墙头的婆师伽。

那正是裴行俭的七截枪。

裴行俭这柄七截枪平时分成七段，有链子相连，便是柄链子枪，但只消枪尾一转，七截连成一根，就是一柄普通长枪了。这也是苏定方因材施教，给裴行俭专门设计的武器，裴行俭使来，这柄七截枪可软可硬，变化无端。当婆师伽夺路而逃，裴行俭一眼便知自己想追也肯定追不上，但这一式“白虹贯日”却可能将这番僧自空中击落。

裴行俭武功不凡，出手亦快，但他出手再快，终究还是慢了一拍。眼见七截枪离婆师伽背影尚有寸许，婆师伽却已将扑到墙头时，墙头上忽地一闪，多了一个人影。

那人身前放着一个碗口粗的细长木桶，拄在了身前，单膝跪在墙头上。田地城的屋墙都不高，田地公府算是最高了，也就七尺许，不过墙壁倒有尺许厚。在西域一带，泥墙若是不厚，便容易倒下来。那人跪在墙头上，一手捻诀，一手向着婆师伽一指，身前那木桶中立时射出了五六道剑光。

这人正是赫连玄剑。

赫连玄剑与玄鼎子二人听得麹叶美说起婆师伽也到了田地城里，虽然有些害怕，但最终还是决定赌一下运气，看有没有机会除掉这个师门大患。他们也知道平手相斗都不见得能斗过婆师伽，而婆师伽手下还有众多帮手，更不易成功，因此一直在等候机会。待婆师伽激发血鼎，水火二柱上喷出电光后，二人更是惊惧。因为这等功力，他们师父元冗子也不能有。玄鼎子虽然破例修习了禁术，可这功底不如婆师伽许多。他们也不知婆师伽到底在做什么，但心中害怕，除掉此人之心却越发坚定。待发现田地公府里异变突起，硬军大乱而逃，他们方知机会终于来了，便待翻墙进来，给婆师伽一个迎头痛击，却是恰逢此刻。

太玄观鼎剑术，要以鼎术辅助剑术，方能攻守兼备，威力大增。此时玄鼎子并不曾将惯用的鼎拿来，赫连玄剑的飞剑术少了鼎术加持，自是较当初大有不及。何况赫连玄剑这七修剑有两把曾遭婆师伽损毁，现在重修补齐，毕竟时日尚浅。但他已决定破釜沉舟，心想这妖僧已然受伤，再拿不下他，将来更不会有机会了。

随着剑诀一指，七修剑齐射向婆师伽，隐隐也有风雷之声，迎头扑向婆师伽。婆师伽正想着翻墙而出，却万没料到居然这当口杀出个对头来。武威庄外他和二道有过交手，当时被二道以逸待劳，杀了个措手不及，两个徒弟都死在了武威庄，可以说是有生以来最惨的一败。玄鼎子和赫连玄剑对婆师伽大为忌惮，其实婆师伽对他们也同样忌惮，心中已在暗暗叫苦，将右手一摆，护住面门，只盼能挡下几剑，少受点伤就能冲出墙去。

婆师伽手刚一举，哪知那几支飞剑仿佛受到了什么极强之力吸引，竟然转而向天飞去了。原来赫连玄剑这飞剑术虽然用的是有形有质的真剑，并不似明崇俨的四圣剑那样是内力气剑，但一般亦属术法一类。在曼荼罗阵中施这等攻击之法，立时受到感应，便要被吸入云端，而云中的闪电亦随之劈下。

这只是电光石火的一瞬间，七修剑并没有射向婆师伽，而是向空中飞去了两丈许，但因为这一阻，七截枪却也到了婆师伽背心。几乎是同时，一道闪电自天而下，正劈在那一丛七修剑上，随即又顺势而下，直落婆师伽头顶。

随着“嚓”一声响，婆师伽已遭闪电击中。先前一次慈恒引得闪电而下时，婆师伽靠唯我独尊咒护体逃得一劫，但此时他人在半空，虽然意咒已成，但唯我独尊咒必须一足站在地上，方称得上是“天上地下，唯我独尊”。现在人在空中，意咒虽快，却也用不出来。这一道闪电从婆师伽顶门贯入，走遍四肢百骸。七截枪虽然还不曾射中他的身体，却也受到激发，电光沿着七截枪直劈地面，没入了地底。只不过一瞬间，这本领非凡的天圣师婆师伽，已被电殛成焦炭，重重摔了下来。

“明先生，事已至此，还请您定夺吧。”

麹叶美说着，不禁又看了看那边婆师伽的尸身。这个多年来一直在高昌作威作福的妖僧，此时已成一具焦尸。虽然同受电殛，但慈恒却化为飞灰，婆师伽则以如此恶形告终，亦是罪有应得了。

明崇俨却有些怔忡。他此来本为寻找那三枚黑石梭好补齐焰摩幢，但事情发展到这等地步，却是始料未及。曼荼罗阵已然失控，电墙不仅向城外推进了数百步，向内也已推进了数百步。外面的人还能退后，但城里的人已然无处可去，现在全城的人都已在向最中心的田地公府这所在靠拢。这些走投无路的城民都已绝望，不住口诵佛号，当中还夹着号哭，而电光却是毫不留情，不时从云端劈下，将田地城靠城墙那一片尽都摧为齑粉。

用不了多久，等曼荼罗阵彻底失控，连中心这一片也遭到电殛时，这满城之人都将化成焦尸，无一例外，也就比婆师伽晚死了片刻而已。

明崇俨只觉心头一片冰凉，脑海中也是空空一片。边上裴行俭却是料到明崇俨想问什么，忙道："夫人，那收住这法阵后，四枚黑石梭仍能收回吧？"

当然可以！麹叶美正待这样说，一旁宗彭忽然道："多半不成了。"

麹叶美一怔，却听宗彭沉声道："此番法阵失控，远较上回严重。就算能够收住，具足轮与焰摩幢都未必还能留在世间。"

麹叶美心中一凛，却也默默地点了点头。

她本想再骗一次明崇俨，但宗彭却再也看不下去了。

宗彭禀性正直，更是受大将军耳濡目染。虽然被麹叶美说服，但麹叶美对人人使用机诈，却也让他无法认同。现在已经到了这等时候，见公主还想以诈术欺人，他终是再不能忍。

慈恒大师已然为此事付出生命，整个高昌都眼见要陆沉，就算挡住了大唐兵马又能如何？高昌都不复存在于这个世界了。

纵然不免一死，也要死得坦荡！

明崇俨眼中的迷惘顿时消散了许多。他喃喃道："原来如此……"

一旁的裴行俭却不好开口了。他实是盼望着明崇俨能够同意交河公主的提议，因为看这样子，再下去自己这些人已难免一死，而一直等候在城外的明月奴只怕也要难逃一劫。他向来将自己的生死置之度外，可一想到那个波斯少女，说是要等自己二人而不肯先行离去，若是也在电网中丧生，裴行俭就比自己被电死还要难受。只是他也知道现在的明崇俨已然有些不近人情，在他眼里未必还将明月奴的生死放在心上。若是他坚持要将黑石梭凑齐，还真有这可能，到时裴行俭亦不知怎么办才好了。

他正在忐忑，明崇俨忽地转过身，看向裴行俭道：“守约兄，明姑娘他们还在城外等着吧？”

守约是裴行俭的表字。但此次重逢，明崇俨还是头一次以表字称呼裴行俭。裴行俭见他忽然又提起了明月奴，心中一松，忖道：“他就算有心魔，也是不能忘怀明姑娘。”可不知怎的，欣慰中不免也有点酸涩，点了点头道：“是。明姑娘离城也就二里许。”

明崇俨此时的眼神已十分明亮，依稀又是两年前长安那个神采飞扬的少年。他转向麹叶美道：“夫人，但不知收住这法阵，要如何进行？”

麹叶美却是犹豫了一下，看了一眼宗彭，这才道：“明先生，只怕已是回天乏力，要收住曼荼罗阵，至少也得两个婆师伽这等的术士……”

四枚黑石梭齐全，也非得有两个婆师伽这样的术士才行。当初在麹叶美计划中，骗得明崇俨过来，就算他不愿意，恃强从他手中夺回三枚黑石梭亦是不难。而有婆师伽与慈恒二人，就定能安全收回曼荼罗阵，也就可以与大唐谈条件了。只是这计划已然支离破碎，慈恒与婆师伽都不在了。明崇俨虽是术士，却较婆师伽还有所不如。就算明崇俨肯付出生命，只怕也未必能成。

她刚说着，一旁的玄鼎子忽道：“夫人，贫道不才，愿效铅刀一割之用。”

方才这番话，玄鼎子与赫连玄剑也听得清清楚楚。他们留在田地城，便为除去婆师伽以报师门大仇。现在婆师伽真个被除了，到底是不是死在自己手下，倒也不必纠葛，但他二人亦被这道电墙逼得无从脱身。待听得麹叶美说至少要两个婆师伽这样的术士方能成功，玄鼎子再也忍不住，便在一旁插了一句。

明崇俨并不知玄鼎子底细，但裴行俭却在武威庄外见过玄鼎子一眼，见过当时婆师伽在他二人手下铩羽而逃，这一次亦是婆师伽被他们的飞剑一阻，才遭到电殛而灭。见玄鼎子愿相助，他喜出望外，上前深施一礼道："多谢，多谢道长。"心中想着："明姑娘，你终于能脱险了。"

其实裴行俭自己在城里，远较城外的明月奴更危在旦夕，但不知怎的，一想到明月奴会遭电殛，他就豪气顿消，人都差点要瘫倒在地。此时谢过玄鼎子，率先想到的也不是自己，而是明月奴。玄鼎子却不知他的真实心思，心想武威庄外见这少年何等英武，现在怎么这般怕死？想来死到临头谁都是怕的，便微微一笑道："公子不必担心，吉人自有天相。"

除掉了婆师伽，玄鼎子心境已是大好。一旁的赫连玄剑却是大惑不解，说道："师兄，你有这般本事么？"

玄鼎子微微一笑道："玄剑，你别忘了那妖僧为我们准备好了两口鼎了。"

赫连玄剑眼中一亮，但马上又有疑迟疑，说道："只是……"

婆师伽准备的，乃是两口血鼎。血鼎术在太玄观向属禁术，虽然玄鼎子已破例习练了，但从未用过，也不知能不能见效。但玄鼎子却是镇定自若，说道："玄剑，我命由天，事在人为。"说罢，便向麴叶美道："请夫人指教，该如何施法。"

麴叶美眼中亦是一亮，向左右喝道："快！快去搬开瓦砾，将具足轮找出来！小心别碰到了。"

具足轮本来放在屋顶的小案上。随着那道闪电将主楼劈碎，残砖碎瓦堆成了一地。龙城七宝并不会因为被砖瓦一压就压坏了的，只是仍在运行，人是碰不得的。好在麴叶美这些属下虽然没有一个高手，却尽是些身强力壮的汉子，只不过片刻，就将废墟清理出一块来了。那小案早被压成了碎木片，但具足轮却是完好无损，便是被砖块压着仍在不住转动。

麹叶美道："明先生，道长，你二人合力以术法让具足轮放缓转动，再将另外三枚黑石梭插入具足轮，应该便可停下法阵了。"

明崇俨看着那个转动不息的小轮子。看上去毫不起眼，但就是这般一个不比蒲团大的轮子造成了如此改天换地的巨变，让明崇俨既是心悸，却也心动。

焰摩幢与具足轮并称，老师当初有四分之一个焰摩幢，便能镇住天魔，现在能够聚齐，岂但自己的魔种不足为患，天魔也一定能收回来了。

明崇俨想着，伸手捻了个诀，玄鼎子站在他的对面。裴行俭站在明崇俨身后，眼睛不时瞟一下手里的一个小布包。这布包里便是三枚黑石梭，现在已合成了尚带一个缺口的一枚。他也知道明崇俨殚精竭虑，想要寻找的便是这四枚黑石梭，但已然到了他手上，却又必须拿出去，而且很可能就拿不回来了，明崇俨却仍然赞同此举。

不论怎么说，明兄仍是当年那个心怀良善之人。

裴行俭想着。而此时天空中忽地又是一道闪电掠过，映得人须眉皆见，云层中游走的电光则在不断轮转，隐隐然形成了一个漩涡一般，也不知有几千几万里之广。

这等奇景，西域人从来不曾见过。田地城里的诵经声和哭喊声几乎同时高涨起来，他们自是认为末日已临，谁也改变不了。麹叶美喝道："快！将焰摩幢插进去！"

裴行俭心头一凛，定眼看去，却见那个具足轮已经放慢了许多，本来已转成了疾驰时的车轮一般，现在却只如风车差不多了，能够看清上面有四根辐条，每根辐条上有一个小孔，其中一个小孔正插着一枚黑石梭。裴行俭正待上前，手中忽地一松，却是一旁的宗彭抢过了他手中的小布包，已冲了过去。

这举动却也让裴行俭一怔，正待伸手去夺，却见宗彭转头向自己微微一笑。

“公子，好生活下去。”

宗彭低低说了一句。这句话虽只短短几字，但话音未落，宗彭已抢到那具足轮边上，一下将一枚黑石梭插了上去。原本人不碰到具足轮时，天空中虽然风云突变，异相大生，这里却仍是安安静静，也就这么一个毫不惊人的轮子在转动。但随着宗彭的手一触到具足轮，本来毫无异样的具足轮突然放出毫光，从中有电光直射出来，尽流入宗彭体内。

一刹那，裴行俭已然知道宗彭的用意了。

原来，要插入黑石梭，仍是要有个人付出生命的代价！麹叶美并没有说这一点，宗彭却是知道的。他定会担心这最后一次骗了裴行俭，裴行俭会半途而废，所以甘愿以自己的生命为代价，来停止曼荼罗阵。

怪不得会说那句话。

裴行俭眼中已有泪水淌下。虽然他并不在乎高昌的存亡，交河公主和宗彭其实也同样是想借曼荼罗阵来阻挡大唐雄兵，让他根本无法认同，可宗彭这等舍生取义之举，终是让他感动不已。

普天之下的人，不论在哪里，终究都是人啊。

在最后一枚黑石梭插入时，具足轮突然放出万丈光芒，将这一片映得亮如白昼，又直直飞了上去。一时间城里本来很响的诵经声与哭喊声更响了起来，眼见着这一轮白光打着转直没入云端，消失在云层中游走的电光里，再也不见。

虽然田地城上空已如天翻地覆一般，但几十里外的高昌城，却还是十分平静。

只是这等平静也如风暴来临之前的静谧。高昌王宫中，国主寝宫里，随着一声撕心裂肺的惨呼，随着是一个女子的哭喊："大王驾崩了！"

哭喊的是国主麴文泰的宠妃。今晚正值这宠妃侍寝，但麴文泰也毫无心情与这爱妃取乐，早早便睡下了。到得半夜，那妃子只觉身边的大王越来越凉，点上灯一看，却见麴文泰面色铁青，浑身僵硬，竟已死去多时。

就在田地城外，侯君集所率唐军被成功阻挡的时候，因为连日惊惧，高昌国主麴文泰暴亡。

尾声

天亮的时候，明月奴靠在车边正在假寐，忽听得卑路斯叫道：“明月奴，两位公子回来了！”

被卑路斯叫醒，明月奴一下惊醒，举目望去，却见田地城那边正有两骑急急而来。虽然离得还有点远，但很明显，一个是明崇俨，一个是裴行俭。她喜出望外，也顾不得了，拔腿便迎了上去。

这一晚电闪雷鸣，更有闪电垂天而下，形成一道横亘数里的电墙，仿佛要将此间活物尽数摧毁。明月奴也不知道发生了什么事，更不知田地城里到底怎样了，但她还是坚持不走，心道：“若是明公子和裴公子死了，那……那我也不活了！”至于两位波斯王子也要因此为她陪葬，明月奴这当口已然管不得了。而现在那些异象都已过去，裴行俭和明崇俨平安归来，一切功德圆满，她心中欣喜无限，再不能像往常一样镇定自若，已全然和一个平常的胡姬无异。

那边裴行俭和明崇俨也已发现了明月奴在向他们跑来，后面的大车亦在原处。他们本来担心的是回来时见到一地惨状，那真要悔恨莫及，待看到一切如常，明月奴还跑得从未见过地快，两人都是一喜。裴行俭精于骑术，双腿一夹，便已冲上前去，明崇俨虽然也会骑马，但骑术较裴行俭却要差了不少，已落到了后面丈许。

待裴行俭要到明月奴跟前时，他放慢了马，却见明月奴脚下一绊，忽地一跤摔倒。裴行俭心中一惊，手在鞍上一按，双足已退出马镫，飞身一跃跳下了马，便到了明月奴身边，小心扶起她来，却见明月奴这一跤摔得不轻，脸上也被划破了几道，已有血痕渗出。

女子最爱容貌，明月奴更是貌美。虽然这点小伤也不要紧，但裴行俭见了比明月奴还要心痛，说道：“明姑娘，怎的这么不小心！”伸手从怀里摸了摸，想摸块汗巾出来给她擦擦。只是一摸之下只是个空，才省得自己从不带汗巾。

明月奴倒是毫不在意脸上之伤，眼里已在流泪，抽泣道：“裴公子，昨晚……昨晚我好担心……”

她刚说得一句，却见明崇俨已到了跟前。但明崇俨的神情仍是显得颇为冷漠，也不下马，只是勒住马站在一边。裴行俭生怕明月奴尴尬，柔声道：“明姑娘，现在没事了，我们回去吧。”心里却是刀绞一般隐隐作痛。

最终，明崇俨仍然没能得到焰摩幢，连自己原本有的一枚黑石梭也失去了。也不知他到底能不能压住心魔，自是因为如此，才会对明月奴如此冷漠的吧。

裴行俭想着，扭头向一旁马上的明崇俨道：“明兄，我们马上赶回沙州吧。”

明崇俨仍是木无表情，点了点头道：“裴兄请。”

现在，麹叶美已没有了阻挡唐兵的能力。至于能不能借昨晚这场异变谈些条件，裴行俭实不想再知道了。

只要天地还在，人民也在，不要说是高昌，便是大唐，改换一个朝代又有何碍？

此时天已大亮，一轮红日将上中天。日光明亮无比，照得千里都一览无余。回头望去，刚经历了一番大劫的田地城仿佛一如既往，安宁无比。

在西域大漠，这时实非赶路的好时候，但他们都已归心似箭，只想早点离开这片是非之地，离开这些争战与喧嚣，但谁都知道，更不可知的纷扰已在前方等着他们，永无止息。